WILLIAM KOTZWINKLE

E. T. – Der Außerirdische

Buch

E. T., der kleine Außerirdische, bleibt bei der überstürzten Flucht eines Raumschiffes allein auf der Erde zurück. Drei Millionen Lichtjahre von zu Hause entfernt, plagen ihn panische Angst und Heimweh. Doch zum Glück trifft E. T. auf den zehnjährigen Elliot. Der Junge und seine Geschwister verstecken das freundliche Wesen vor den Erwachsenen, denn die NASA verfolgt das Alien schon bald mit grausamen Methoden. Nur die unerschütterliche Zuneigung des Jungen bewahrt E. T. vor dem Schlimmsten und macht das Unmögliche möglich: E. T. kann nach Hause zurückkehren.

Autor

William Kotzwinkle, geboren 1943 in Pennsylvania, erhielt mehrere literarische Auszeichnungen und gehörte in Amerika schon lange zu den Bestsellerautoren, bevor sein Sternenwesen E. T. weltweit bekannt wurde. Kotzwinkle lebt mit seiner Familie auf einer Insel vor der Küste von Maine.

E. T. – Der Außerirdische

Roman von
William Kotzwinkle
nach einem Drehbuch
von Melissa Mathison

Deutsch von
Uta Mc Kechneay

GOLDMANN

Die Originalausgabe erschien unter dem Titel:
»E. T., The Extra-Terrestrial In His Adventure On Earth«

Umwelthinweis:
Alle bedruckten Materialien dieses Taschenbuches
sind chlorfrei und umweltschonend.

Der Wilhelm Goldmann Verlag, München, ist ein Unternehmen
der Verlagsgruppe Random House GmbH.

Taschenbuchausgabe März 2002

Deutsche Übersetzung von Uta Mc Kechneay
Umschlaggestaltung: Design Team München
Umschlagfoto: Universal Studios
Satz: DTP-Service Apel, Hannover
Druck: Elsnerdruck, Berlin
Verlagsnummer: 45299
KvD · Herstellung: Sebastian Strohmaier
Made in Germany
ISBN 3-442-45299-6
www.goldmann-verlag.de

1 3 5 7 9 10 8 6 4 2

Durch einen lavendelfarbenen Lichtstrahl mit der darunterliegenden Erde verankert, schwebte das Raumschiff sacht dahin. Wäre jemand zum Landeplatz gekommen, er hätte sicher im ersten Augenblick geglaubt, ein riesiger, alter Christbaumschmuck sei vom nächtlichen Himmel gefallen; denn das Raumschiff war rund, man konnte sich darin spiegeln, und es war mit einem zarten gotischen Muster verziert.

Die Einstiegsluke stand offen. Die Crew war ausgeschwärmt und untersuchte die Erde eingehend mit seltsam geformten Werkzeugen. Sie erinnerten an kleine, alte Kobolde, die im nebelverhangenen Mondschein in ihren Gärten arbeiteten. Hin und wieder lichtete sich der Nebel jedoch. Der Schleier zerriß und pastellfarbenes Licht fiel aus dem Rumpf des Raumschiffes auf sie. Da zeigte es sich, daß sie keine Kobolde, sondern vielmehr wissenschaftlich arbeitende Geschöpfe waren. Sie gruben Gewächse aus, wie Blumen, Moos, Stauden, Sträucher und junge Bäume. Doch ihre unförmigen Köpfe, hängenden Arme und ihre ganze plumpe, untersetzte Gestalt erinnerten stark ans Land der Gnomen und Kobolde. Und die Tatsache, daß sie so zart mit den Pflanzen umgingen, hätte diesen Eindruck wohl noch verstärkt. Doch keiner der Erdenbewohner beobachtete sie bei ihrem Tun, und so konnten die koboldhaften Botaniker aus dem Weltraum ungestört und in Frieden arbeiten.

Trotzdem fuhren sie erschrocken zusammen, wenn eine

Fledermaus vorbeiflatterte, ein Käuzchen schrie oder ein Hund in der Ferne bellte. Dann ging ihr Atem rascher, und Nebel hüllte sie ein – verbarg sie vor eventuellen Feinden. Der Nebel entströmte in Schwaden ihren Fingerspitzen und langen Zehen. Wäre ein einsamer Spaziergänger im Mondschein an dieser Nebelwand vorbeigekommen, so hätte er nicht ahnen können, daß sich dahinter eine Crew aus dem uralten Weltraum verbarg.

Mit dem Raumschiff verhielt es sich dagegen ganz anders. Es kommt nicht oft vor, daß riesiger viktorianischer Christbaumschmuck vom Himmel fällt. Das bleibt nicht unbemerkt. Er erscheint auf Radarschirmen, wird vom militärischen Abschirmdienst und Abtastvorrichtungen geortet. So erging es auch diesem ungeheuren Raumschiff, dieser glänzenden Kugel. Es war so riesenhaft, daß es gar nicht unentdeckt bleiben konnte. Keine Nebelwand, kein Baum auf Erden bot ihm Schutz. Eine Begegnung war daher unumgänglich. Die Regierung hatte schon alle möglichen Fahrzeuge entsandt. Alle möglichen Spezialisten verdienten sich ihren Nachtzuschlag, indem sie auf Nebenstraßen umherschlichen, über Funk miteinander in Verbindung standen und die große Christbaumkugel umzingelten.

Die Crew kleiner, alter Botaniker ließ sich jedoch dadurch nicht aus der Ruhe bringen – vorerst noch nicht. Sie wußte, daß sie noch Zeit hatte, wußte auf die Sekunde genau, wie lange es dauern würde, bis die rauhen, störenden Laute der Erdenfahrzeuge an ihr Ohr dringen würden. Sie waren schon öfter hier gewesen; denn die Erde ist groß und es gibt eine Menge Pflanzen auf ihr. Da gibt es viel zu tun, wenn die Sammlung Anspruch auf Vollständigkeit erheben soll.

Sie gruben weiter Pflanzen aus, während Nebelschwaden sie umwallten. Dann gingen sie vorsichtig mit dem für sie so

Kostbaren, das sie der Erde entlockt hatten, zum Raumschiff zurück.

Sie schritten durch die Einstiegsluke ins Innere, wo Pastellglanz sie umfing. Mit größter Selbstverständlichkeit bewegten sie sich durch die pulsierenden Korridore voller technologischer Wunder auf das größte Wunderwerk in der Mitte des Raumschiffes zu. Tief in seinem Innern befand sich nämlich ein Garten mit all jenen Gewächsen, die die Erde aufzuweisen hatte – ein unbeschreiblich schöner Garten von den Ausmaßen einer Kathedrale. Dieses riesige Gewächshaus bildete den Kern des Raumschiffes. Um dieses Gewächshaus drehte sich alles, es war sein ureigentlicher Zweck. Da gab es Lotosblumen aus einer fernöstlichen Lagune, Farne aus Afrika, winzige Beeren aus Tibet, Brombeerbüsche aus dem amerikanischen Hinterland. Zumindest ein Exemplar von allem, was die Erde hervorbrachte – oder doch von fast allem; denn die Arbeit war noch nicht getan, das Werk noch nicht vollendet.

Alles blühte. Wenn ein Fachmann aus einem der großen botanischen Gärten der Erde dieses Gewächshaus besucht hätte, so würde er hier Pflanzen vorgefunden haben, wie er sie noch nie zu Gesicht bekommen hätte – außer vielleicht in Form von Fossilien, in Kohle eingeschlossen.

Die Augen würden ihm fast aus dem Kopf fallen beim Anblick von Pflanzen, wie die Dinosaurier sie gefressen hatten und die hier immer noch gediehen – fantastische Pflanzen und Gewächse aus den Gärten der Erde, die es vor undenklichen Zeiten einmal gegeben hatte. Die Sinne würden ihm schwinden, und er würde mit Kräutern aus den hängenden Gärten der Semiramis in Babylon das Bewußtsein wiedererlangen.

Feuchtigkeit tropfte von dem fächerförmigen Dach herab,

angereichert mit Nährstoffen für die zahlreichen Spezies, die überall im Herzen des Raumschiffes wucherten. Sie war bestimmt zur Erhaltung der vollkommensten Sammlung der Erdvegetation, so alt wie die Erde selbst, so alt wie die kleinen Botaniker, die kommen und gehen. Die zerknitterten Falten in ihren Augenwinkeln verliehen ihnen das Aussehen von Fossilien. In den unendlich langen Jahren des Sammelns hatten sich diese Falten tief eingegraben.

Einer von ihnen kam gerade herein und trug ein irdisches Heilkraut, dessen Blätter traurig herabhingen. Er brachte es zu einem Becken und legte es in eine Flüssigkeit, die seine traurige Verfassung augenblicklich beendete. Die Blätter richteten sich wieder auf, die Wurzeln rührten sich. Im gleichen Augenblick strahlte aus einem Rosettenfenster über dem Becken pastellfarbenes Licht. So in Licht gebadet, richtete sich das Heilkraut und eine Pflanze neben ihm, eine kleine Blume aus vorsintflutlicher Zeit, wieder zu ihrer vollen Größe auf.

Der außerirdische Botaniker betrachtete das Kraut einen Augenblick, bis er sicher sein konnte, daß es sich völlig erholt hatte; dann wandte er sich ab und ging durch das Gewächshaus davon. Er ging unter japanischen Kirschblüten und hängenden Blumen vom Amazonas dahin und kam auch an ganz gewöhnlichem Meerrettich vorbei, der sich liebebedürftig an ihn schmiegte. Er streichelte ihn und setzte seinen Weg durch den pulsierenden Korridor fort, um wieder auf die Erde zu gelangen.

Draußen in der Nachtluft strömte sein Körper sogleich einen feinen Nebel aus, der ihn einhüllte, während er sich auf die Suche nach weiteren Pflanzen machte. Er traf auf einen Kollegen, der die Wurzelknolle eines wilden Pastinaken trug. Ihre Blicke trafen sich nicht, doch wußten sie auf andere Weise voneinander. In ihrer Brust begann es zu glühen. Eine rote Glut breitete sich vom Herzen her aus, überflutete und durchdrang ihre durchscheinende, dünne Haut. Sobald sie aneinander vorbeigegangen waren – der eine mit seinem Pastinaken, der andere mit leeren Händen – und sich über einen Felsenhang voneinander entfernten, erlosch das Licht in ihnen wieder. Der außerirdische Botaniker, von dem die Rede war, verschwand jetzt, in Nebel eingehüllt, im hohen Gras, das ihm über den Kopf wuchs, und tauchte am anderen Ende am Rande eines Mammutbaumgehölzes wieder auf. Durch die riesigen Bäume zum Zwergen gemacht, blickte er hilfesuchend zum Raumschiff zurück. Da leuchtete sein Herz wieder auf, als habe er sich ganz und gar dem Raumschiff verschrieben, diesem geliebten alten Schmuckstück, in dem er seit Urzeiten reiste. Auf den Laufplanken und in der Luke erglühten andere Herzen und erstrahlten in tiefrotem Licht. Sie erinnerten an umherschwirrende Glühwürmchen. Da fühlte sich der kleine Botaniker wieder sicher und geschützt. Er wußte, daß noch keine Gefahr drohte und er weiterarbeiten konnte. Somit betrat er den Mammutbaumwald.

Vögel flogen dicht über seinem Kopf, Insekten zirpten im Dunkeln. Doch er ging unbeirrt weiter. Sein angeschwollener Leib streifte den Waldboden. Er sah aus wie ein Kobold. Aber eigentlich hätte er es gar nicht besser treffen können. So lag sein Schwerpunkt ziemlich tief und verlieh ihm Standfestigkeit. Die Erdbewohner konnten sich jedoch mit dieser Gestalt nicht so recht anfreunden. Diese großen Füße mit Schwimmhäuten, die direkt aus dem tiefhängenden Bauch herauswuchsen, diese langen Affenarme und riesigen Hände waren schon seltsam. Aus diesem Grunde waren er und seine Kollegen schon seit Millionen von Jahren scheu und zurückhaltend. Sie hatten nie die geringste Neigung verspürt, mit irgend etwas außer der Vegetation auf Erden Bekanntschaft zu machen. Das war vielleicht ein Versäumnis. Aber sie hatten die Erde schon oft genug angesteuert, sie wußten, daß ihr herrliches Raumschiff für die Erdbewohner vor allem eine Zielscheibe war und sie selbst bestenfalls von Wissenschaftlern zerlegt und wie Insekten unter Glas aufgespießt werden würden.

Daher bewegten sich die Außerirdischen mit größter Vorsicht ganz leise durch den Wald. Sie blickten sich ständig wachsam um, die großen, stark hervortretenden Augen wie bei einem riesigen, hüpfenden Frosch. Er wußte, wie gering die Überlebenschancen für einen solchen Frosch auf den Straßen einer Stadt waren, und schätzte seine eigenen auch nicht höher ein. Die Menschheit vor irgendeinem internationalen Gremium zu instruieren und zu belehren kam nicht in Frage – nicht mit einer Nase wie zerquetschter Blumenkohl und einer Gestalt, die an eine Feigendistel erinnerte.

Leise und ständig auf der Hut watschelte er weiter. Seine Knöchel streiften die Blätter. Sollten andere Bewohner des Weltraums, die den Menschen ähnlicher waren, sich zu Lehrern der Menschheit aufschwingen. Sein einziges Interesse galt einem jungen Mammutbaumtrieb, auf den er schon seit geraumer Zeit ein Auge geworfen hatte.

Er hatte sich die Stelle gemerkt und blieb jetzt dort stehen. Er untersuchte den Trieb sorgsam und grub ihn dann aus, wobei er murmelnd mit seiner tiefen, unirdischen Weltraumstimme auf ihn einsprach – seltsame Worte, die der junge Mammutbaumtrieb jedoch zu verstehen schien. Der Schock, den die Wurzel erlitt, verebbte augenblicklich, als er in der großen runzligen Handfläche des Außerirdischen lag.

Dieser wandte sich um, als er einen schwachen Lichtschein bemerkte. Der Lichtschein kam aus einem kleinen Ort im Tal jenseits der Bäume und hatte ihn schon lange neugierig gemacht. Heute nacht bot sich ihm die letzte Möglichkeit, der Sache auf den Grund zu gehen; denn mit dieser Nacht ging eine Forschungsphase zu Ende. Das Raumschiff würde der Erde für lange Zeit den Rücken kehren – bis zur nächsten großen Mutation der Vegetation auf Erden. Doch bis dahin würden mehrere hundert Jahre vergehen. Heute nacht hatte er also zum letztenmal Gelegenheit, durch die Fenster in die Häuser zu sehen.

Geduckt kroch er aus dem Mammutbaumwald heraus und näherte sich der Straße, die den Hügel hinabführte. Aus allen Häusern quoll gelbes Licht und leuchtete quälend. Er überquerte die Straße und zog seinen schweren Leib durchs Unterholz. Auf der langen Reise durch den Weltraum würde er seinen Kameraden viel zu erzählen haben: das Abenteuer einer kleinen, einsamen Feigendistel auf dem Weg zu den Menschen, dem gelben Licht entgegen. Bei dem Gedanken daran lächelte er, und die tiefeingegrabenen Falten um seine uralten Augen vertieften sich.

Auf Zehenspitzen schlich er am Rande der Straße entlang, auf seinen großen Füßen mit Schwimmhäuten und endlos langen Zehen. Die Erde war seiner Gestalt nicht gerade angemessen. Er stammte von einem Planeten, auf dem er besser Fuß fassen konnte. Dort war alles viel flüssiger gewesen. Er konnte die meiste Zeit vor sich hinpaddeln und hatte nur selten einmal festen Boden unter den Füßen gehabt.

Das Licht in den Häusern weiter unten flackerte. Sein Herz glühte kurz rubinrot auf. Er liebte die Erde, vor allem wegen ihrer Vegetation, aber er liebte auch die Menschen. Und wie immer, wenn das Licht in seinem Herzen aufleuchtete, wünschte er sie zu führen und anzuleiten, wollte ihnen die Weisheit und Erfahrungen von Jahrtausenden übermitteln.

Er sah seinen Schatten im Mondlicht, seinen auberginenförmigen Kopf auf einem langen, dürren Hals. Die Ohren verschwanden gänzlich in den Falten seines Kopfes und linsten daraus hervor, wie die ersten, schüchternen Triebe winziger Bohnen. Nein, die Irdischen würden ihn nur auslachen, wenn er durch die Gänge der Weltregierung hinaufschreiten wollte. Und wenn die Leute über sein Aussehen lachten, dann würde ihm die ganze gespeicherte Intelligenz des Universums nichts nutzen.

Er hielt sich weiterhin wegen des Mondlichts verborgen. Schwacher Nebel umhüllte ihn, als er weiter die Straße hinunterging. Sein Kopf empfing das Warnsignal des Raumschiffs. Er wußte jedoch, daß es absichtlich verfrüht gesendet wurde, um auch den Mitgliedern der Crew, die schlechter zu Fuß waren, noch genügend Zeit zu lassen, zum Raumschiff zurückzukehren. Er aber setzte weiter einen mit Schwimmhäuten versehenen Entenfuß vor den anderen und kam gut vorwärts.

An der Geschwindigkeit gemessen, mit der sich die Erdbewohner vorwärtsbewegten, war er natürlich entsetzlich langsam. Ein Erdenkind ging dreimal so schnell. Eines Abends hatte ihn ein Erdenkind mit dem Fahrrad eingeholt und fast überfahren. Beinahe hätte es ihn erwischt.

So etwas würde ihm heute nacht nicht noch einmal passieren. Er würde ganz vorsichtig sein.

Er blieb stehen und lauschte. Wieder hörte er das Warnsignal vom Raumschiff. Seine Herzbeleuchtung ging an. Das war die höchste Alarmstufe. Das Instrument flackerte leicht, was bedeutete, daß die gesamte Crew sich augenblicklich zum Raumschiff zu begeben hatte. Aber für die

Schnellen blieb immer noch genügend Zeit. Er watschelte weiter – links, rechts, links –, seine Knöchel versanken regelrecht in den Blättern, während er immer näher an die kleine Ortschaft herankam. Er war zwar schon alt, bewegte sich aber noch recht behende; jedenfalls schneller, als die meisten zehn Millionen Jahre alten Botaniker mit Füßen wie Sumpfenten. Seine großen kreisförmigen Augen rollten nach allen Richtungen und tasteten suchend die Stadt, den Himmel, die Bäume sowie den Boden unmittelbar vor ihm ab. Aus keiner Richtung drohte ihm Gefahr. Außer ihm war niemand da. Er wollte nur einen raschen Blick auf die Erdlinge werfen und dann Abschied nehmen, um in seinem geliebten Raumschiff wieder viele Runden durch den Weltraum zu fliegen.

Sein kreisender Blick wurde plötzlich starr. Er blickte die Straße hinunter, wo sich aus dem Nichts heraus ein Lichtstrahl auf ihn zubewegte, gefolgt von einem zweiten. Sie näherten sich ihm rasend schnell. Gleichzeitig schlug sein Herz Alarm. Jetzt war schon die Panik-Stufe erreicht: die Crew sofort zurück. *Gefahr! Gefahr! Gefahr!*

Stolpernd zog er sich zurück, tat ein paar Schritte zur Seite und konnte sich bald überhaupt nicht mehr orientieren; denn die beiden nebeneinanderliegenden Lichter kamen schnell näher – viel schneller, viel lauter und auch furchterregender als ein Fahrrad. Jetzt blendete ihn das Licht, hartes Erdlicht, grell und kalt. Wieder stolperte er, kam von der Straße ab und fiel ins Gebüsch. Die Lichtstrahlen legten sich zwischen ihn und das Raumschiff, schnitten ihn von dem Mammutbaumwald und der dahinter liegenden Lichtung ab, wo das herrliche große Raumschiff vor Anker lag und wartete.

Gefahr, Gefahr, Gefahr …

Sein Herzlicht blinkte wie wild. Er griff nach dem kleinen Mammutbaumtrieb, der auf die Straße gefallen war. Die Wurzeln schrien nach ihm.

Er streckte die langen Finger danach aus und zog sie verschreckt und geblendet wieder zurück, fast blind von dem grellen Licht. Ein Motor brüllte auf. Rasch rollte er beiseite, zurück ins Gebüsch und verdeckte hastig sein blinkendes Herzlicht mit einem losen Zweig. Seine großen kreisrunden Augen quollen ihm fast aus dem Kopf. Er nahm alle Vorgänge gleichzeitig wahr. Das Schrecklichste aber war der Anblick des kleinen Mammutbaumtriebes, den die Fahrzeuge zermalmt hatten. Die zarten, jungen Blätter waren plattgewalzt, und sein Bewußtsein schrie ihm immer noch zu: *Gefahr, Gefahr, Gefahr.*

Ein Licht nach dem anderen erschien jetzt auf der Straße, die bisher immer leer gewesen war. Man hörte unentwegt Motorengeräusch, und menschliche Stimmen riefen einander etwas zu, wüteten gegeneinander und waren darauf versessen, ihn gefangenzunehmen.

Er kämpfte sich durch das Unterholz, hielt das flackernde Herzlicht immer noch mit der Hand verdeckt, während die Menschen mit ihrem kalten, grellen Licht auf der Suche nach ihm, den Wald durchkämmten. Die Weisheit der Sterne von sieben Galaxien half ihm jetzt nicht, sich im fremden Element rascher zu bewegen. Seine absurden, eigenartig geformten Füße machten ihm zu schaffen, sein Entenwatschelgang war mehr als hinderlich. Er wußte, wie schnell Menschenfüße sich auf ihrem eigenen Terrain bewegten. Von allen Seiten näherten sie sich ihm, umzingelten ihn, und er mußte sich eingestehen, daß er ein Narr gewesen war, sie zu reizen und das Schicksal damit herauszufordern.

Er hörte ihre raschen Schritte, kalte Lichtstrahlen durchdrangen das Unterholz. Es wurden immer mehr, von allen Seiten kamen sie. Fremdartige Laute drangen an sein Ohr, sie brüllten in ihrer fremden Sprache. Einer von ihnen, an dessen Gürtel Gegenstände hingen, die rasselnd und klingelnd gegeneinanderschlugen, hatte seine Fährte aufgenommen. In dem grellen Licht erkannte der alte Botaniker spitze, gezackte Zähne am Gürtel – vielleicht Trophäen, irgendeiner anderen unglückseligen Kreatur aus dem Weltraum aus dem Mund gebrochen. Die Zähne waren auf einen Ring aufgereiht und machten beim Aneinanderschlagen ein schauerliches Geräusch.

Zeit, Zeit, Zeit – kam das Signal vom Raumschiff, das noch ein letztes Mal die Nachzügler herbeirief.

In dem gleißenden Licht sprang er geduckt zum Straßenrand. Überall standen Fahrzeuge. Die Fahrer waren in alle Richtungen ausgeschwärmt. Er hüllte sich in schützenden Nebel und glitt im Mondlicht über die Straße, wobei sich der Nebel mit den übelriechenden Abgasen der Motoren mischte. Diese giftige Wolke half ihm aber vorerst einmal, unentdeckt zu bleiben. Sobald er die andere Straßenseite erreicht hatte, glitt er einen kleinen Abhang hinunter.

Sofort schienen auch ihre kalten Lichter in diese Richtung, als spürten sie, an welcher Stelle er die Straße überquert hatte. Er preßte sich deshalb eng an den steinigen und sandigen Hang der Schlucht, über die die Erdbewohner einfach hinwegsprangen. Blitzschnell richtete er seine kreisenden Augen nach oben und erblickte den gräßlichen Ring mit den klappernden Zähnen, die ihn anzugrinsen schienen während ihr Besitzer über ihn hinwegsprang.

Er kauerte sich tiefer in das Felsgestein, inmitten seines Nebels einigermaßen geschützt, da sich dieser Nebel durch nichts von anderen nebligen Stellen unterschied, die man nachts in Schluchten sieht, wenn alles feucht ist. Ja, ich bin nur eine Wolke, ihr Erdlinge, Nebel wie euer Nebel, völlig bedeutungslos. Versucht nicht, meinen Nebel mit euren Lichtern zu durchdringen; denn inmitten dieses Nebels befinden sich ein langer Hals und zwei Füße mit Schwimmhäuten und langen dürren Zehen. Ich bin sicher, ihr würdet nicht begreifen, daß ich auf eurem Planeten bin, um eure Blattpflanzen zu retten, bevor ihr sie völlig ausrottet.

Viele sprangen über ihn hinweg, er hörte dunkle erregte Stimmen. Sie schienen die Jagd zu genießen und waren alle bewaffnet. Nachdem auch der letzte verschwunden war, klomm er den Abhang an der anderen Seite der Schlucht wieder hoch und lief hinter ihnen in den Wald. Von Vorteil für ihn war dabei lediglich, daß er diese geliebte Gegend so gut kannte; denn hier hatte er Pflanzen ausgegraben, um die Sammlung zu vervollständigen und möglichst viele Spezies vor dem Aussterben zu retten. Rasch ließ er seine Augen kreisen und erkannte den Pfad, eine kaum erkennbare Schneise, die sich im Dunkeln zwischen den Büschen dahinzog. Auf diesem Pfad hatten er und die anderen Mitglieder der Crew die Sämlinge davongetragen. Das abstoßend grelle Licht durchdrang die Dunkelheit. Es kam aus verschiedenen Richtungen. Die Erdbewohner waren offenbar ganz verwirrt. Er hatte den direkten Weg zurück zum Raumschiff eingeschlagen.

Sein Herzlicht leuchtete jetzt viel heller; denn die Nähe der Mitbewohner des Raumschiffes verlieh ihm Kraft. Sie alle riefen ihn mit ihren Herzen. Auch die Pflanzen, zum Teil schon hundert Millionen Jahre an Bord, riefen ihm zu: *Gefahr, Gefahr, Gefahr.*

Er eilte zwischen den Suchscheinwerfern dahin auf dem einzigen klar erkennbaren Pfade im Wald. Was ihm unter die empfindlichen Füße kam, spürte er ganz deutlich bei jedem Schritt. Er kannte hier jedes Blatt und alle Spinnweben. Er fühlte, was sie ihm liebevoll mitteilten. Sie geleiteten ihn sicher durch den Wald und sagten ihm »hier entlang, hier entlang ...«

Er folgte ihren freundlichen Anweisungen, tastete mit den Fingern den weichen Waldboden ab, stolperte immer wieder über Wurzeln, erhielt aber ständig Signale aus dem Wald, während sein Herzlicht hell aufleuchtete, und es kaum erwarten konnte, mit den Herzen auf der Lichtung zu verschmelzen, wo das große Raumschiff auf ihn wartete.

Das grelle, kalte Licht seiner Verfolger schien jetzt hinter ihm. Seine Strahlen verfingen sich in Zweigen, die ihm Durchlaß gewährt hatten, jetzt aber seinen Verfolgern den Weg versperrten. Zweige schnellten plötzlich vor, verhedderten sich, und es gab kein Durchkommen mehr. Eine im Boden verankerte Wurzel hob sich ein wenig, so daß der Mann mit dem Ring voller Zähne am Gürtel darüber stolperte. Der Fuß eines anderen verfing sich in einer zweiten Wurzel. Er stürzte und fiel platt aufs Gesicht, wobei er ganz fürchterlich in der Sprache dieses Planeten fluchte. Die ganze Zeit über aber riefen die Pflanzen dem Botaniker zu: *»Lauf, lauf, lauf ...«* Und der Außerirdische rannte durch den Wald auf die Lichtung zu, so schnell ihn seine Füße trugen.

Die große glänzende Kugel, Juwel der Galaxis, wartete auf ihn, und er watschelte beglückt darauf zu, auf das heitere, wundersame Licht, das ihm so vertraut war und alles andere Licht in den Schatten stellte. Seine ungeheure Kraft sammelte sich jetzt, strebte auf einen einzigen Punkt zu und sandte Wellen der größtmöglichen Strahlkraft aus, die alles ringsum in ihren Glanz hüllten. Er kämpfte sich durch das hohe Gras voran und versuchte, für das Raumschiff sichtbar zu werden, sein Herzlicht mit dem der Crew zu verschmelzen, aber seine lächerlichen, überlangen Zehen hatten sich in den Ranken verfangen, die ihn nicht wieder freigaben.

»Bleib doch«, sagten sie, »bleib doch bei uns.«

Schließlich gelang es ihm doch, sich loszureißen und weiterzulaufen. Er stürzte auf die äußerste Aura des vom Raumschiff ausgestrahlten Lichtes zu, bis zum Rande des hohen Grases. Die strahlend erleuchtete Kugel sandte ihren Glanz durch die Halme rings um ihn herum. Die Strahlen brachen sich und bildeten einen herrlichen Regenbogen. Er erblickte die Einstiegsluke, die noch offenstand. Ein Mitglied der Crew wartete mit heftig blinkendem Herzlicht in der Luke und hielt verzweifelt nach ihm Ausschau. Es rief und rief.

Ich komme, ich komme ...

Er schlurfte durch das Gras, aber sein nach unten gewölbter Leib gehorchte anderen Gesetzen der Schwerkraft und war ihm beim Vorankommen sehr hinderlich. Da überflutete ihn eine plötzliche Entscheidung der Gruppe – ein Gefühl, das ihn bis auf die Knochen durchdrang.

Die Luke wurde geschlossen. Da schlossen sich auch alle Blumenblätter.

Das Raumschiff hob in dem Augenblick ab, in dem er, wild mit der langfingrigen Hand gestikulierend, aus dem hohen Gras gestürzt kam. Aber er war jetzt vom Raumschiff aus nicht mehr zu sehen. Das lag an dem enormen Rückstoß. Blendendes Licht überstrahlte die ganze Landschaft, so daß keine Einzelheiten mehr zu erkennen waren. Einen Augenblick lang schien das Raumschiff noch in der Luft stillzustehen, dann entfernte es sich über die Baumwipfel hinweg und entschwand im Dunkel der Nacht.

Die arme verlassene Kreatur jedoch stand mit furchtsam blinkendem Herzlicht unten im Gras.

Der Außerirdische war jetzt ganz allein – drei Millionen Lichtjahre von seiner Heimat entfernt.

Mary saß mit hochgezogenen Beinen im Schlafzimmer und las halbherzig und zerstreut die Zeitung. Denn gleichzeitig hörte sie ihren beiden Söhnen zu, die mit Freunden unten in der Küche ›Kerker & Drachen‹ spielten.

»Du schaffst es bis zum Waldrand, doch dann machst du einen ganz blöden Fehler, und ich rufe die schleichenden Monster.«

Schleichende Monster, dachte Mary und blätterte um. Und was ist mit den notleidenden Müttern? Da bin ich nun geschieden, die Unterhaltszahlungen sind viel zu niedrig und dann muß ich mit Kindern unter einem Dach leben, die eine fremde Sprache sprechen.

»Kann denn das schleichende Monster schon herbeigerufen werden, nur weil ich einem kleinen Kobold ein bißchen helfen wollte?«

»Der Kobold steckte mit den Dieben unter einer Decke – du kannst also noch von Glück sagen, daß du es nur mit einem schleichenden Monster zu tun bekommst.«

Seufzend faltete Mary die Zeitung zusammen. Kobolde, Mietlinge, die Mächte der Finsternis – selbst die blühendste Fantasie konnte da nicht mithalten. Alles, einfach alles gab es da unten in ihrer Küche, und das Abend für Abend. Danach sah die Küche dann immer aus wie eine Müllhalde – leere Cola-Dosen, zertretene Kartoffelchips, aufgerissene Tüten, Bücher, Zeitschriften, Taschenrechner und Zettel mit fürchterlichen Verwünschungen auf ihrer Pinwand. Wenn die Leute im voraus ahnten, was für eine Aufgabe es war, Kinder aufzuziehen, so würden sie bestimmt die Finger davon lassen.

Jetzt grölten die Kinder im Chor:

»Katie fing mit elf schon an,
nahm sechsundzwanzig rote Pillen
trank dazu 'ne Flasche Wein ...«

Das ist ja ein reizendes Lied, dachte Mary und knirschte mit den Zähnen bei dem Gedanken, eines ihrer Kinder könnte vielleicht eines Tages eine Handvoll Reds schlucken, wie man das heutzutage nannte oder auch eine Handvoll von irgendwelchem anderen Zeug, wie LSD, DMT, XYZ, wer sollte sich da noch auskennen? Wer weiß, womit sie als nächstes ankommen würden? Vielleicht mit einem Finsterling, einem schwarzen Reiter?

»Steve ist Kerkermeister. Damit hat er unumschränkte Macht.« Unumschränkte Macht. Mary streckte ihre schmerzenden Füße vor und bewegte die Zehen. Als Hausherrin sollte sie eigentlich unumschränkte Macht haben.

Ich fühle mich selbst wie ein Finsterling, wie eines dieser grauenhaften Schattenwesen.

Sie hätte nicht einmal genau sagen können, was für eine Kreatur das eigentlich war. Doch so ungefähr fühlte sie sich. Schattenhaft.

Direkt unter ihrem Schlafzimmer redeten die Kinder weiter, hingen weiter ihren wirren Träumen nach.

»Wer sind denn eigentlich diese schleichenden Monster?«

»Menschen.« Das war die Stimme des Kerkermeisters.

»Aha, das sind die schlimmsten. Hört euch mal an, was ihnen für Eigenschaften nachgesagt werden: Megalomanie, Paranoia, Kleptomanie, schizoid.«

Das ist wirklich *schizoid,* dachte Mary und verdrehte die Augen. So fühle ich mich selbst allmählich. Habe ich meine Kinder vielleicht dafür großgezogen? Damit sie als Kerkermeister enden? Arbeite ich dafür acht Stunden am Tag? Vielleicht wäre alles gar nicht so schlimm, wenn mein Leben so voller Spontaneität wäre wie das der Kinder. Wenigstens hin und wieder der unerwartete Anruf eines Verehrers. Sie ging die Liste ihrer Verehrer durch, mußte sich aber eingestehen, daß auch sie etwas Schattenhaftes an sich hatten.

»Also gut, ich renne vor den Menschen her und schieße meine kleinen Pfeile auf sie ab, damit sie mich jagen. Meine Vorhaltpfeile, mein schwerstes Geschütz ...«

Das ist nun also mein Jüngster, dachte Mary beim Klang von Elliotts dünner, hoher Piepsstimme. Mein Kleiner. Schießt Pfeile ab. Sie hatte das Gefühl, als sei sie selbst von einem Pfeil durchbohrt worden, in die Schilddrüse getroffen, oder was immer es war, das ihre Energie zu einem Nichts zusammenschrumpfen ließ, bis sie sich wie ein Schattenwesen fühlte. Ach Gott, sie hätte so sehr ein bißchen Auftrieb gebraucht ...

»Ich renne die Straße entlang. Sie sind hinter mir her. Und wenn sie mich schon fast haben und ihre Wut keine Grenzen mehr kennt, werfe ich meine tragbare Höhle hin ...«

Tragbare Höhle? Sie glaubte, sich verhört zu haben und beugte sich aus dem Bett, um mehr darüber zu erfahren. Das klang ja richtig obszön.

»Ich klettere rein und mache die Luken dicht. Presto. Löse mich sozusagen in Luft auf.«

So was könnte ich auch brauchen, dachte sie. Da würde ich dann jeden Tag gegen vier Uhr dreißig reinsteigen.

»In so einer tragbaren Höhle kannst du aber höchstens zehn Runden eines Handgemenges abwarten, Elliott.«

Ich bräuchte so einen Zufluchtsort nur hin und wieder mal für zehn Minuten im Büro. Und dann vielleicht auch noch mal auf dem Heimweg zur Hauptverkehrszeit.

Sie stellte die Füße auf den Boden, fest entschlossen, den Abend furchtlos zu überstehen, ohne die Ängste, die für sie schon symptomatisch waren.

Und wo blieb die Liebe?

Wann würde ein aufregender Mann in ihr Leben treten?

Er watschelte die Straße entlang. Jetzt war wieder alles ruhig, seine Verfolger hatten die Suche nach ihm aufgegeben. Aber in dieser Atmosphäre würde er es nicht lange aushalten können. Die Anziehungskraft der Erde würde ihre Wirkung auf ihn nicht verfehlen; denn durch den Widerstand des Bodens würde sich seine Wirbelsäule verbiegen, und seine Muskelkraft würde rasch nachlassen. Bald würden seine Muskeln einfach den Dienst versagen, und er würde irgendwo in einem Graben enden, gar nicht mehr als das Geschöpf zu erkennen, das er einmal gewesen war, einem großen aufgeblähten Kürbis nicht unähnlich. Was für ein trauriges Ende für einen intergalaktischen Botaniker.

Die Straße fiel steil ab, und er folgte ihr bis zu den Lichtern des tiefergelegenen Vorortes. Er verfluchte dieses Licht, das ihn auf verhängnisvolle Weise angezogen hatte und ihn auch jetzt noch nicht losließ. Warum ging er jetzt bergab auf diese Lichter zu? Warum kribbelte es ihm in den Zehenspitzen und weshalb flackerte die Beleuchtung seines Herzens? Welche Hilfe konnte ihm dort bei diesen Fremdlingen schon zuteil werden?

Die Straße versandete irgendwo, endete im Nichts. Er mußte vom Wege abgekommen sein und kämpfte sich wie auf Katzenpfoten durch Sträucher und Unterholz. Er hielt den Kopf gesenkt und eine Hand lag über seinem Herzlicht, das begeistert aufblinkte. Er verfluchte es. »Licht«, sprach er es an, »du verdienst es, als Schlußlicht eines Fahrrades zu enden.«

Nun sah er die bizarr geformten Häuser der Erde unmittelbar vor sich. Im Gegensatz zu den herrlichen schwebenden Terrassen des Raumschiffes wurden die Häuser der Menschen aufgrund der Schwerkraft am Boden festgehalten.

Er durfte jetzt nicht an sein Zuhause denken, der Gedanke daran quälte ihn zu sehr.

Er näherte sich den Häusern, wie von einem inneren Zwang getrieben. Die Lichter wurden immer größer. Er stolperte durch das Gesträuch und rutschte einen sandigen Abhang hinunter, wobei seine langen Zehen wunderliche Spuren hinterließen, dann gelangte er zu einem gewundenen Pfad, der zu den Häusern führte.

Vor ihm befand sich ein Zaun, den er übersteigen mußte. Dabei kamen ihm seine langen Finger und Zehen zugute. Wenn es darum ging, Hindernisse zu überwinden, waren sie unbezahlbar. Wie eine Rebe rankte er sich den Zaun bis oben hinauf, fiel jedoch auf der anderen Seite wieder hinunter. Da lag er dann mit dem Bauch nach oben und den Füßen in der Luft und strampelte, um wieder auf die Beine zu kommen. Bei dem Sturz hatte er sich sehr weh getan. Er unterdrückte einen Schmerzensschrei und rollte wie ein Kürbis über den Rasen.

Was suche ich hier eigentlich? Ich muß verrückt geworden sein …

Irgendwie gelang es ihm, wieder stillzuliegen. Er wagte nicht, sich zu rühren. Das Erdenhaus war schrecklich nah, die Lichter und Schatten tanzten vor seinen schreckgeweiteten Augen. Warum hatte ihn sein Herzlicht hierhergeführt?

Die Behausungen der Erdbewohner waren grotesk, einfach schrecklich.

Aber irgendwas in diesem Garten sandte leise Signale aus.

Er sah sich um und erblickte den Gemüsegarten.

Voller Scheu, und doch mit unverhohlener Freude bewegten sich Blätter und Stengel. Schluchzend kroch er hin und umarmte eine Artischocke. Er versteckte sich im Gemüsebeet und beriet sich mit den Pflanzen. Sie gaben ihm den Rat, durchs Küchenfenster hineinzusehen. Doch das behagte ihm ganz und gar nicht.

Ich bin doch nur in diese Bredouille geraten, signalisierte er der Pflanze, weil ich zum Fenster hineinsehen wollte. Da kann ich doch eine solche Dummheit nicht noch einmal machen. Die Artischocke bestand jedoch leise murrend darauf. Da kroch der Außerirdische gehorsam davon und ließ die Augen furchtsam kreisen.

Licht fiel aus der Küche nach draußen, unheilverkündend wie ein schwarzes Loch im Weltraum. Ihm wurde schwindlig, als er in diesen unaussprechlichen Strudel am äußersten Rande des Universums geriet. Die Augen traten ihm fast aus dem Kopf, als er eine Wetterfahne aus Plastik mit einer Maus und einer Ente darauf erblickte. Die ihm zugewandte Ente trug einen Regenschirm.

An einem Tisch in der Mitte des Raumes saßen fünf Erdlinge, die ein Ritual durchführten. Diese seltsamen Geschöpfe riefen und schrien sich an. Dabei bewegten sie winzige Götzenbilder über den Tisch und schwenkten mit dunklen Geheimnissen beschriebene Blätter. Jeder Erdling verbarg seine Werke vor den anderen. Dann wurde ein riesiger Würfel geschüttelt und geworfen, und alle warteten gespannt ab, auf welche der sechs Seiten er fiel. Dann schrien sie wieder alle durcheinander, sahen auf ihre Blöcke und bewegten die kleinen Figuren. Die fremden Laute, die sie hervorbrachten, drangen ständig an sein Ohr.

»Hoffentlich erstickst du in deiner tragbaren Höhle.«

»Hört euch das mal an: Wahnsinn, Halluzinationen, geisteskrank ...!«

»Ist ja sagenhaft! Lies weiter!«

»Der vom Wahnsinn Befallene, also der Geisteskranke hört, sieht und fühlt Dinge, die in Wirklichkeit gar nicht existieren.«

Er ließ sich vom Fenster wieder in die Dunkelheit hinabfallen. Was für ein sonderbarer Planet. Unsagbar merkwürdig.

Ob er dieses Ritual wohl jemals lernen würde? Würde er je den sechsseitigen Würfel werfen können und von ihnen akzeptiert werden?

Eine ungeheure monströse Vielfalt von Vibrationen aus dem Innern des Hauses überflutete ihn, komplizierte Codes und Signale gingen hin und her. Er war zehn Millionen Jahre alt und schon weit herumgekommen, aber etwas so Kompliziertes hatte er noch nicht erlebt.

Von all dem Neuen überwältigt und völlig ermattet, kroch er davon, um im Gemüsegarten wieder zur Ruhe zu kommen. Er hatte schon öfter einen Blick in die Fenster der Erdlinge riskiert, war ihnen jedoch noch nie so nahegekommen und hatte die merkwürdige Denkweise der Menschen noch nie so hautnah miterlebt.

»Aber das sind doch nur Kinder«, sagte eine Gurke neben ihm.

Der alte Botaniker wimmerte vor sich hin. Wenn das, was er gerade mitangehört hatte, die Gedanken von Kindern waren, was ging dann in den Erwachsenen vor? Welche unlösbaren Schwierigkeiten drohten ihm von ihrer Seite?

Er sank neben einem Kohlkopf zu Boden und ließ den Kopf hängen. Jetzt war es um ihn geschehen. Das war das Ende. Sollten sie ruhig am Morgen kommen, um ihn zu holen und auszustopfen.

Mary duschte, um ihre Lebensgeister wieder zu wecken. Dann schlang sie sich ein Handtuch um die Haare und trat auf die Badematte, die der Hund Harvey schon fast bis zur Unkenntlichkeit zerpflückt hatte. Der ausgefranste Rand geriet ihr immer wieder zwischen die Zehen, als sie sich abtrocknete. Sie schlüpfte in ihren kunstseidenen Kimono, dann blickte sie in den Spiegel. Würde sie auch heute abend wieder ein neues Fältchen, schlaffe Haut, irgendwelche schrecklichen Verwüstungen oder Abnutzungserscheinungen entdecken, die ihre Depressionen verstärkten und ihr Elend vollmachten?

Ihr fiel jedoch weiter nichts auf. Doch es war ja eine allgemein bekannte Tatsache, daß man selbst in seinen schlimmsten Alpträumen nicht voraussehen konnte, was für Scheußlichkeiten und Greueltaten die Kinder jederzeit aushecken konnten. Was mochte ihr noch alles blühen? Schlägereien, Drogen, unerträglich laute Musik? So etwas beschleunigte natürlich den physischen und moralischen Verfall. Sie rieb ihr Gesicht mit ihrer sagenhaft teuren Feuchtigkeitscreme ein und hoffte inständig auf ein bißchen Ruhe und Frieden. Doch der herbeigesehnte Friede wurde augenblicklich durch das furchterregende Bellen des Hundes Harvey gestört, der vor die Tür verbannt worden war.

»Harvey«! rief sie aus dem Badezimmerfenster, »hör sofort auf zu bellen!«

Dieser Hund war geradezu lächerlich mißtrauisch allem gegenüber, was sich im Dunkeln abspielte. Fast bekam sie das Gefühl, als lauerten in der Nachbarschaft überall Sexualverbrecher. Wenn Harvey wenigstens *nur* die anbellen würde, wäre ja alles in bester Ordnung. Aber er bellte auch beim Anblick von Pizzaständen, Flugzeugen, kaum zu erkennenden Satelliten. Es stand schon fast zu befürchten, daß er an Wahnvorstellungen litt – auch eine Art Geisteskrankheit. Ganz zu schweigen von der Tatsache, daß er Badematten zernagte. Sie riß das Fenster noch einmal auf. »Um Himmels willen, Harvey, halt doch endlich das Maul!«

Sie knallte das Fenster wieder zu und verließ das Badezimmer. Doch was sie dann erwartete, als sie den Flur entlangging, war auch nicht gerade erfreulich. Aber sie mußte sich wohl oder übel damit abfinden.

Sie hatte die Tür zu Elliotts Zimmer geöffnet.

Dort häuften und stapelten sich alle möglichen völlig nutzlosen Dinge, zum Teil schon fast verfault. Ein typisches Jungenzimmer eben. Am liebsten hätte sie den ganzen Kram in so eine tragbare Höhle gestopft.

Sie machte sich an die Arbeit und sortierte, warf weg und ordnete Dinge richtig ein. Sie hing die Raumschiffe ihres Sohnes an die Decke, rollte seinen Basketball in den eingebauten Wandschrank. Sie wußte nicht, was sie mit dem gestohlenen Straßenschild anfangen sollte und hoffte inständig, daß er sich nicht in einer analen Phase befand. Sie konnte sich des Verdachts nicht erwehren, daß mit Elliott alles mögliche nicht in Ordnung war, da er ohne Vater aufwuchs, freudlos vor sich hinlebte und dazu neigte, sich in jeder freien Minute mit schleichenden Monstern zu befassen. Wenn man es genau überlegte, war er nicht einmal nett. Zumindest gab ihr seine ständige Beschäftigung mit ruhelos umherwandernden Geistern zu denken. Vielleicht war das aber alles nur eine vorübergehende Phase.

»Elliott …«, rief sie ihren kleinen Ork.

Natürlich gab er keine Antwort.

»Elliott!« kreischte sie, wodurch ihr Blutdruck stieg und die scharfen Linien um ihren Mund sich vertieften.

Elliott kam daraufhin die Treppe heraufgepoltert und den Gang entlanggetrampelt. Er lehnte sich an den Türrahmen und sah sich voller Mißtrauen an, was sie mit seiner Abfall- und Schundsammlung angestellt hatte.

»Elliott, siehst du, wie dein Zimmer jetzt aussieht?«

»Klar, ich werde nichts mehr finden.«

»Kein schmutziges Geschirr mehr, deine Kleidungsstücke weggehängt. Das Bett ist gemacht, der Schreibtisch ordentlich aufgeräumt …«

»Okay, okay.«

»So sollte das Zimmer eines vernünftigen, denkenden Menschen eigentlich immer aussehen.«

»Warum denn das?«

»Damit wir nicht das Gefühl haben, in einem Abfallkorb zu leben. Kapiert?«

»Ja, ja, ist ja schon gut.«

»Ist das ein Brief von deinem Vater?« Mary zeigte auf den Brief auf dem Schreibtisch. Diese Handschrift kannte sie so gut. »Was schreibt er denn?«

»Ach, nichts.«

»Aha!« Sie versuchte, unauffällig das Thema zu wechseln. »Was hältst du von einem neuen Anstrich? Die Wände sehen schon ganz schmuddelig aus.«

»Geht in Ordnung.«

»Welche Farbe?«

»Schwarz.«

»Großartig. Ein gutes Zeichen.«

»Schwarz gefällt mir eben. Ist meine Lieblingsfarbe.«

»Du kneifst schon wieder die Augen zu. Hast du die Brille nicht aufgehabt?«

»Doch.«

»Mary!« rief der Kerkermeister von unten. »Sie spielen dein Lied.« Sie steckte den Kopf zur Tür hinaus. »Bist du sicher?«

»Dein Lied, Mama«, sagte Elliott. »Na, komm schon.«

Schwach hörte sie den Sound der Persuasions aus der Küche. Sie ging im Takt dazu die Treppe hinunter und hinter Elliott her. »Hat euer Vater was davon gesagt, wann ihr ihn das nächste Mal besuchen sollt?«

»Thanksgiving.«

»Thanksgiving? Aber er weiß doch, daß ich Thanksgiving dran bin.« Doch wann war er je konsequent gewesen? Außer, wenn es um das Unterschreiben von Schecks ging. Da hatte er zahlreiche Kugelschreiber verbraucht und mit den Schecks Motorradersatzteile bezahlt.

Sie dachte an ihn, wie er irgendwo herumsauste, Mondlicht auf den schweren Augenlidern. Und seufzte. Ach ja ...

Würde sie eben Thanksgiving ihr Dinner am Automatenbüfett einnehmen. Oder im chinesischen Restaurant Truthahn mit MSG-Füllung essen.

Elliott war plötzlich verschwunden, und Harvey fing wieder an zu bellen, als sich ein Auto näherte.

Der Außerirdische tauchte zwischen den Gemüsebeeten unter und machte sich so flach wie möglich. Er breitete Blätter über sich, um seinen vorspringenden Bauch zu verdecken.

»Du hast nichts zu befürchten«, sagte eine Tomate, »das ist nur der Pizzawagen.«

Der Außerirdische blieb jedoch unter den Blättern verborgen, da er nicht wußte, was ein Pizzawagen war. Das

Auto hielt vor dem Haus. Die Haustür öffnete sich, und er sah einen Erdling auftauchen.

»Das ist Elliott«, sagten die grünen Bohnen, »er wohnt hier.«

Der Außerirdische sah zwischen den Blättern hindurch. Der Erdling war kaum größer als er. Allerdings waren seine Beine übermäßig lang, und sein Bauch hing nicht so dicht über der Erde, wie es eben bei dieser Gattung höherer Lebewesen üblich war. Doch eigentlich war er gar kein so erschreckender Anblick. Der Junge ging die Auffahrt hinunter und war gleich darauf verschwunden.

»Geh ums Haus herum«, sagte die Tomate, »dann kannst du ihn gut sehen, wenn er zurückkommt.«

»Aber der Hund …«

»Der Hund ist angekettet«, erwiderte die Tomate, »er hat Marys Überschuhe angefressen.«

Da befreite sich der Außerirdische mühselig aus dem Gemüsebeet und ging um das Haus herum. Als aber der Pizzawagen in der Einfahrt wendete, erfaßte das Scheinwerferlicht den Garten. Da geriet der Außerirdische in Panik. Mit angstverzerrtem Gesicht sprang er auf den Zaun zu und wollte hinüberklettern. Doch er streifte mit einer seiner langen Zehen den Riegel des Gartentors und drückte ihn nieder, so daß das Tor aufschwang, und er wieder im Garten landete.

Der Erdling war ganz in seiner Nähe und sah in seine Richtung.

Rasch bedeckte er sein Herzlicht, sprang vom Tor hinunter und entfloh in den Werkzeugschuppen, wo er sich furchtsam in einen Winkel kauerte, vom Nebel der Angst umhüllt. Jetzt saß er in der Falle, in die er sich selbst begeben hatte. Aber hier gab es ja Werkzeug und Geräte, zum Beispiel einen Spaten, mit dem er sich verteidigen konnte. Die meisten Geräte ähnelten denen, die sie auch auf dem Raumschiff benutzten. Es waren ja schließlich alles Gartengeräte. So umklammerte er den Spatenstiel mit seinen langen Fingern, bereit seinen Angreifern entgegenzutreten. Denn mit einem in die Enge getriebenen intergalaktischen Botaniker ist nicht zu spaßen.

»Paß auf, daß du dir nicht weh tust. Zieh die Zehen ein«, sagte eine kleine eingetopfte Efeuranke.

Er mußte sich sehr zusammennehmen. Er spürte, wie eine Welle der Verbundenheit von einem Orangenbaum im Garten zu ihm hineinströmte, als das Erdenkind eine Orange pflückte.

Gleich darauf wurde die Frucht in den Geräteschuppen geschleudert und traf ihn auf die Brust. Das uralte kleine Wesen verlor dadurch das Gleichgewicht, stolperte rückwärts und landete auf seinem ausladenden kürbisähnlichen Hintern. Die Orange prallte an ihm ab und fiel zu Boden.

Wie demütigend, sich als Botaniker seiner Statur mit einer reifen Frucht bewerfen lassen zu müssen.

Wütend hob er die Orange auf und warf sie mit einem seiner langen Arme voller Kraft wieder hinaus.

Der Erdling schrie auf und stürzte wie gejagt davon.

»Hilfe! Mama, Hilfe!«

Mary bekam eine Gänsehaut. Mußte denn der Prozeß des Alterns unbedingt noch mehr beschleunigt werden?

»Da draußen ist etwas!« schrie Elliott völlig außer Atem. Er schlug die Küchentür hinter sich zu und sperrte sie ab.

Mary war zu Tode erschöpft. Kopfschüttelnd betrachtete sie die heillose Unordnung, die die Kinder mit dem Spiel ›Kerker & Drachen‹ fabriziert hatten und sehnte sich nach einer tragbaren Höhle, die für sie alle groß genug war. Was wurde jetzt von ihr erwartet? Davon war bei der Scheidung natürlich nicht die Rede gewesen.

»Im Geräteschuppen«, sprudelte Elliott aufgeregt hervor. »Es hat eine Orange nach mir geworfen.«

»Oooooo«, mokierte sich Tyler, der Kerkermeister, »das klingt ja richtig gefährlich.«

Die Jungen hörten mit ihrem Spiel auf und gingen zur Tür, aber Mary stellte sich ihnen in den Weg. »Halt! Ihr bleibt alle hier.«

»Warum denn?«

»Weil ich es euch sage.« Sie holte tief Luft, zog die Schultern hoch, warf den Kopf zurück und griff nach der Taschenlampe. Wenn es tatsächlich ein Unhold, ein Sexualverbrecher war, würde sie todesmutig wie eine Rebhuhnmutter vor ihn hintreten und sich als Lockvogel opfern. Sie hoffte, daß es sich wenigstens um einen einigermaßen charmanten Unhold handelte.

»Du bleibst schön hier, Mama«, meldete sich da Michael, ihr ältester Sohn, zu Wort. »Wir gehen nachsehen.«

»Deine herablassende Art paßt mir nicht, junger Mann. So spricht man nicht mit seiner Mutter!«

Inzwischen hatte sich auch der kleine Greg, einer der Kerkerfans, mit dem Tranchiermesser in der Hand zu ihr gesellt.

»Leg das sofort wieder weg«, befahl Mary und warf ihnen einen vernichtenden Blick zu, um ihre unumschränkte Macht zu betonen. Doch die Jungen drückten sich an ihr vorbei, schlossen die Tür wieder auf und rannten in den Garten hinaus. Sie ging ihnen nach und hielt sich an Elliott: »Erzähl mir mal ganz genau, was du gesehen hast.«

»Da drin«, sagte er nur und zeigte auf den Geräteschuppen. Sie leuchtete mit der Taschenlampe hinein. Der Lichtstrahl fiel auf Blumentöpfe, Kunstdünger, Gartenhacken und Spaten. »Hier drin ist nichts.«

Da rief Michael vom Rasen her: »Das Gartentor ist offen!«

»Seht euch mal diese Fußspuren an«, keuchte der Kerkermeister und stürzte zum Tor.

Ihre grobe, wirre Sprache sagte ihm nichts, aber der uralte Weltraumfahrer konnte sie jetzt deutlich erkennen. Er hatte sich an dem sandigen Hang des Hügels versteckt. Dort sah er fünf Erdenkinder und ...

Wer war denn nur dieses exotische Wesen bei den kleinen Erdlingen? Sein Herzlicht begann zu glühen, und er hielt es rasch zu.

Ihre Nase sah nicht aus wie zermatschter Rosenkohl. Ihre Gestalt erinnerte nicht an einen Kartoffelsack, sondern ...

Er kroch ein wenig näher heran.

»So, die Party ist aus. Der ganze Suchtrupp zurück ins Haus. Gib mir das Messer, Greg!«

Ihre Worte klangen ihm heftig klingelnd in den Ohren. Doch auch wenn er sich über ihre Bedeutung nicht im klaren war, so hatte er doch ganz deutlich das Gefühl, daß sie die Mutter dieser kleinen Bande war.

Und wo war der überragende Vater, der alles beherrschte?

»Sie hat ihn schon vor Jahren hinausgeworfen«, erklärten ihm die grünen Bohnen.

»Hier ist die Pizza«, sagte Greg und hob sie auf. »Elliott ist draufgetreten.«

»Pizza? Wer hat euch denn erlaubt, Pizza zu bestellen?«

Mary trat in den Lichtschein der Veranda, und der Außerirdische starrte sie von seinem Versteck aus an. In diesem Augenblick dachte er nicht mehr an Flucht.

»Törichtes Herzlicht«, sagte er zu diesem sonderbaren Organ, das wieder aufflackerte. »Du gehörst an – an einen Pizzawagen.«

Mary scheuchte die Kinder ins Haus zurück, froh, daß das Schlimmste vorüber war. Mit Elliott war wieder einmal die Fantasie durchgegangen, das war alles. Das ewige Stirnrunzeln seinetwegen konnte ja nicht ohne Auswirkung auf ihre Physiognomie bleiben. Trotzdem rechtfertigte das noch lange nicht die Tatsache, daß sie ihm allabendlich eine winzige Dosis Valium ins Essen mengen sollte. Sicher war das nur eine vorübergehende Phase.

»Aber da draußen war wirklich etwas, Mama. Ich schwöre es dir.«

»Nun scheiß dir mal nicht gleich vor Angst in die Hose, Elliott«, machte sich Tyler über ihn lustig.

»Jetzt aber Schluß«, sagte Mary. »In meinem Hause möchte ich solche Ausdrücke nicht hören.«

Die Jungen waren zu gerissen. Ständig fühlte sie sich an die Wand gedrückt. Sich herauszuhalten; war leider nicht immer möglich. »So, meine Lieben, Zeit zum Heimgehen.«

»Aber wir haben die Pizza doch noch gar nicht gegessen.«

»Da sind doch jetzt Fußabdrücke drauf«, sagte Mary, die es kaum erwarten konnte, daß endlich wieder Ruhe einkehrte. Aber natürlich ignorierten sie sie wieder einmal völlig und begannen die Pizza zu essen, auf die Elliott getreten war. Sie zog sich zurück. Auch auf ihr trampelten sie ständig herum. Sie wollte sich ein wenig hinlegen, sich Kräuterkissen auf die Augen packen und Leguane zählen. Oberhalb der Treppe drehte sie sich noch einmal um. »Aber wenn ihr die Pizza aufgegessen habt, geht ihr bitte alle.«

Ein grollendes Gemurmel klang aus dem Kerker herauf.

Wie schön muß es gewesen sein, als die Kinder mit neun Jahren im Kohlenbergwerk arbeiten gingen. Sie hatte aber das deutliche Gefühl, daß diese Zeiten ein für allemal vorbei waren.

Sie stakste in ihr Zimmer und ließ sich auf das Bett sinken. Wieder ein ganz typischer Abend für das Leben einer fröhlichen Geschiedenen.

Gänsehaut, Schocks und umherirrende Monster.

Sie legte sich die Kompressen auf die Augen und blieb ruhig liegen.

Irgend etwas schien sie anzustarren.

Daran waren sicher nur ihre überreizten Nerven schuld. Ihre Fantasie gaukelte ihr etwas vor.

Und wenn der verdammte Hund nicht bald aufhörte zu bellen, würde sie ihn mit einem Zettel zwischen den Zähnen irgendwo an der Autobahn aussetzen. Sie holte tief Luft und begann Eidechsen zu zählen. Jede einzelne kam freundlich auf sie zugeschlurft.

Heimlich wurde das Spiel ›Kerker & Drachen‹ ins Spielzimmer verlegt. Nur Elliott beteiligte sich nicht daran. Von trüben Gedanken gepeinigt, ging er in sein Zimmer hinauf. Sobald er eingeschlafen war, verfolgten ihn merkwürdige Träume. Seltsame Perspektiven eröffneten sich ihm. Aus verschlungenen Linien wurden Durchgänge, die ineinander überzugehen schienen. Tore und Türen reihten sich aneinander. Wohin sie wohl führen mochten? Ins Unendliche. Immer, wenn er einen Durchgang passiert hatte, lag bereits der nächste vor ihm.

Doch nicht nur er war überreizt. Der Hund Harvey kaute in fieberhafter Eile unbeirrbar seine Leine durch, verließ seinen Posten auf der hinter dem Haus liegenden Veranda und tapste geduckt und auf leisen Pfoten zu Elliotts Zimmer hinauf. Nachdenklich betrachtete er den schlafenden Jungen, dann fiel sein Blick auf Elliotts Schuhe. Doch es würde nur Scherereien geben, wenn er sie zernagte. Er war schrecklich nervös, fühlte sich nicht wohl in seiner Haut und brauchte unbedingt etwas Zerstreuung. Er hatte es nicht sonderlich genossen, draußen den Mond anzubellen. Etwas Unheimliches war in den Garten eingedrungen, und sein Fell hatte sich gesträubt. Leise Jammerlaute hatten sich seiner Kehle entrungen. Doch dann hatte er sich zusammengerissen und gekläfft, wie man es von ihm erwartete. Was konnte das nur gewesen sein? Er wußte es nicht.

Halbherzig begann der Hund nach seinem Schwanz zu schnappen, fuhr sich dann mit der weichen Zunge schmatzend über das Fell und erlegte sogar ein paar Fliegen. Plötzlich spitzte er die Ohren. Da war das Geräusch wieder.

Auch Elliott hatte es gehört und sich im Bett aufgesetzt. Harvey knurrte, sein Fell sträubte sich, und er blickte sich furchtsam um. Er mußte unbedingt jemanden beißen. An Elliott vorbei schlich er zur Tür des Kinderzimmers hinaus, die Treppe hinunter und verließ das Haus durch die Hintertür.

Das uralte Wesen aus dem Weltraum hatte auf dem sandigen Abhang geschlafen, war erwacht und zu dem Haus zurückgegangen. Hinter keinem der Fenster hatte Licht gebrannt. Er hatte den Riegel des Gartentors gefunden, ihn mit den Zehen zurückgeschoben und den Garten wie ein Erdling betreten. Doch beim Anblick seiner unförmigen Silhouette auf dem mondbeschienenen Rasen mußte er sich sagen, daß er wenig Ähnlichkeit mit diesen Geschöpfen hatte. Seltsamerweise hatten die Erdbewohner keinen angenehm gerundeten, nach unten hängenden Bauch, keinen so bedeutenden Leib, der sich der Umgebung in vollkommenster Weise anpaßte. Die Erdlinge hatten vielmehr eine gewisse Ähnlichkeit mit glücklosen grünen Bohnen. Alles saß bei ihnen fest auf diesem dürren Gerippe – die Muskeln bis aufs äußerste angespannt und eng mit diesem Knochengerüst verbunden.

Er dagegen war mehr dem Erdboden verhaftet und erfreute sich dank seines Körperbaus vieler Bequemlichkeiten. Dadurch blieb ihm so manche Mühsal erspart, und er konnte sich ausgiebig dem kontemplativen Leben hingeben.

Während ihm all das durch den Kopf ging, war er weiter durch den Garten gewatschelt, um die künftige Strategie mit dem Gemüse abzusprechen. Da trat er mit seinem großen Fuß auf den Rand eines metallenen Gartengerätes, und der Stiel schnellte mit hoher Geschwindigkeit auf ihn zu. Er wurde heftig am Kopf getroffen, kippte nach hinten und stieß einen intergalaktischen Schrei aus. Schnell rappelte er sich wieder auf und stürzte auf die Maisstauden zu. Schon im nächsten Augenblick wurde die Hintertür aufgerissen, und ein Erdling kam angerannt, dicht gefolgt von dem verängstigten Hund.

Elliott sauste mit der Taschenlampe in der Hand durch den Garten und leuchtete in den Geräteschuppen. Wieder glitt der kalte Lichtstrahl über die Geräte. Harvey stürzte sich in den Kampf und biß ein Loch in den Torfsack. Danach fühlte er sich zwar viel besser, aber dafür hatte er die ganze Schnauze voll. Er sprang wie angestochen herum und schnappte nach Schatten und Schemen.

Der Außerirdische kauerte zwischen den Maisstauden und hielt eine Gurke umklammert, um sich notfalls damit verteidigen zu können. Er zitterte am ganzen Leibe und knirschte furchtsam mit den Zähnen. Da wurden die Maisstauden auseinandergebogen, der Junge starrte ihn an, schrie entsetzt auf und tauchte dann zu ihm hinab.

Das Wesen aus dem Weltraum trat den Rückzug durch die Maisstauden an und eilte mit platschenden Schritten auf das Gartentor zu, so schnell es seine Füße trugen.

»Lauf doch nicht weg!«

Die Stimme des Jungen klang eigentlich ganz freundlich, sie ähnelte den Stimmen junger Pflanzen. So wandte sich der alte Botaniker nach ihm um.

Ihre Blicke kreuzten sich.

Der Haus- und Hofhund drehte sich wahnsinnig kläffend im Kreise, wobei er Moos, Gras und Torf aus der Schnauze fallen ließ. Was für eine merkwürdige Ernährungsweise, dachte der alte Wissenschaftler, hielt sich aber nicht länger bei diesem Thema auf. Harveys Zähne blitzten im Mondlicht auf, doch der Junge packte den Hund am Halsband und rief dem Wesen aus dem Weltraum noch einmal bittend zu: »Lauf doch nicht weg!«

Aber das uralte Geschöpf war schon unterwegs, hatte das Gartentor bereits passiert und war bald verschwunden.

Mary erwachte, spürte die Kompressen auf den Augen und hatte das Gefühl, als habe jemand das Haus auf die Seite gekippt. Sie erhob sich, zog einen Hausmantel über und trat in den dunklen Flur hinaus. Aus dem Spielzimmer drangen Stimmen an ihr Ohr. Sie hatte sich schon oft gefragt, was für Spiele die Kinder da drin spielten. Die Plakate halbnackter Weltraumprinzessinnen schienen ihnen jedenfalls sehr wichtig zu sein.

Meine Kleinen, dachte sie seufzend. Und während sie sich dem Spielzimmer näherte, hörte sie die Stimmen von Tyler, Steve und Greg, den Kerkerinsassen, die sie schon vor geraumer Zeit gebeten hatte, nach Hause zu gehen. Natürlich hatten sie wieder einmal keinerlei Notiz von ihrer Bitte genommen. Sie würden natürlich die ganze Nacht durchmachen und am nächsten Tag vor ihre Mütter hintreten mit entzündeten Augen, als hätten sie die Nacht in einem Bordell verbracht.

Ich halte das einfach nicht mehr aus.

Sie zog den Hausmantel fester um sich und wollte gerade angriffslustig das Spielzimmer betreten, da sah sie, daß die Tür nur angelehnt war. Rotes Licht blinkte und blitzte auf im Rhythmus der leisen Musik. Sie hatten ihre eigene Laser-Show.

Sie mußte sich eingestehen, daß dies eine ausgesprochen beruhigende Wirkung auf sie hatte.

Und war das nicht auch kreativ?

»Seht doch mal, schaut aus wie eine Titte. Da ist die Brustwarze.«

Sie sank gegen die Wand. Es war einfach hoffnungslos. Selbst wenn sie wie eine Wahnsinnige dazwischenfuhr, würde sie nur das Bild einer reifen Frau abgeben, die mitten in der Nacht erschien, mit einem Hausmantel bekleidet, um ihnen eine Szene zu machen. Womöglich würden sie dadurch in ihrer Sexualentwicklung gestört und gehemmt. Sie könnten Komplexe bekommen.

Auf jeden Fall aber würde *sie* Kopfschmerzen davon bekommen.

Als sie sich gerade wie ein verwundetes Tier wieder in den Schatten zurückziehen wollte, schoß Elliott blitzschnell die Treppe hinauf ins Spielzimmer.

»He, Jungs!«

»Seht euch das an – sogar ein *Paar* Titten.«

»Im Garten hinter dem Haus war ein Monster!«

»Was, ein Monster? He, ich kriege hier noch eine richtige Marsbewohnerin oben ohne zusammen.«

»Es war – ein Kobold! Ungefähr einen Meter groß mit ganz langen Ohren. Er saß zwischen den Maisstauden.«

»Mach die Tür zu, sonst weckst du Mama noch auf!«

Die Tür schloß sich. Mama ging langsam in ihr Zimmer zurück. Das Haus war nicht umgekippt, aber Elliott ganz verdreht. Er mußte den Verstand verloren haben.

Entweder das – oder ein schüchterner Unhold hatte in ihrem Gemüsegarten perverse Dinge getrieben.

Warum? fragte sie sich. Warum muß mir das alles passieren?

»Hier war es. Genau hier an dieser Stelle ...«

Der Außerirdische lauschte den Stimmen der Menschen, die immer noch die ganze Gegend um den Landeplatz herum absuchten. Er hielt sich zwischen den Bäumen verborgen und konnte sich inzwischen zusammenreimen, was sie bewegte. Hier war ein wundersamer Flugkörper gelandet und wieder entschwunden, bevor sie sich seiner bemächtigen konnten. Ein herrliches Raumschiff, von dem man auf ihrem Planeten nur träumen konnte, hatte sich auf die Erde herabgesenkt und war ihnen wieder entwischt.

»... ist mir regelrecht entglitten.«

Ihr Anführer, der die an einem Ring aufgereihten Zähne am Gürtel trug, wandte sich noch einmal um. Seine Untergebenen nickten gehorsam. Dann stieg er in seinen Wagen und fuhr ab. Seine Leute folgten ihm. Es war inzwischen wieder Tag geworden, und der Landeplatz lag verlassen da.

Voller Trauer betrachtete der Außerirdische die Spuren, die das Raumschiff hinterlassen hatte.

Es ist mir entglitten …

Er machte eine vage Handbewegung und fühlte sich wie gelähmt. Zu Tode erschöpft, verspürte er einen nagenden Hunger. Die kräftigen und nahrhaften Tabletten, von denen er und seine Kameraden auf dem Raumschiff gelebt hatten, gab es auf der Erde nicht. Sie waren ein komprimiertes kleines Wunderwerk, das vollkommen ausgereicht hatte, sie am Leben zu erhalten. Er hatte versucht, wildwachsende Beeren zu essen, sie jedoch als höchst unbefriedigend empfunden und die winzigen, harten Kerne rasch wieder ausgespuckt. Seit zehn Millionen Jahren sammelte er nun schon wildwachsende Pflanzen, doch er war noch nie gezwungen gewesen auszuprobieren, welche nahrhaft waren. Jetzt war es zu spät, um noch damit anzufangen. Ach, was gäbe er jetzt für einen solchen kleinen Energiespender, eine dieser winzigen Pillen, die eine ganze Mahlzeit ersetzten.

Er war schon sehr geschwächt und kroch traurig ins Unterholz zurück. Es juckte ihn am ganzen Körper. Die Ursache dafür war eine Kletterpflanze, die er ausgegraben hatte, um sie mit an Bord zu nehmen. Lange würde er nicht mehr durchhalten. Es ging zu Ende.

Elliott trat kräftig in die Pedale und fuhr die Straße entlang auf die Hügelkette zu. Er hätte selbst nicht sagen können warum. Die Fahrradlampe reagierte wie ein Magnet, der unwiderstehlich von Eisen angezogen wurde, das in den Hügeln verborgen lag. Ja, das Rad schien genau zu wissen, wo es hinwollte. Er brauchte nur in die Pedale zu treten.

Elliott war das, was man einen Lümmel oder eine Nervensäge nennt. Beim Spiel mogelte er, und er hatte eine schrille, kreischende Stimme, die so plötzlich ertönte und wieder erlosch, als sei er ein Flaschengeist. Er sagte unbedingt immer genau das Falsche, in der Schule oder zu Hause beim Essen. Er drückte sich vor allem und hoffte immer, Mary oder auch sein Bruder Michael würde es schon für ihn erledigen. Man hätte noch eine endlose Reihe von Dingen aufzählen können, die es über ihn zu sagen gab, so zum Beispiel, die Brille mit den dicken Gläsern, die zu tragen er gezwungen war und mit der er sich wie ein Frosch in einer Flasche vorkam. Alles in allem war er hochgradig neurotisch, die reinste Landplage. Niemand hätte sagen können, welcher Lebensweg ihm vorgezeichnet war. Wenn man den Finger aber auf eine Stelle seiner Seelenlandkarte legen wollte, so war Elliott mit Sicherheit dazu bestimmt, ein mittelmäßiges Leben zu führen, mit allem zu geizen und stets von Melancholie erfüllt zu sein. Er gehörte zu der Sorte von Menschen, die unversehens unter die Räder eines Zuges geraten. Ein Kinderpsychologe würde jedem der es hören wollte versichern, daß Elliott ein solches Leben erwartete. Aber heute führte Elliotts Weg ihn ganz woanders hin – in die Hügel hinauf.

Die mit Laub bedeckte Straße führte bergauf. Und so mußte er das Fahrrad schieben. Es war verbeult und rostig, weil er es immer irgendwo hinzuwerfen pflegte und schon oft draußen im Regen gelassen hatte. Aber heute erschien es ihm leicht wie eine Feder. Heute glänzte es, als wäre es nagelneu.

Es führte ihn einen gewundenen Pfad entlang durch den Wald. Elliott gelangte auf die Lichtung. Da wußte er mit untrüglicher Gewißheit, daß hier etwas Unglaubliches vorgefallen war. Alles schien noch ganz in der Erinnerung an das Raumschiff zu leben. Er blinzelte durch seine dicken Brillengläser auf das niedergewalzte Gras und konnte fast noch erkennen, welche Form das Raumschiff gehabt hatte.

Elliotts Herz klopfte stürmisch, und hätte sein Herz eine Beleuchtung gehabt, so wäre diese sicherlich angegangen.

Seine Stirn schien in Flammen zu stehen. Er war ganz gefangengenommen von dem Glanz, den eine ungeheure Macht auch im Nachhinein noch verbreitete.

Das uralte Wesen aus dem Weltraum hielt sich ganz in der Nähe im Gebüsch versteckt und ließ sich nicht blicken; denn der schreckliche Hund des Jungen konnte ja auch irgendwo herumschnüffeln und sich der Hoffnung hingeben, einen anerkannten Wissenschaftler ins Bein zu beißen.

Aber nein – der Junge schien allein zu sein. Trotzdem war es sicher besser, sich ruhig zu verhalten. Ein Außerirdischer war drauf und dran, im Unterholz sein Leben auszuhauchen. Was hätte es da für einen Sinn gehabt, Fremde mit hineinzuziehen? Der Erdling tat sehr seltsame Dinge. Er zog eine Tüte aus der Tasche, der er etwas Winziges entnahm. Das legte er auf die Erde. Dann ging er ein paar Schritte weiter und legte noch so einen winzigen Gegenstand aus und dann noch einen und noch einen, immer etwa im gleichen Abstand bis er auf einem versteckten Pfad im Wald verschwunden und völlig außer Sicht war.

Mühselig kroch der alte Weltraumfahrer aus dem Gebüsch hervor. Die Neugier war sein schlimmstes Laster. Mit etwas gutem Willen konnte man es allerdings auch Wissensdurst nennen. Aber wie dem auch sei, er war schon zu alt, um sich jetzt noch zu ändern. Auf allen vieren kroch er auf die Lichtung, um nachzusehen, was der Junge da ausgelegt hatte.

Es waren kleine, runde Pillen, die den Nährstoffpillen ähnelten, von denen er bisher gelebt hatte. Er hob eine auf und betrachtete sie aus der Nähe. Geheimnisvolle Zeichen befanden sich darauf, die er nicht entziffern konnte. Es waren immer die gleichen:

m & m

Er steckte das Ding in den Mund und lutschte es. Köstlich. Sogar ausgezeichnet. In der Tat hatte er sogar im Weltraum niemals etwas so Gutes gegessen.

So hoppelte er den Pfad entlang und aß eine Pille nach der anderen. Bald fühlte er sich wieder gestärkt und Hoffnung erfüllte ihn. Und er machte sich wieder auf den Weg zu dem Haus, in dem der Junge wohnte.

Mary deckte den Tisch und servierte das Abendessen. Es war eines der kompliziertesten Gerichte, das sie jemals zubereitet hatte. Sie hatte rohe Weizenkeime und Streukäse aus der Dose auf die Makkaroni gestreut und auch noch eine Handvoll Cashew-Nüsse mit hineingeworfen, um den Geschmack abzurunden. »Iß jetzt, Elliott!«

Wie immer saß der Junge über das Hauptgericht gebeugt, als wollte er wie ein Schwein mit seinem Rüssel darin herumwühlen.

Wenn der Junge jetzt schon Depressionen hat, muß ich ihn falsch erzogen haben.

Mary dachte an frühere Mahlzeiten zurück wie an ein anderes Leben. Da war Elliott noch kleiner gewesen, und sie und ihr Mann hatten mit Buttermessern nacheinander geworfen. Ein ganzes Huhn war an der Wand abgeprallt, und Kartoffelpüree hatte an der Decke geklebt wie Stalaktiten und Elliott war Sauce auf den zarten, kleinen Kopf getropft. So etwas mußte ja Folgen haben. Daher versuchte sie nun, diese Mahlzeit durch fröhliches Geschwätz aufzuheitern.

»Na, und wie wollt ihr euch zu Halloween verkleiden?« Dieser Alptraum stand kurz bevor. Ein paar hundert Kinder würden ihr Haus stürmen und schrecklich falsch singen.

»Elliott geht natürlich als Kobold«, sagte Michael. »Du kannst mich mal«, fauchte Elliott.

»Junger Mann«, Mary schlug mit ihrer Gabel an Elliotts Glas, »iß jetzt endlich deine Makkaroni!«

»Keiner glaubt mir«, sagte Elliott mit finsterer Miene und starrte trübsinnig auf seinen Teller. Er hatte noch nichts angerührt. Das versprach ja wieder eine fröhliche Mahlzeit zu werden.

»Es ist nicht etwa so, daß wir dir nicht glauben, Liebling ...«

»Aber es war wirklich da, ich schwöre es dir«, versicherte Elliott verzweifelt und sah sie durch seine dicken Brillengläser an. Seine Augen wirkten riesig.

Mary wandte sich an Gertie, ihre Jüngste, fünf Jahre alt, die bereits auf eine eigene Wohnung bestand. »Gertie, Liebchen, wie willst du dich denn zu Halloween verkleiden?«

»Als Bo Derek.«

Mary sah ihre kleine Tochter im Geiste nackt und tropfnaß durch die Straßen paradieren. Sie konnte kaum noch einen klaren Gedanken fassen, machte sich verwirrt über ihre Makkaroni her und versuchte, an etwas anderes zu denken. Aber Michael hatte es anscheinend immer noch auf Elliott abgesehen.

»Vielleicht war es ein Leguan«, sagte er mit der typischen Arroganz des älteren Bruders.

»Hör mir bloß mit Leguanen auf«, bat Mary und kaute auf einer Cashew-Nuß herum.

»Es war kein Leguan«, widersprach Elliott.

»Du weißt doch wohl, daß es in der Kanalisation von Alligatoren nur so wimmeln soll«, erklärte Michael.

Alligatoren also, dachte Mary. Ich könnte ja zur Abwechslung mal Alligatoren zählen.

Sie schloß die Augen und sah sofort einen riesigen Alligator mit blitzenden Zähnen vor sich.

Sie wandte sich wieder Elliott zu. »Elliott, dein Bruder will doch damit nur sagen, daß du dir das wahrscheinlich nur eingebildet hast. So was kommt vor. Wir alle bilden uns oft etwas ein, was in Wirklichkeit gar nicht existiert ...«

»Ich stelle mir zum Beispiel manchmal vor, daß ich im Ausverkauf durch Zufall auf ein falsch ausgezeichnetes Dior-Modell stoße, das nur zwei Dollar kostet und damit errege ich dann bei McDonald's großes Aufsehen.«

»Ich kann mir das gar nicht eingebildet haben«, sagte Elliott. »Vielleicht war es ein Perverser«, meinte Michael.

»Aber Michael, ich bitte dich«, sagte Mary, »setz doch Gertie nicht solche Flöhe ins Ohr.«

»Mami, was ist denn ein Perverser?«

»Das ist bloß ein Mann, der einen Regenmantel trägt, Schätzchen.«

»Oder ein mißgebildetes oder abstoßend häßliches Kind«, fuhr Michael fort.

»Michael!« Ihr Blick ließ ihn sofort schweigen. Warum waren Kinder nur so versessen auf derlei abnorme Erklärungen? Warum mußte jedes Tischgespräch so enden? Wo blieben die geistvollen Bemerkungen, die für feine Lebensart sprachen und mit – dem zweiten Gang – Fischstäbchen – Hand in Hand gehen sollten?

»Na ja«, meinte Michael beharrlich und ignorierte ihren Blick, wie er immer alles ignorierte, was sie ihm auftrug, »vielleicht war es ja auch ein Gnom oder ein Hutzelmännchen.« Da warf Elliott seine Gabel hin. »Es war nichts dergleichen, du Penisfex!«

Mary verschlug es die Sprache. Mit schreckgeweiteten Augen saß sie da. Wo hatte der Junge bloß diese Ausdrücke her? Hatte er denn gar kein Gefühl dafür, daß solche Redensarten im Kreis ihrer kleinen Familie unangebracht waren? Sie ließ sich das Schimpfwort durch den Kopf gehen, zerlegte es in seine Bestandteile und mußte sich eingestehen, daß es im Geiste – und nicht nur im Geiste – bei einer völlig vereinsamten Geschiedenen geheime Sehnsüchte weckte. Aber …

»Elliott, einen solchen Ausdruck will ich bei Tisch und überhaupt in unserem Hause nie wieder hören. Hast du mich verstanden?« Elliott hing schon wieder mit der Nase über seinem Teller. So hingelümmelt murmelte er: »Daddy würde mir glauben.«

»Dann ruf ihn doch an und erzähle ihm davon.« Falls man ihm das Telefon noch nicht abgestellt hat, dachte sie im stillen.

»Geht ja nicht«, murrte Elliott, »er ist doch mit Sally in Mexiko.«

Mary bewahrte Haltung und beugte sich nur ein wenig tiefer über ihre Fischstäbchen, als der Name ihrer früheren Freundin und jetzigen Erzfeindin fiel. Kinder können so grausam sein, dachte sie. Elliott ganz besonders.

»Wenn du es wieder siehst, was immer es auch gewesen sein mag, so halte dich fern. Ruf mich, dann lassen wir es wegschaffen.«

»Vom Hundefänger?« erkundigte sich Gertie.

»Ja.«

Harvey knurrte leise auf der rückwärtigen Veranda. Er hatte dort eifrig den Türvorleger zernagt.

»Aber sie würden eine Lobotomie durchführen und Versuche mit ihm machen oder so was«, wandte Elliott ein.

»Na ja«, sagte Mary, »es muß eben lernen, sich von den Gurkenbeeten anderer Leute fernzuhalten.«

Es kam jedoch erst zwischen den Bäumen hervorgekrochen, als sich alle in der kleinen Stadt schon zur Ruhe begeben hatten. Von Lobotomie hatte es noch nie etwas gehört, hatte jedoch allen Grund, sich davor zu fürchten, ausgestopft zu werden. Auf leisen Sohlen schlich das uralte Wesen zum Hause des Jungen zurück. Es watschelte den Hügel hinab und hinterließ eine Spur. Sie sah aus, als hätte ein Schnabeltier eine Melone hinter sich hergezogen. Im Hause des Jungen war alles dunkel, nur hinter einem Fenster brannte noch Licht.

Er blickte über den Zaun und ließ seine großen Augen ängstlich kreisen. Aber der Hund war nirgends zu sehen.

Wenn ich nur wie zuvor mit dem Fuß an den Riegel komme, dann kann ich ihn aufschieben und auf dem Gartentor in den Garten hineinsegeln …

Dank der nahrhaften Pillen habe ich meine alte Vitalität wiedergewonnen. Eine großartige Ernährungsweise. In etwa tausend Jahren würde das Raumschiff zurückkehren. Wenn die Tabletten solange vorhielten, konnte er es schaffen.

Hör auf zu träumen, du alter Narr!

Dorthin kehrst du nie zurück.

Er blickte zum Himmel auf, doch nur ganz kurz; denn dort stand eine solche Traurigkeit geschrieben, daß er es nicht ertrug. Selbst bei ausreichender Ernährung würde er nicht überleben, da er die Liebe der Kameraden vom Raumschiff entbehren mußte.

Warum hatten sie ihn im Stich gelassen?

Hätten sie nicht noch einen Augenblick warten können?

Hinter sich stieß er das Tor mit dem Fuß wieder zu, wie er es bei dem Jungen gesehen hatte. Wenn er überleben wollte, mußte er lernen, alles so zu machen wie die Erdlinge.

Auf Zehenspitzen schlich er durch den Garten hinter dem Haus. Hier entdeckte er zu seinem Erstaunen den Jungen, der in einem Schlafsack neben den Gemüsebeeten schlief.

Der Atem des Kindes ging leicht. Ein weißer Hauch bildete sich vor seinem Munde. Es war eine kalte Nacht. Selbst der Außerirdische erschauerte, und Nebel entströmte seinen Zehen, der Nebel der Sorge, der Angst und Verwirrung.

Plötzlich schlug der Junge die Augen auf.

Über sich sah er riesige, kreisrunde Augen, in denen sich das Mondlicht spiegelte. Sie erinnerten ihn an Quallen mit Tentakeln. Der zwingende Blick dieser Augen nahm ihn gefangen. Uralte Weisheit lag darin, ein schreckliches Wissen um das Wesen der Dinge. Diese Augen schienen seinen Körper völlig zu durchdringen. Entsetzt starrte der Außerirdische auf die vorspringende Nase und die freiliegenden Ohren des Menschenkindes hinunter. Am meisten aber erschreckten ihn die winzigkleinen, dunklen Augen mit dem verschleierten Blick.

Doch dann zwinkerte das Kind mit seinen kleinen, tief in den Höhlen liegenden Augen, und das Entsetzen, das aus diesem Blick sprach, rührte das Herz des alten Wissenschaftlers. Er streckte einen seiner langen Finger nach ihm aus. Da schrie Elliott gellend auf und versuchte davonzukriechen, wobei er seinen Schlafsack fest um sich zog. Der Außerirdische sprang in die entgegengesetzte Richtung davon, stolperte über seine eigenen Füße und stieß ebenfalls einen Entsetzensschrei aus. Dadurch wurde eine Fledermaus aufgeschreckt, die plötzlich aus dem Dunkel herangeschwirrt kam, es sich jedoch gleich wieder überlegte und kehrtmachte, als sie sich dem seltsamen Geschöpf aus dem Weltraum näherte. Mit aufeinanderschlagenden Zähnen entschwand das fliegende Säugetier wieder in der Nacht.

Auch Elliotts Zähne klapperten wie ein Säckchen Murmeln. Seine Knie schlugen aneinander, und die Haare standen ihm zu Berge.

Wo blieb Harvey, der Beschützer der Familie, der Haus- und Hofhund?

Der lag zusammengekrümmt auf der rückwärtigen Veranda. Auch er klapperte mit den Zähnen, und das Fell sträubte sich ihm. Das völlig verängstigte Tier duckte sich, sprang die Tür an, fiel wieder zurück und machte Jagd auf seinen Schwanz. Der Geruch, der ihm in die Nase stieg, war so ganz anders als alles, was er bisher gerochen hatte. Es roch nach fernen Welten. Kein Hund, der seine fünf Sinne beisammen hatte, würde der Sache je auf den Grund gehen wollen. Er rollte sich wieder vor der Tür zusammen, machte sich ganz klein, so daß man nur seine Schnauze hervorspitzen sah und krümmte sich zusammen, als sich dieser fremde Geruch noch verstärkte. Zerstreut begann er, an einem Besen herumzuknabbern.

Das Geschöpf aus dem Weltraum wagte sich wieder einen Schritt näher an Elliott heran, und der erschrak zu Tode. Mit ängstlichen Augen machte er einen Schritt nach hinten und trat den Rückzug an. Er besaß nicht ein Quentchen Mut. Außerdem hätte er jetzt tausendmal lieber Hausaufgaben oder auch Besorgungen gemacht, einfach alles, wenn es ihn nur vor dem hier bewahrte.

Diese unheimlichen Augen durchschauten sein ganzes Wesen. Er spürte genau, wie sich der Blick des fremden Wesens bis tief in sein Inneres vortastete. Eine Welle von Energie schoß durch seine Adern. Fragen wurden aufgeworfen, Kalkulationen angestellt – kurzum, er wurde analysiert. Die Lippen dieses gräßlichen Wesens hatten sich zu einem Grinsen oder vielmehr zu einer fürchterlichen Grimasse verzogen, es knirschte mit seinen scharfen, kleinen Zähnen. Was wollte es nur? Elliott hatte das Gefühl, als versuche es ihm etwas mitzuteilen.

Da streckte der alte Wanderer durch die Zeiten die Hand aus und öffnete sie. In seiner riesigen Hand hielt er die letzte, schon halb zerlaufene m & m Pille. Elliott warf einen Blick auf den kleinen Bonbon und sah dann zu dem Monster auf, das mit einem langen Finger auf seine geöffnete Hand und dann auf seinen Mund wies.

»Geht in Ordnung«, sagte Elliott ganz sanft. Er öffnete seine Jacke, nahm die Tüte heraus und ging langsam rückwärts, wobei er eine lange Bonbonkette durch den Garten legte. Die Knie zitterten ihm immer noch, und seine Zähne schlugen heftig aufeinander, wobei er die teure, sehr gut gemachte Arbeit des Kieferorthopäden zum Teil wieder zunichte machte.

Der uralte Weltraumreisende folgte der ausgelegten Spur, las jedes einzelne m & m auf und verschlang es gierig. Dies war Speise für Götter, Könige und Eroberer. Sollte er die schweren Schicksalsjahre auf Erden überleben, so wollte er seinem Captain eine Kostprobe davon mitnehmen; denn damit konnte man mühelos jeden beliebigen Höhenflug durch das Universum antreten.

Schokolade tropfte dem Botaniker von den Mundwinkeln herab, auch seine Hände waren ganz verschmiert. Verzückt leckte er sie ab und fühlte neue Kraft in sich aufsteigen. Er spürte ganz genau, wie die wundersame Substanz durch seine Adern rann und auch ihre Wirkung auf sein Hirn nicht verfehlte. Freudenschauer überliefen ihn. Er leuchtete ganz von innen heraus. Jetzt erkannte er auch die wahre Bedeutung des Lebens auf Erden: zehn Milliarden Jahre der Evolution hatten m & m hervorgebracht.

Was konnte man von einem Planeten noch mehr verlangen?

Hastig las er die letzten kleinen Pillen auf. Dabei führte

ihn sein Weg über den Rasen. Bevor er noch begriff, wie ihm geschah, war er der Spur des Erdlings bis in das Haus gefolgt. Entsetzt ließ er seine Augen kreisen. Jetzt war er von allen Seiten von dieser fremdartigen Welt eingeschlossen. Jeder Winkel, jeder Gegenstand, jeder Schatten versetzte ihm einen tiefen Schock. Aber er war gezwungen, das alles in Kauf zu nehmen, damit er in den Besitz dieser himmlischen Speise gelangen konnte. So folgte er der ausgelegten Spur die Treppe hinauf und über einen Gang bis ins Zimmer des Jungen. Dort belohnte ihn der Junge mit einer ganzen Handvoll köstlicher Dragees, die der Überirdische alle auf einmal hinunterschlang. Das mochte vielleicht übereilt und unbesonnen sein, doch wer konnte sagen, was der nächste Tag für ihn bereithielt?

Da vernahm er etwas, das aus dem Kehlkopf des Jungen kam.

»Ich heiße Elliott.«

Die Worte waren für ihn natürlich ein einziger Wortsalat und völlig unverständlich, aber wer solch unvergleichliche Nahrung mit ihm teilte, war in seinen Augen vertrauenswürdig. Erschöpft sank der Außerirdische zu Boden. Da wurde eine Decke über ihn gebreitet, und er schlief ein.

Elliott dagegen lag noch lange wach und wagte nicht einzuschlafen. Da ruhte nun dieses seltsame Geschöpf neben seinem Bett auf dem Boden, seine groteske Gestalt zeichnete sich unter der Decke deutlich ab. Woher kam dieses Wesen nur? Er wußte nur, daß es nicht von dieser Welt war.

Er bemühte sich, das alles zu begreifen, aber es war, als wolle er Nebel fassen und festhalten. Kraftwellen durchfluteten das Zimmer, sie ähnelten Hitzewellen in der Wüste, ein schimmernder, ständig aufsteigender Tanz. Elliott spürte deutlich, daß sich in diesem Glanz das Bewußtsein strahlend hell wachhielt. Obwohl das seltsame Geschöpf schlief, schien es bei klarem Bewußtsein zu sein, etwas Hellwaches wachte über den Überirdischen und seinen Schlaf. Es nahm das Zimmer, die Fenster und die Nacht genau in Augenschein.

Ein leises Jaulen im Flur verriet Elliott, daß Harvey sich wieder hereingezwängt hatte und jetzt winselnd vor seiner Tür lag. Er hörte, wie der Schwanz des Hundes auf den Boden peitschte, und seine Zähne sich in den Türrahmen gruben.

Was ist bloß da drin?, fragte sich der völlig perplexe Hund, während er nervös auf dem Holz herumkaute. Der Schimmer, den Elliott sah, drang auch bis zu ihm durch. Der Köter winselte und kratzte mit der Pfote an der Tür, dann sank er wieder in sich zusammen. In Wahrheit wollte er gar nicht eingelassen werden. Er wollte nicht näher heran an die schimmernde Welle, die pulsierte wie ein alter Knochen – ein Prachtknochen, aber nichtsdestotrotz ein uralter Knochen, einer von der erschreckenden Sorte mit Donner im Mark.

Elliott drehte sich auf die Seite und legte einen Arm unter das Kissen. Der Schlaf würde nun nicht mehr lange auf sich warten lassen, obwohl er viel lieber wach geblieben wäre, um auf der Hut sein zu können. Doch er konnte die Augen nicht mehr offenhalten, er versank, stürzte immer tiefer, fiel und fiel hinab ins Bodenlose.

Er landete auf einem Spielbrett, seine Füße schienen darin zu versinken. Aber da sah er eine lange Spur von kleinen Dragees, die wie Gold aufleuchteten – die m & m Bonbons, die er für seinen seltsamen Freund ausgelegt hatte. Aus dieser Spur wurde eine wunderschöne Straße, die durch die ganze Welt führte. Und genau diesen Weg schlug er ein.

Als der Außerirdische am nächsten Morgen erwachte, konnte er sich nicht daran erinnern, auf welchem Planeten er sich befand.

»Komm schnell, du mußt dich verstecken!«

Er wurde durch das Zimmer in einen getäfelten Wandschrank geschoben und darin eingeschlossen.

Ein paar Minuten später erwachten auch die übrigen Familienmitglieder. Der Fremdling hörte die Stimme eines älteren Jungen und dann auch die Stimme der Mutter.

Er machte sich ganz klein, als die Mutter das Zimmer betrat und sprach.

»Höchste Zeit, Elliott, du mußt in die Schule.«

»Mama, ich bin krank ...«

Der Außerirdische blinzelte durch die Lüftungsschlitze in der Schranktür. Der Junge ging wieder ins Bett und schien mit der großen, schlanken Frau zu verhandeln. Sie steckte dem Jungen daraufhin ein Röhrchen in den Mund und verließ den Raum. Der Junge hielt das Röhrchen schnell an die Lampe über seinem Bett, erhitzte so die darin befindliche Flüssigkeit und steckte es wieder in den Mund, als er seine Mutter kommen hörte. Der alte Wissenschaftler nickte anerkennend. Dieser Trick war auch auf der Galaxis bekannt.

»Du hast Fieber.«

»Hab' ich mir schon gedacht.«

»Du hast heute nacht wieder draußen auf dieses geheimnisvolle Wesen gewartet, stimmt's?«

Der Junge nickte.

Die Frau näherte sich dem Wandschrank und der Außerirdische verkroch sich in den äußersten Winkel, aber sie griff nur nach einer Steppdecke, die weiter oben in einem Fach lag. Sie deckte den Jungen damit zu. »Kann ich dich denn alleinlassen und zur Arbeit gehen?«

Anfänglich hatte sie ihn im Verdacht gehabt, daß er sie nur wieder einmal reinlegen wollte; doch dann sagte sie sich, daß er ein paar schlimme Nächte hinter sich hatte. Sie hoffte nur, daß er nicht aufgrund irgendwelcher gräßlichen Drogen so verdreht war. Seine Augen kamen ihr ein wenig merkwürdig vor. Aber schließlich hatte sein Vater auch oft so verschwollene, irgendwie erweiterte Augen gehabt, wenn er sich wieder einmal irgendeiner Selbsttäuschung, einem Wahn hingegeben hatte. Vielleicht war so etwas erblich.

»Na schön«, sagte sie schließlich, »du kannst meinetwegen daheim bleiben. Aber es wird nicht ferngesehen, verstanden? Ich will nicht, daß du dich vor dem verdammten Kasten in deine Bestandteile auflöst.« Sie wandte sich zum Gehen, blieb aber an der Tür stehen und betrachtete kopfschüttelnd den Türrahmen. »Hat dieser verfluchte Hund hier wieder seine Zähne reingehauen. Eines Tages werde ich ihm die Zähne mit Gummi überkronen lassen.«

Sie ging den Flur entlang, doch nach ein paar Schritten schwankte sie, als wenn eine Riesenwelle über sie hinweggerollt wäre. Sie lehnte sich an die Wand und legte die Hand auf die Stirn. Dort verspürte sie ein sanftes Geriesel, so als hätte eine Elfe sie sanft mit den Fingerspitzen berührt. Doch gleich darauf war es vorüber.

Sie öffnete die Tür zu Gerties Zimmer. »Geh auf und scheine …«

Das Kind setzte sich blinzelnd auf und ließ dann fröhlich

die Beine über die Bettkante hinabhängen. »Mami, ich habe von dem Perversen geträumt.«

»Ach, wirklich?«

»Er hatte einen langen, dünnen Hals und riesige vorstehende Augen ...«

»Hatte er einen Regenmantel an?«

»Nein, er hatte überhaupt nichts an.«

Das hört sich wirklich nach einem perversen Menschen an, dachte Mary, aber sie konnte sich jetzt nicht mit Spekulationen darüber aufhalten.

»Höchste Zeit fürs Frühstück. Geh, und hilf Michael!«

Sie ging ins Bad, um mit einem lächerlich teuren Stück Seife Katzenwäsche zu machen. Obwohl sie sich erst vor zwei Tagen diese Seife geleistet hatte, war kaum noch etwas davon übrig. Sie schmolz schneller als Eis. Doch eine Freundin hatte ihr versichert, *diese* Seife verhindere Runzeln, Pickel, Warzen und sonstige Hautunreinheiten. Sie seifte sich ein, und damit war die Seife auch schon zu Ende. Sechs Dollar – einfach so runtergespült. Als sie sich abtrocknete, fiel ihr wieder ein, was sie geträumt hatte. In ihrem Traum war ein Mann herumgegeistert, ein außergewöhnlich kleiner Mann mit einem riesigen Wanst und einem komischen Watschelgang.

Das mußte wohl dieser Perverse gewesen sein.

Sie eilte an den Frühstückstisch, nahm kaum etwas wahr und stürzte dann aus dem Haus, wo Michael sich im Autofahren übte, indem er den Wagen rückwärts auf die Straße hinausfuhr.

»So, Mama, jetzt kann's losgehen«, sagte er und stieg aus. »Vielen Dank, mein Lieber«, sagte sie, setzte sich ans Steuer und umklammerte es, wie üblich, wild entschlossen. Sie ließ die Kupplung schleifen, gab viel zuviel Gas und sauste mit quietschenden Reifen davon. Hämisch grinsend sah Michael ihr nach.

Sobald sie weg war, stieg Elliott wieder aus dem Bett und öffnete die Schranktür. Der Außerirdische zuckte zurück. »He, du kannst wieder rauskommen, die Luft ist rein«, sagte Elliott und hielt ihm die Hand hin.

Widerstrebend watschelte das alte Monstrum aus seinem Versteck, verließ den Schrank und sah sich im Zimmer um. Er erblickte eine Ansammlung merkwürdiger Gegenstände, die alle ganz unterschiedlich geformt waren – die meisten übrigens aus Plastik. Der einzige vertraute Gegenstand war ein Schreibtisch, der jedoch für ein Wesen mit so kurzen Beinen, wie er sie hatte, viel zu hoch war. Er bildete sich ja auch schließlich nicht ein, er könnte einen Brief schreiben und ihn an den Mond schicken.

»Wie soll ich dich denn nennen?« Elliott blickte dem Monster in die großen, funkelnden Augen, in denen winzige Energiefünkchen aufsprühten und wieder erloschen. Damit streckte dieses seltsame Geschöpf sozusagen seine Fühler aus, um sich zurechtzufinden, und Elliott trat zurück, damit es genug Platz hatte.

»Du bist ein Außerirdischer, stimmt's?«

Flackerndes Licht schoß aus den Augen des Außerirdischen. Elliott fühlte deutlich, daß ihm die großen, keisrunden Augen irgendeine Antwort gaben, doch spürte er lediglich ein merkwürdiges Summen im Hirn, so als summte eine Fliege in seinem Kopf herum.

Elliott öffnete die Zimmertür. Da machte das Monster einen Satz nach hinten und zog sich in den äußersten Winkel zurück; denn dieses widerliche kleine Biest, der Erdenhund, kam geifernd herein, verständnislose Neugier im Blick und alles andere als wohlmeinend.

»Harvey, sei ein braver Hund. Nicht beißen, hörst du? Guter Hund, braver Harvey ...«

»... rrrrrrrrrr ... rrrrrrrr ...«

Das Knurren des Hundes klang tiefer als die Stimme des Jungen, wie ein Weltraumschiff, bei dem sich der Rückwärtsgang verklemmt hat.

»Na, siehst du, Harvey. Der ist ganz in Ordnung. Er tut dir nichts, siehst du?«

Ein schwacher Nebelstreifen entströmte dem Zeh des Monsters. Harvey steckte augenblicklich seine Nase in diesen Nebel und sah Dinge, auf die er nicht vorbereitet war: einen großen Suppenknochen aus Licht, der durch die Nacht geschleudert wurde, der blinkte und blitzte und schließlich mit einem Heulen, das ein langes Echo hinterließ; in der Weite des Weltalls versank.

Der Hund verkroch sich ängstlich und seine Sinne verwirrten sich. Ein furchtsames Winseln entrang sich seiner Kehle. Mit gesenktem Kopf, die Nase dicht am Boden, schlich er davon.

Da kam das Monster wieder aus seinem Winkel hervor.

»Kannst du sprechen?« Elliott klappte Finger und Daumen wie einen Mund auf und zu.

Jetzt zwinkerte der uralte Wissenschaftler mit den Augen und bewegte auch seine Hände, zeichnete galaktische Verständigungsdiagramme in die Luft, nämlich die zehn Millionen Jahre alten kosmischen Supercodes, mit deren Hilfe die Wesen, die den Weltraum bevölkerten, überlebten.

Elliott schüttelte verwirrt den Kopf, als die in der Luft herumfahrenden Finger schwierige Umlaufbahnen, Spiralen und Winkel zeichneten, wie sie den physikalischen Gesetzen entsprachen.

Als das uralte Wesen erkannte, daß der Junge nichts von

alledem begriff, ließ es enttäuscht die Hände sinken, sagte sich aber dann, daß dieses Kind ja erst zehn Jahre alt war.

Was soll ich nur tun? Das uralte Monster überlegte. Sein Gehirn war viel entwickelter als das des Jungen, es wußte gar nicht, wo es anfangen sollte.

Ich bin viel zu sehr spezialisiert, dachte das Monster. Wir wollen mal sehen, wollen mal sehen …

Er versuchte, seine hochentwickelten geistigen Fähigkeiten so weit herabzuschrauben, daß sie dem geringen Wissensstand der Erdlinge entsprachen, spielte dann aber nur herum und erreichte gar nichts. Wie konnte es nur hoffen, die großen Gleichungen zu lösen, diese allerhöchsten Erkenntnisse, geboren aus großen Zeitabschnitten, wie er sie durchlebt hatte? Er war ja kaum in der Lage, Nahrung zu erbitten.

Elliott ging zum Radio und stellte es an.

»Na, wie gefällt dir das? Magst du Rock 'n' Roll?«

Dem Radio entströmten Klänge, wie sie der Wanderer durch Zeit und Raum noch nie vernommen hatte. Mittels Telepathie empfing er Bilder von Felsbrocken, die einen Hügel hinabrollten. Er preßte die Hände auf seine hochempfindlichen Ohrenklappen und kauerte sich nieder.

Elliott sah sich um. Was gab es denn sonst noch Wichtiges, was so ein Geschöpf aus dem Weltraum unbedingt wissen mußte? Er schüttelte sein Sparschwein, bis eine Vierteldollarmünze herausfiel. »Siehst du, das ist eine unserer Münzen.«

Der uralte Reisende starrte den Jungen verständnislos an und versuchte zu begreifen, was dieser ihm mitteilen wollte. Doch die Sprache der Irdischen war für ihn nur ein wirres Durcheinander dunkler Laute.

»Sieh doch mal, das ist eine Vierteldollarmünze.«

Das Ding, das ihm der Junge hinhielt, war flach und rund, mit einer glänzenden Schicht überzogen und ganz anders, als die wohlschmeckenden, nahrhaften Pillen – aber vielleicht war das sogar noch kräftigender.

Er biß hinein.

Wertloser Mist.

»Ja, ganz richtig«, sagte Elliott. »Das kann man nicht essen. Sag mal, hast du vielleicht Hunger? Ich jedenfalls habe Hunger. Komm, wir machen uns etwas zu essen. Harvey«, wandte sich Elliott an den Hund, »aus dem Weg!«

Harvey trat winselnd beiseite und ging dann hinter Elliott und dem Monster in die Küche hinunter. Winselnd kroch er zu seinem Futternapf und signalisierte Elliott damit, daß er Alpo zur Beruhigung seiner Nerven brauchte – eine ganze Dose, die er auf einmal verschlingen würde. Aber Elliott ignorierte das Flehen des Hundes, und so mußte er sich damit zufriedengeben, den Rand seines Futternapfes anzuknabbern.

Der Junge zog eine Schublade nach der anderen auf und holte die Zutaten heraus, die er für das brauchte, was er am liebsten zum Frühstück aß. »Es gibt Waffeln«, erklärte er und fing an, den Teig zu schlagen. »Das ist meine Spezialität. Hast du schon mal welche gegessen?«

Der kleine alte Botaniker sah zu und wunderte sich über die vielen seltsamen Dinge, die ihm alle völlig neu waren. Seine großen runden Augen kreisten und nahmen mit Staunen alles wahr. Er begriff gar nicht, was da eigentlich vorging. Er sah nur, daß Teig am Büffet hinunter auf den Boden rann.

Harvey kam angesprungen und schleckte den Teig eiligst mit seiner großen feuchten Zunge auf, während es Elliott gelang, den Rest in das Waffeleisen zu gießen. »So, siehst du? Jetzt muß das nur noch gebacken werden.«

Die Nase des alten Monsters zuckte. Es watschelte zum Waffeleisen und atmete den köstlichen Duft ein, der sich im Raum verbreitete.

Als die Waffel fertig war, nahm Elliott sie heraus. Dann öffnete er wieder Schränke und Schubladen, nahm Sirup, Butter und eine Obstkonserve heraus und fragte den Außerirdischen: »Wie wär's mit etwas Schlagsahne? Dann schmeckt's noch besser.«

Das Monster machte einen Satz, als der Junge einen zylindrischen Gegenstand schüttelte, und ein weißer Strom herausgeschossen kam.

»Du brauchst keine Angst zu haben, das ist wirklich gut.«

Elliott legte ein m & m Dragee oben auf die Sahne und schob dem uralten ehrwürdigen Reisenden durch die Welten die Waffel hin. »Und da hast du eine Gabel. Weißt du, wie man damit umgeht?«

Interessiert betrachtete der Wissenschaftler die funkelnden Zinken. Das war das beste Werkzeug, das er bisher hier im Hause gesehen hatte. Sanftes Licht dämmerte in ihm auf. Ja, ein Gegenstand mit vier Zinken, woran war er nur befestigt gewesen? Sein Fluchtmechanismus blitzte kurz auf, ganz tief in seinem Innern, wo das Bild langsam Form annahm.

»He, damit ißt man. So geht das. Siehst du, wie ich es mache?«

Der Wissenschaftler stocherte ungeschickt herum, doch schließlich gelang es ihm, das m & m Dragee aufzupicken. Er aß es und machte sich dann über die weiße Creme her. Eine wirklich erstaunliche chemische Verbindung waren die Zutaten miteinander eingegangen. Während er mampfte, stiegen blitzartig die chemischen Formeln in ihm auf. Ihm war, als würde er sich durch eine Wolke essen. Ausgezeichnet, schmeckte wirklich hervorragend …

»Was hältst du von einem Glas Milch? Hier, trink nur.«

Die Flüssigkeit tanzte auf und nieder und spritzte ihm auf die Finger. Seine Lippen waren so geformt, daß es fast unmöglich war, sie um das Glas zu legen. Daher goß er sich das meiste über die Brust. Dort rann die Milch über die Stelle, an der sich sein Herzlicht befand.

»Junge, Junge, du hast aber auch wirklich von nichts eine Ahnung!«

Wieder starrte der alte Weltraumfahrer auf die Gabel, mit der er Stücke der knusprigen Waffel aufspießte. Vier Zinken, und die machten Klick, klick, klick ...

»Was ist denn los? Du machst, daß ich plötzlich ganz traurig bin.«

Elliott schwankte heftig, als die große starke Welle über ihn hinwegspülte. Gefühle, die er gar nicht begriff, bewegten ihn bis hin zu Tränen. Ihm war, als habe er etwas unbeschreiblich Schönes verloren, das auf immer sein hätte sein sollen.

Klick, klick, klick ...

Das uralte Geschöpf hatte die Augen geschlossen und saß tief in Gedanken versunken da. Ob es wohl in weiter Ferne ein Ohr gab, das dem Lied der vier Zinken lauschte? Aber wie? Wie sollte es möglich sein, mit einem so kleinen Instrument das Weltall zu durchdringen?

Der ältliche Botaniker wünschte jetzt, er hätte öfter auf die Reden der Navigatoren und der Nachrichtencrew geachtet; denn sie verstanden mehr von solchen Dingen als er.

»Wir werden viel Spaß miteinander haben«, sagte Elliott und versuchte, seine Trauer abzuschütteln. Er griff nach der Hand des alten Monsters. »Na, komm ...«

Die langen wurzelähnlichen Finger wanden sich um die seinen, und Elliott hatte das Gefühl, als hätte er ein Kind an der Hand, jünger als er. Doch dann kam wieder eine tosende Welle herangebraust, die ihn fast von den Füßen riß. Diese Welle trug die Geheimnisse der Sterne und kosmische Gesetze in sich, und Elliott begriff, daß dieses Wesen bedeutend älter sein mußte als er. Da ging eine Wandlung mit Elliott vor, fast unmerklich, ähnlich einem Gyroskop, das auf geheimnisvolle Weise richtig einrastet. Erstaunt blickte er sich um und hatte auf einmal das Gefühl, ebenfalls ein Kind der Sterne zu sein und noch nie jemandem weh getan zu haben.

Er führte das watschelnde Monster an der Hand zur Treppe zurück, Harvey folgte ihnen mit seinem Freßnapf zwischen den Zähnen – als stete Mahnung und in der vagen Hoffnung, doch noch etwas zu fressen zu bekommen.

Elliott führte den Fremdling vor den Spiegel im Badezimmer. Wußte er denn, ob sich dieses Geschöpf schon je im Spiegel gesehen hatte? »Guck mal, das bist du.«

Der verehrungswürdige Sternenwanderer betrachtete sich in dem groben, spiegelnden Glas der Erdlinge. Die höhere Sphäre, in der er schwebte und durch die er sich mitzuteilen pflegte, war im Spiegel nicht zu sehen. Glänzende Wellen wölbten sich wie farbige Regenbogen über seinem Kopf. Doch das sah niemand außer ihm. Das Schönste an ihm blieb damit unsichtbar.

»Sieh mal, das ist eine Hand ...« Elliott hielt seine Hand hoch. Das Wesen aus dem Weltraum tat es ihm gleich und hob seine Hand mit der elementaren Bewegung höherer Wesen. Seine Finger sprühten Formeln der Lichtgeschwindigkeit, interstellare Abkürzungen und kosmische Weissagungen.

»Junge, Junge, was hast du bloß für komische Finger ...« Das Kind kniff die Augen zusammen und betrachtete sie interessiert, anstatt sich über die subtilen Signale zu wundern, die von ihnen ausgingen. Wahrhaftig, seufzte der Sternen-Hexenmeister, er ist dümmer als eine Gurke.

»Und hier kommt das Wasser raus«, erklärte Elliott und drehte die Wasserhähne auf. »Heißes Wasser, kaltes Wasser. Na, wie fühlt sich das an? Gibt's wo du herkommst, auch fließendes Wasser?«

Das uralte Wesen ließ es sich in die hohle Hand laufen und hob sie dann an sein Gesicht. Seine Augen stellten sich auf einen Mikrobrennpunkt ein, und er begab sich ganz gegen seine Gewohnheit für einen Moment in die Welt der winzigen Wasserwesen. Zumindest war er nicht mehr in Übung.

»Du hast Wasser gern, was? Guck mal hier, das ist toll.«

Elliott ließ Wasser in die Badewanne einlaufen und machte dem Außerirdischen ein Zeichen, in die Wanne zu steigen. »Nur zu! Daran stirbst du nicht.«

Der Wanderer beugte sich über die Wanne, die ihn sehr an die Versuchstanks auf dem Raumschiff erinnerte. Darin konnte sich ein Wissenschaftler zurücklehnen und das innere Universum des Wassers erforschen. In einem Anfall von Melancholie stieg er hinein.

Da läutete es. Der Wissenschaftler machte einen Satz, daß das Wasser hoch aufspritzte. Ob er durch das Wasser insgeheim abgehört und kontrolliert wurde? War dies das Labor, in dem seine Wellen gemessen werden sollten?

»Bleib ruhig liegen, das ist bloß das Telefon ...«

Elliott verließ das Badezimmer, und das Geschöpf tauchte tief in die Wanne ein. Das Wasser beruhigte, und der Tanz seiner Mikroorganismen war ausgesprochen tröstlich. Er blockierte seinen Atemmechanismus und schaltete auf das Ersatzsystem um. Dann streckte er sich unter Wasser aus. Auf Atome eingestellt, ließ er die Wassermoleküle an sich vorüberziehen und gedachte ihrer latenten Erhitzungseigenschaften. Ob er sich das nicht irgendwie zunutze machen konnte?

Vorsichtig näherte sich Harvey, der Hund, der Wanne. Darin hatte er die schlimmsten Augenblicke seines Lebens verbracht. Er durfte gar nicht an das alljährliche Bad mit der Anti-Floh-Tinktur denken. Er starrte über den Wannenrand auf das komische Wesen, das gerade ein Bad nahm und offensichtlich gar nichts dagegen einzuwenden hatte. Es schien das Bad sogar zu genießen, und es erinnerte ihn an eine riesenhafte, alte Schildkröte, die er einmal überfallen hatte. Die Sache war ziemlich schlecht für ihn ausgegangen: Sie hatte ihn fürchterlich in die Nase gebissen. Daher riskierte der Hund jetzt auch nur einen vorsichtigen Blick auf den untergetauchten Gast in der Wanne. Ob Elliott ihn wohl einseifen und schrubben würde?

Da kam Elliott zurück, warf einen Blick auf das merkwürdige Geschöpf und riß es hoch. »Du, dabei kann man ertrinken!«

Harvey begriff, daß dieses Geschöpf nicht eingeseift werden würde. Es hatte offensichtlich keine Flöhe.

»Bist du vielleicht ein amphibisches Wesen?«, erkundigte sich Elliott.

Wenn es nur keine bissige Schildkröte ist, dachte Harvey und fuhr sich vorsichtig mit der Pfote über die Nase. Dort ließ er sie sicherheitshalber gleich liegen. Man konnte nie wissen.

»Da hast du ein Handtuch. Weißt du, wie man damit umgeht? Handtuch!«

Der Veteran der Supernovae starrte das Ding verständnislos an. Seine Haut hatte einen wasserabstoßenden Überzug. Er nahm das Handtuch, betrachtete es und sah dann den Jungen an.

»Na, los schon, trockne dich damit ab, du Dummkopf ...«

Der Junge berührte ihn mit seinen Erdenfingern, die benetzt waren von heilenden Komponenten, die in seinen schmerzenden Rücken einzogen. Vielen Dank, junger Mann, das ist sehr liebenswürdig von dir.

»Siehst du, bei uns hat jeder sein eigenes Handtuch. Das ist meins«, er hielt es hoch, »das ist Michaels, das ist Gerties und das ist Mamas Handtuch. Das hier war Dads Handtuch. Er ist jetzt in Mexiko. Fliegst du auch manchmal dahin?«

Das Monster blinkte. Es lag auf der Wellenlänge des Jungen, der offensichtlich Trauer empfand. Der Junge trat näher und breitete seine Arme wie Flügel aus. »Du bist mit deinem Raumschiff sicher schon ganz schön herumgekommen, stimmt's? Du hast doch ein Raumschiff, oder nicht?«

Das Raumschiff erschien vor dem geistigen Auge des Wesens aus dem Weltall. Es erstrahlte in sanftem Glanz. Der Rumpf mit den uralten Inschriften war in lavendelfarbenes Licht getaucht. Das Herz des Außerirdischen sandte einen sehnsüchtigen Ruf in Form eines schwachen Lichtstrahls ins Weltall. Die Trauer des Jungen hatte sich auf ihn übertragen.

»Behalte das Handtuch«, sagte Elliott. »Das ist jetzt deins. Wir werden die Initialen E. T. draufsticken, also Außerirdischer.« Er berührte das Monster noch einmal zaghaft und staunte über die Beschaffenheit seiner Haut. Wieder empfing Elliott eine Welle, und er begriff, daß dieses Geschöpf älter als Methusalem war. Alt war gar kein Ausdruck. »Du hast auch was von einer Schlange an dir, stimmt's? Junge, Junge, du bist wirklich ein komischer Kauz.«

Der Wissenschaftler spürte, wie die Energie des Jungen in ihn einsickerte, bis er ganz davon erfüllt war. Höchst interessant, diese irdischen Kräfte. Zwar befanden sie sich noch auf einer sehr niederen Entwicklungsstufe, doch schienen sie keine bösen Absichten zu hegen, erwiesen einem sogar Freundlichkeiten, wenn man sie ließ.

Das Monster signalisierte die Struktur des Atoms, die Liebe zu den Sternen und den Ursprung des Universums mit den Fingern.

»Hast du schon wieder Hunger? Was hältst du von Oreokeksen?«

Harvey nickte und wedelte mit dem Schwanz. Oreos waren ihm recht, wenn sie auch nicht gerade zu seinem Lieblingsfressen zählten. Aber ein Hund, der Besen zerkaut und frißt, ist nicht sehr wählerisch. Er packte seinen Freßnapf wieder mit den Zähnen und hielt ihn Elliott hin. Doch Elliott ging mit dem Monster an der Hand an ihm vorbei, ohne ihn zu beachten.

Na schön, dachte Harvey, werde ich eben wieder hinter ihnen hertrotten.

Er folgte ihnen den Gang entlang in Elliotts Zimmer, wo der Kobold Kekse bekam. Harvey knurrte und warf dem Jungen seinen Freßnapf vor die Füße.

»Du bist sowieso schon viel zu fett, Harvey.«

Was, ich soll fett sein? Der Hund wandte Elliott seine Seite zu, um damit zu demonstrieren, wie seine Rippen herausspießten. Doch er konnte Elliott weder täuschen noch zum Nachgeben verleiten. Das Monster war jetzt Elliotts ganz besonders gehätschelter Liebling. Enttäuscht machte sich Harvey über die Wanderstiefel des Jungen her.

Inzwischen hatte Elliott den Wandschrank geöffnet und wandte sich an das Monster. »Du wirst dich häuslich im Wandschrank einrichten müssen. Wir wollen alles so machen, wie es im Raumschiff ist, ja? Damit du alles hast, was du brauchst.«

Aber das uralte interstellare Wesen starrte zur Zimmerdecke hinauf. Dort hing ein bemalter Drachen mit ausgebreiteten Schwingen, in sanftes Sonnenlicht getaucht.

»Gefällt er dir? Sieh mal, hier habe ich noch mehr davon.«

Elliott griff nach einem Buch, kniete sich damit auf den Boden und sah es sich zusammen mit dem Monster an.

»Das sind Kobolde ... das sind Gnomen ...«

Das Monster erfaßte mit einem Blick die Machart und Beschaffenheit der Figuren und bisher unbekannten Wesen und war sich auch über den Ursprung der Fasern im klaren, aus denen das Papier bestand. Doch dann konzentrierte es sich auf das kleine bemalte Wesen mit dem dicken Bauch, das ihm von einer Buchseite entgegenstarrte und dessen Ähnlichkeit mit ihm selbst sich nicht bestreiten ließ.

Waren denn vor langer Zeit schon andere Reisende aus dem Weltall hier gestrandet?

Elliott überließ dem Monster das Buch und begann, ihm den Wandschrank mit Kissen und Decken gemütlich zu machen. Er hatte sich noch kein einziges Mal die Frage gestellt, warum er dem Monster Unterschlupf gewährte oder was das ganze zu bedeuten hatte. Er reagierte ganz instinktiv, konnte gar nicht anders. Es war, als sei er ferngesteuert oder auf Automatik eingestellt. Daher stellte er keine Fragen und versuchte auch nicht, sich zu drücken. Er wußte, daß ihm dieses Wesen von den Sternen anvertraut worden war. Wenn er sich seiner Aufgabe entzog, wäre es um ihn geschehen. Dann hätte er sein Leben verwirkt.

»Hier drin wird es dir gefallen«, sagte er aus dem Schrank heraus. Körper und Geist handelten ohne die geringste Anstrengung, Signale pulsierten in seinem Inneren. Er konnte nicht wissen, daß kosmische Gesetze ihn steuerten und in eine neue Richtung wirbelten. Er wußte nur, daß er sich weit besser fühlte als je zuvor.

Harvey, der Hund, hatte keine solche Veränderung durchgemacht. Dieses Herumnagen an Stiefelabsätzen kam seiner Seele nicht sonderlich zugute und seinem Magen noch viel weniger. Er tröstete sich mit dem Gedanken, daß er den Briefträger ins Bein beißen würde, der noch am Vormittag fällig war.

Elliott ging auf den Flur hinaus und kam mit einer Schüssel voll Wasser zurück. Harvey schöpfte daraufhin wieder Hoffnung, doch Elliott stellte die Schüssel in den Wandschrank und erklärte dem Kobold: »Das ist für dich. Und das ganze Ding ist dein Kommandostand.«

Elliott reihte an der Tür eine ganze Phalanx von Stofftieren auf. »Das dient zur Tarnung. Da brauchst du dich bloß einzureihen, dann fällst du gar nicht auf.«

Das verwirrte alte Überwesen starrte jedoch verständnislos auf all die Vorkehrungen, die Elliott getroffen hatte.

Auch Harvey blickte die Stofftiere gebannt an und fühlte den Wunsch in sich aufsteigen, einem Plüschteddybären den Kopf zu zernagen.

Elliott trat mit einer Schreibtischlampe auf das Monster zu. »Siehst du, das ist Licht.«

Er knipste die Lampe an, doch das grelle Licht der primitiven Glühbirne war eine Zumutung für die überempfindlichen Augen des Fremdlings aus dem Weltall. Erschrocken trat er den Rückzug an und stieß an den Plattenspieler. Er kam an den Tonarm, und die Nadel kratzte über die Platte. Trotz dieses nervtötenden Lautes flammten kleine Blitze der Erkenntnis in ihm auf. Der Fluchtgedanke tauchte wieder auf – ich muß dazu eine Gabel benutzen und etwas, das sich dreht wie dieses Ding, an das ich gerade gestoßen bin. Es wird sich drehen, und es wird ein kratzendes Geräusch geben … eine Nachricht …

Er starrte den Plattenspieler an, als käme die Lösung von dort. Die Rädchen in seinem Innern drehten sich und trugen alles zusammen, was er über Nachrichtenübermittlung wußte.

Er stolperte durch das Zimmer und sah sich nach anderen Eisenwaren um. Er zog die Schreibtischschublade auf und schüttete den Inhalt neben sich auf den Fußboden.

»He«, sagte Elliott verwundert, »nun mal schön langsam. Ich muß hier Ordnung halten.«

Der Wanderer inspizierte das ganze Zimmer, suchte, sondierte und verwarf. Er mußte alles einer genauen Prüfung unterziehen. Alles war so merkwürdig. Dieser Planet war noch so primitiv, die Menschen tappten im dunkeln, und mit ihrer Kreativität war es nicht weit her. Woher sollte ihm hier eine Inspiration kommen?

Er starrte auf ein an die Wand gepinntes Poster mit einer halbnackten Marsbewohnerin, einer Prinzessin, nur notdürftig mit glänzenden Metallstücken bekleidet.

Hmmmmm ...

Nachdenklich betrachtete er sie – ihr Strahlengewehr, ihren Helm, ihre elektrischen Stiefel.

»Gefällt sie dir?«, fragte Elliott.

Der alte Reisende senkte die Hände, zeigte nach innen, drehte sie dann nach außen und beschrieb so die in seinen Augen klassische Schönheit, die sich nach unten verbreiternde birnenförmige Gestalt.

»Davon gibt's bei uns nicht viele«, erklärte Elliott. Und er nahm das alte Monster am Ellenbogen und führte es sachte zum Wandschrank. »Da bleibst du jetzt drin, o. k.? Bleiben, verstehst du?«

Der müde alte Reisende schlurfte in seine kleine Höhle. Er, der einst das Wachstum der Pflanzen in den großartigsten

Räumlichkeiten des Weltalls überwacht hatte, war jetzt mit einem Skateboard eingesperrt.

Er sank in sich zusammen. Wo war sein Raumschiff, das Wunder des Universums – jetzt, wo er es so nötig brauchte?

Plötzlich empfing er das aufblitzende Licht eines Suchscheinwerfers – ein Lichtsignal aus dem Weltraum. Es streifte ihn, als es die Erde aus unendlicher Ferne absuchte.

»Du hast hier drin sogar ein richtiges kleines Fenster«, erklärte Elliott.

Er wies auf das kleine gläserne Viereck über dem Kopf des Monsters. »Und das ist deine Leselampe. Also dann bis später. Ich gehe noch Kekse und alles mögliche andere kaufen.«

Die Schranktür schloß sich. Wegen des grellen Lampenlichts kniff der Reisende die Augen zusammen. Dann nahm er ein rotes Taschentuch aus einem Fach und hängte es über den Lampenschirm. Das machte das Licht weicher. Jetzt schimmerte alles zartrosa. Die Lampe verbreitete nun einen Glanz, wie er ihn vom Mutterschiff her gewohnt war.

Er mußte unbedingt dem Mutterschiff und seinen Kameraden signalisieren, daß er noch am Leben war.

Wieder erstand das Bild einer Gabel vor seinem inneren Auge. Vier Zinken, die Kreise zogen – klick, klick, klick.

Mary bog mit Schwung in die Auffahrt ein, streifte dabei mit der Stoßstange die Aschentonnen und warf sie um. Doch das Scheppern und Poltern störte sie nicht. Sie war wieder zu Hause. Sie zog den Zündschlüssel heraus und saß noch eine Weile wie betäubt hinter dem Steuer, geistig und körperlich völlig erschöpft. Ginseng würde ihr sicher wieder auf die Beine helfen. Oder ganz einfach Gin.

Sie stieß die Tür auf und rutschte schwerfällig heraus. Ihr Blick wanderte zu Elliotts geschlossenem Fenster hinauf. Er hatte einen seiner ausgestopften Kobolde auf die Fensterbank gestellt.

Von dem Zeug, was heutzutage für Kinder hergestellt wird, muß man ja Halluzinationen bekommen, dachte sie.

Sie ging den Gartenweg entlang und stieg die Stufen zur Veranda hinauf. An der Tür stieß sie auf Harvey, der seinen Freßnapf zwischen den Zähnen hielt.

»Sieh mich nicht so an, Harvey, ich fühle mich schon schuldig genug.«

Sie ignorierte den flehenden Blick des Hundes, zwängte sich an dem Tier vorbei und trat an das Tischchen, auf dem die Post abgelegt wurde.

Vielleicht ein Brief von einem heimlichen Verehrer? Von herumgeisternden Monstern? Nichts dergleichen, alles nur Makulatur, Mist. Rechnungen, überfällige Rechnungen, längst überfällige Rechnungen und ein Mahnschreiben von einem Inkassoinstitut. Sollten sie ihr ruhig die Kniescheiben zertrümmern. Sie warf das Bündel Post in den danebenstehenden Papierkorb und zog sich die Schuhe aus.

Dann rief sie nach ihren Trabanten. »Jemand zu Hause?« Keine Antwort – lediglich von Harvey. »Stell deinen Freßnapf hin, sonst kriegst du den auch noch kaputt.«

Sie ließ sich in den Sessel in der Diele sinken – zu erschöpft, um sich zu irgend etwas aufzuraffen. Eine Fliege zog dicht vor ihren Augen summend ihre Kreise. Sie fegte sie beiseite, fegte sie noch einmal beiseite und erkannte schließlich, daß es gar keine Fliege war, die da so summte. Das Summen kam aus ihrem Kopf. Ihr Schädel brummte. Als nächstes würde sie Glocken hören – und dann Stimmen. »Nein, heute keinen Nervenzusammenbruch mehr. Das ist nicht der richtige Zeitpunkt«, sagte sie sich. Mühselig erhob sie sich und ging in die Küche. Es war nicht zu übersehen, daß sich Elliott ein gesundes Frühstück bereitet hatte, dessen Überreste auf dem Fußboden lagen und auch sonst überall klebten. Sie räumte alles weg, wischte die Schränke und die Türen ab und machte sich eine Tasse starken Kaffee. Lange saß sie so mit ihrem Kaffee da und betrachtete ihre Füße. Müde Füße. Füße, die am liebsten gestreikt hätten. »Hallo, ist denn keiner zu Hause?« Natürlich antwortete ihr wieder niemand. Wahrscheinlich arbeiteten sie emsig an irgendwelchen geheimnisvollen Plänen. Möglicherweise hatten sie vor, die Regierung zu stürzen. Egal – wenn sie nur leise waren.

Als die Hintertür aufgestoßen wurde, klang das wie Kanonendonner. Michael kam hereingestampft, als säße er auf einem Elefanten. »Tag, Mama. Na, wie war der Tag?«

»Ganz schön, und bei dir?«

Er zuckte die Achseln. Weiß der Himmel, was er damit sagen wollte. »Ich geh' jetzt ein bißchen Fußball spielen«, fügte er hinzu – in einem Ton, der besagen sollte, daß er sich durch nichts, aber auch gar nichts auf der Welt davon abhalten lassen würde. »Schön, viel Spaß. Dann trampel mal wieder los.« Sie schnippte mit den Fingern als sei er damit entlassen. Als ob es einer Erlaubnis ihrerseits bedurft hätte. Dann starrte sie wieder in ihre Kaffeetasse und versuchte, die restliche ihr noch verbliebene Energie wieder zu mobilisieren. Doch das dauerte seine Zeit. Falls ein fremder Mann oben im Bett auf sie warten sollte, würde er sich eben gedulden müssen, bis sie sich stark genug fühlte, die Treppe hinaufzusteigen.

Michael legte seine Schulterpolster an und griff nach seinem Helm. Er fühlte sich heute so gewalttätig, er mußte unbedingt etwas unternehmen. Mit zwei Sätzen war er oben im Flur. Da stand Elliott und versperrte ihm den Weg.

»Na, wie geht's, du Schmierenkomödiant?« Michael wollte ihn beiseiteschieben.

»Michael, ich muß dir etwas Wichtiges sagen.«

»Aha, was denn?«

»Du erinnerst dich doch an den Kobold?«

»Was für einen Kobold? Los, geh mir aus dem Weg.«

»Warte doch mal, Michael, ich meine es ernst. Er ist wiedergekommen.«

»Elliott!« Michael konnte mit seinem jüngeren Bruder wenig oder besser gesagt überhaupt nichts anfangen. In seinen Augen war Elliott eine Art Wiesel mit hinterhältigen Bewegungen. Heimtückisch, wie er sich auch beim Spiel verhielt. »Weg da!«

»Ich werde ihn dir zeigen, aber gehören tut er mir.«

Michael zögerte. »Na schön, aber mach schnell.«

»Erst mußt du schwören. Einen heiligen Eid leisten.«

»Okay, okay, nun zeig's mir schon. Was ist es denn? Ein

Stinktier oder so was? Hast du es in deinem Zimmer? Mama reißt dir den Kopf ab.«

Elliott führte Michael den Flur entlang. »Nimm erst deine Schulterpolster ab«, bat er vor der Zimmertür. »Er könnte sonst Angst vor dir haben.«

»Übertreib nicht, Elliott.«

Elliott führte ihn zum Wandschrank. »Mach die Augen zu.«

»Warum denn das?«

»Mach es, Michael, bitte!«

Im Wandschrank versuchte das uralte Wesen gerade, sich alles ins Gedächtnis zu rufen, was es über Funkgeräte und Nachrichtenübermittlung wußte. Irgendwie mußte es ihm gelingen, sich ein Gerät zu bauen. Der Außerirdische hörte die zwei Kohlköpfe ins Zimmer kommen, ließ sich aber nicht stören, sondern zermarterte sich weiter das Hirn nach einer Möglichkeit, sich dem Mutterschiff mitzuteilen. Da wurde die Tür des Wandschranks plötzlich geöffnet.

Elliott legte ihm den Arm um die Schultern und sah ihn aufmunternd an. »Komm mal raus, ich möchte, daß du meinen Bruder kennenlernst.«

Die beiden tauchten gerade in dem Moment wieder aus dem Wandschrank auf, als Gertie – aus dem Kindergarten zurück – ins Zimmer platzte. Beim Anblick des Monsters schrie sie entsetzt auf. In das Geschrei fielen auch das Monster und Michael mit ein, der gerade die Augen geöffnet hatte. Dieses wilde Geschrei drang schrill an Marys Ohren, die immer noch in der Kommandozentrale des Hauses saß und sich nach wie vor vergeblich bemühte, sich wieder aufzuraffen.

»Großer Gott ...!« Sie zog sich am Küchentisch hoch. Welches wüste Ritual war denn da schon wieder im Gange?

Es hörte sich an, als versuchten sie, Gertie die Hose runterzuziehen. Und in zwanzig Jahren würde Gertie auf der Couch eines Psychiaters versuchen, sich an diesen Vorfall zu erinnern.

Mary stieg die Treppe hinauf, bereit, sich Notizen zu machen und sie dann Gertie zu geben, wenn diese anfing, sich analysieren zu lassen. Erschöpft ging sie den Flur entlang auf Elliotts Zimmer zu. Ein harter Arbeitstag im Büro, und dann noch ein Trauma zu Hause – das Leben verlangte einem allerhand ab.

Einen Augenblick blieb sie vor Elliotts Zimmertür stehen. Zumindest würde das Zimmer aufgeräumt sein. Dann öffnete sie die Tür. Alles, was Elliott besaß, lag auf dem Boden. Mary sah ihn an. Wie konnte er nur inmitten dieses Wirrwarrs einen so unschuldigen Gesichtsausdruck haben? »Was ist denn hier passiert?«

»Wo?«

»Das fragst du noch? Sieh dich doch mal um! Wie es hier wieder aussieht. Wie ist denn das nur möglich?«

»Ach, du meinst mein Zimmer?«

»Das ist kein Zimmer, das ist eine Katastrophe. Hast du einen tanzenden Derwisch engagiert?«

Im Wandschrank saß der uralte Kosmologe nun zwischen Gertie und Michael eingezwängt. Das kleine Mädchen schien ihn beißen zu wollen. Dem Jungen hing der Unterkiefer herab, er starrte wie verblödet vor sich hin, und seine unförmigen, mißgestalteten Schultern nahmen in dem engen Wandschrank sehr viel Platz ein. Der Gast aus dem Weltraum hoffte inständig, daß das gegenwärtige Arrangement nicht von Dauer sein würde. Hier drin war es auch für ihn allein schon eng genug.

Durch einen Spalt in der Tür sah er die Mutter und Herrin des Hauses, die auf die Trümmer starrte, die er auf der Suche nach Teilen für seinen Sender im Zimmer verstreut hatte.

Er versuchte die Erdenfrau einzuschätzen. Ob sie ihm wohl freundlich gesinnt sein würde? Sie trug keine Metallketten und schien nicht bewaffnet zu sein. Sie war mindestens ebenso attraktiv wie die Marsprinzessin auf dem Poster, doch natürlich mangelte es auch ihr an der wahren Schönheit; denn auch ihre Gestalt war keineswegs birnenförmig zu nennen und auch von langen Zehen konnte bei ihr keine Rede sein.

»Elliott, ich habe Gertie schreien gehört. Hast du und Michael ihr irgendwie Gewalt angetan?«

»Aber Mama!«

»So etwas dürft ihr nicht tun, Elliott. Das kann sehr teuer werden. Genauer gesagt, etwa neunzig Dollar die Stunde.«

»Mama, ich habe doch gar nichts getan.«

»Warum hat sie dann so geschrien?«

»Keine Ahnung. Sie ist reingekommen, hat geschrien und ist wieder rausgerannt.«

Mary ließ sich das durch den Kopf gehen. War sie als kleines Mädchen in irgendein Zimmer gelaufen, hatte völlig grundlos geschrien und war dann wieder hinausgelaufen? Ja, sogar ziemlich oft. Und auch jetzt war ihr nach Schreien zumute. Genaugenommen hatte sie gerade erst geschrien. Vielleicht sollte sie Elliott noch ein wenig anschreien und dann gehen.

»Es tut mir leid, Mama.«

»Ich wollte dich nicht anschreien, Elliott, tut mir auch leid. Aber räum' jetzt dein Zimmer auf, oder ich bringe dich um.«

»Das glaube ich dir aufs Wort. Gut, Mama, ich fange gleich an.«

Mary wandte sich um und verließ das Zimmer. Sobald ihre Schritte auf der Treppe zu hören waren, öffnete sich die Schranktür und Michael, Gertie und das alte Monster erschienen wieder auf der Bildfläche.

Michael hatte in diesen wenigen Augenblicken eine erstaunliche Wandlung durchgemacht. Er fühlte sich wie von einer Dampfwalze überrollt. Seine Körper war völlig gefühllos, und er glaubte zu träumen. Vielleicht war er ja doch Fußball spielen gegangen, war mit jemandem zusammengestoßen, hatte eine Gehirnerschütterung und war bewußtlos. Aber dagegen sprach, daß Gertie da war, lästig wie immer. Und da war auch dieser widerliche Elliott in voller Lebensgröße. Und das Monster, das nicht zu übersehen war.

»Elliott, wir müssen es Mama sagen.«

»Ausgeschlossen, Michael. Sie würde unbedingt das Richtige tun wollen. Und du weißt ja wohl, was das bedeutet.« Elliott zeigte auf den uralten Weltenbummler. »Er würde als Hundefutter enden.«

Harvey blickte schwanzwedelnd zu ihnen auf.

»Hat er schon was gesagt? Kann er überhaupt sprechen?«

»Nein.«

»Was tut er überhaupt hier?«

»Weiß ich nicht.«

Die beiden Jungen sahen ihre fünfjährige Schwester an, die das fremdartige Geschöpf mit weitaufgerissenen Augen anstarrte.

»Er tut dir nichts, Gertie. Du kannst ihn ruhig anfassen.«

Der gestrandete alte Reisende überließ sich bereitwillig ihren Annäherungsversuchen. Seine inneren Empfangsantennen nahmen die Botschaften auf, die sich von den Fingerspitzen des Kindes pulsierend auf ihn übertrugen. Wenn diese Nachrichten auch chaotisch waren, so waren diese kleinen Kokosnüsse doch nicht auf den Kopf gefallen. Aber ob sie ihn wohl in den ›Andromeda-Nebel‹ hinaufheben konnten?

»Du wirst doch nichts verraten, Gertie, nicht wahr? Auch Mama darfst du nichts davon sagen, hörst du?«

»Warum denn nicht?«

»Weil – weil Erwachsene ihn gar nicht sehen können. Nur Kinder sehen ihn.«

»Das glaube ich nicht.«

Elliott nahm Gertie ihre Puppe weg. »Soll ich dir zeigen, was passiert, wenn du was verrätst?« Er drehte der Puppe den Arm auf den Rücken.

»Hör auf! Hör sofort auf!«

»Versprichst du mir, den Mund zu halten?«

»Ist er vom Mond gekommen?«

»Ja, vom Mond ...«

Mary lag im Schlafzimmer auf dem Fußboden. Der Fernseher lief, sie machte die Gymnastik mit. Eine etwa fünfzigjährige Schwedin, ohne eine einzige Falte im Gesicht, war die Gastgeberin, und ihr Freund, eine schwachsinniger Trottel, vollführte mit seinen Bauchmuskeln leicht anrüchige Bewegungen, die an Pornografie grenzten.

»... und eins ... zwei ... drei ...«

Mary mühte sich ab, ihnen zu folgen, doch bald kam sie nicht mehr mit. Sie stellte den Ton ab und blieb einfach in ihrer Lieblingsstellung auf dem Teppich liegen. Sie sah aus, als hätte ihr jemand einen Pfeil in den Leib geschossen.

Aus Elliotts Zimmer drangen schwach die Stimmen ihrer drei Kinder, von denen sie wußte, daß sie irgend etwas ausheckten. Eine sonderbare Spannung lag in der Luft. War das der Grund für das neuerliche Summen in ihrem Kopf? Oder lag das an der eigenartigen gymnastischen Übung, die den Zweck hatte, sie in sexueller Hinsicht wieder zu verjüngen und bei der sie den Fuß hinter das Ohr hatte ziehen müssen? Das würde sie bestimmt nicht wieder versuchen. Die Muskeln im Oberschenkel vibrierten immer noch. Mit Leidenschaft hatte das nichts zu tun.

Sie betrachtete den Schwachkopf auf dem Bildschirm, der ihr lautlos Anweisungen erteilte. Trotz seines niedrigen Intelligenzquotienten war sie ganz vernarrt in ihn und stellte sich vor, wie es wohl sein würde, Hand in Hand mit ihm in den Swimmingpool zu springen, der auf dem Bildschirm zu sehen war, während die Schwedin ihren großen Zeh mit zwei Fingern zum Rotieren brachte.

Genug, genug ...

Sie stellte den Fernseher ab. Höchste Zeit, die hungrigen Mäuler ihrer Brut zu stopfen. Sie ging in den Flur hinaus und rief: »Los jetzt, kommt und helft mir das Abendessen zubereiten!«

Keinerlei Reaktion – wie nicht anders zu erwarten. Sie ging allein die Treppe hinunter.

Heut abend gibt es aufgetautes knorpeliges Truthahngulasch voller Sehnen und dazu vielleicht Kartoffelpüree aus der Fertigpackung, eine köstliche Beilage, brauchte man nur anzurühren. Und als Krönung eine Handvoll Brezeln.

Sie machte sich an die Zubereitung und blickte hin und wieder zum Küchenfenster hinaus. Dort sah sie, wie ihr Nachbar seinen Rasenmäher, den er auf das Gestell eines alten Kinderwagens montiert hatte, wie einen geisteskranken Riesen über den Rasen schob. In ihrem Garten war es mit dem Gras nicht so wild. Dafür sorgte schon Harvey, der es sich nicht nehmen ließ, immer wieder nach nicht vorhandenen Knochen zu wühlen. Gerade jetzt blickte er zu ihr auf und bettelte mit den Ohren. Eins hatte er aufgestellt, das andere ließ er hängen – eine ausgeklügelte Methode. »Wer hat denn den Besenstiel gefressen, Harvey? Irgend jemand, den wir kennen?«

Harvey leckte seine Schrunden und fuhr sich mit der Zunge über die Nase.

»Was ist nur in dich gefahren, Harvey? Was hast du denn gesehen, das dich so aufgeregt hat? Ist die kleine französische Pudeldame mit dem Schleifchen in den Locken wieder vorbeischarwenzelt? Ist sie daran schuld?«

Harvey nickte, knurrte leise, und fing dann an zu jaulen. Er hatte den ganzen Tag noch nichts zu fressen bekommen. Niemand hatte an das Allerwichtigste gedacht, ihn, den Hund, zu füttern. Was war nur mit ihnen allen los? War vielleicht das Monster oben schuld daran?

Ich werde *ihn* eben fressen müssen, dachte Harvey.

Mary ging zur Treppe und bat auf ihre unvergleichliche Weise zum Essen: »Kommt runter, sonst passiert was!«

Erst nach einer ganzen Weile hörte man Getrampel wie von Nilpferden auf der Treppe, und ihre Brut erschien mit geheimnisvollem Gesichtsausdruck.

»Was habt ihr vor? Was habt ihr da oben wieder ausgeheckt? Nun mal raus mit der Sprache – ich kann sowieso in euch lesen wie in einem Buch.«

»Nichts, Mama.« Michael setzte sich, und Gertie mußte neben ihm Platz nehmen.

Gertie blickte verächtlich auf das Essen: »Iiiih!«

»Halt den Mund, mein Schatz. Elliott, reich mir doch bitte das Salz.«

»Ich habe mir heute eine Höhle in dem großen Wandschrank gemacht«, erklärte Elliott mit scheinheiliger Miene.

»Was denn für eine Höhle?«

»Na, so eine Art Versteck.«

»Ach so. Wie hast du bloß noch Zeit dafür gefunden, du hattest doch so viel damit zu tun, diese Unordnung zustandezubringen?«

»Kann ich die Höhle so lassen?«

»Ich hoffe nur, du willst dich nicht in diese Höhle verkriechen und dich damit jeder Art von Verantwortung entziehen, Elliott. Kleine Jungen sollten nicht ihre ganze Zeit im Wandschrank verbringen.«

»Aber doch nicht die ganze Zeit. Bloß einen Teil der Zeit.«

»Ich werde mir die Sache erst mal gründlich durch den Kopf gehen lassen«, sagte Mary. Die Kinder wußten genau, daß ihr gar nichts anderes übrigblieb, als zuzustimmen; daß Elliott sie so lange löchern und damit quälen würde, bis sie kapitulierte. Mary versuchte, unauffällig das Thema zu wechseln. »Ist das Püree nicht köstlich?«

»Hm.«

»Iß doch noch ein bißchen, wenn es dir so gut schmeckt, Gertie.«

»Im Kindergarten schmeckt das Essen viel besser«, konterte Gertie. »Da gibt es große Pfannkuchen mit Schokoladenguß.«

»So? Darüber muß ich mich doch mal mit dem Leiter des Kindergartens unterhalten.«

»Das ist ein Perverser.«

»Gertie, du sollst doch keine Wörter benutzen, die du nicht verstehst.«

»… ein Perverser, ein Perverser …«, sang Gertie unbeirrt und starrte angewidert auf ihr Kartoffelpüree, bis Mary die Hände vors Gesicht schlug.

Oben war inzwischen der uralte Flüchtling wieder aus dem Wandschrank gekrochen. Er sah sich im Zimmer um und inspizierte die Sachen, die er zuvor bei der Suche nach Bauteilen für einen Sender alle auf einen Haufen geschmissen hatte. Nun setzte er die Suche fort.

Er ließ seine Augen kreisen, auf die feinste Brennweite eingestellt. Die Elektronen des Raumes, erschienen und tanzten im Kreis herum. Doch der innere kosmische Wirbel nutzte ihm nichts, er brauchte feste Teile, wie z. B. den Plattenspieler. Er ließ die Brennweite seiner Augen wieder bei normal einrasten und schlurfte zum Plattenspieler, auf dem keine Schallplatte lag. Er stieß den Plattenteller mit dem Finger an und drehte ihn.

Welche Verbindung bestand zwischen diesem Plattenspieler und einer Gabel?

Antwort kommen …

Er nickte. Mit Hilfe von gesponnenen Signalen würde ihm die Flucht gelingen – in die Nacht hinausgesandt als Fäden der Hoffnung, hundertmillionen solcher Fäden, glänzend wie seidenweiches Haar.

Unten im Haus hörte er Gabeln über Teller kratzen das kannte er jetzt schon – er hörte auch Gläser klirren, vernahm, wie Teller aufeinandergestellt wurden und zu allem Überfluß auch noch verzerrtes Geplapper, das ihm Ohrenschmerzen bereitete.

»Mama, warum sehen Kinder Sachen, die du nicht sehen kannst?«

»Was hast du denn gesehen, Gertie? Elliotts Kobold?«

»Mama, was sind denn Leute, die keine Leute sind?«

Der Mensch, der kein Mensch war, wußte zwar, daß die Kinder ihn nicht absichtlich verraten würden. Aber das kleine Mädchen konnte ihn in eine fatale Lage bringen; denn ihr leuchtete noch nicht ein, warum es manchmal notwendig war, gewisse Dinge für sich zu behalten.

Aber im Augenblick drohte ihm wohl keine Gefahr. Die Mahlzeit neigte sich dem Ende zu. Offensichtlich war eine Unmenge m & m verzehrt worden, und er hoffte inständig, daß die Kinder ihm auch bald wieder welche bringen würden.

»So, meine Lieben, und wer spült jetzt das Geschirr?«

Die Stimme des großen Geschöpfes mit dem seidenweichen, blonden Haar drang an sein Ohr, gleichzeitig erstand durch Telepathie ihr Bild vor ihm. Vor allem beeindruckten ihn die Wellen strahlender Fasern auf ihrem Kopf, feiner als Seide. Wenn nur ihre Nase einem zermatschten Rosenkohl etwas ähnlicher wäre ...

Wieder drehte er den Plattenteller mit der Hand. Da hörte er Elliotts Schritte auf der Treppe. Gleich darauf betrat der Junge mit einem Tablett in der Hand das Zimmer.

»Ich bringe dir dein Abendessen«, flüsterte er und reichte dem Außerirdischen das Tablett.

Auf einem Teller lagen ein paar Salatblätter, ein Apfel und eine Orange. Der alte Wissenschaftler, der sein Leben damit zugebracht hatte, das Leben der Pflanzen zu erforschen, griff nach der Orange und verspeiste sie mitsamt der Schale.

»Macht ihr das immer so?«

Der ältliche Reisende runzelte die Stirn. Der Analysator seines Innensystems sagte ihm, daß es besser wäre, eine solche Frucht zu waschen, bevor man sie aß. Er nahm sich vor, beim nächstenmal darauf zu achten.

»Wie fühlst du dich so? Alles in Ordnung?« fragte Elliott. Dann bemerkte er, daß sich der Plattenteller noch immer drehte. »Willst du eine Platte hören?«

Das Monster signalisierte ihm, daß es eine hören wollte.

Da legte Elliott eine Platte auf und setzte den Tonarm in Bewegung.

»Accidents will happen,
but it's only rock 'n' roll ...«

Der alte Sternenaufspürer lauschte den seltsamen Klängen und beobachtete, wie sich die schwarze Scheibe drehte. Er konzentrierte sich voll und ganz auf seinen Sender. Das Raumschiff würde auf Felsen, die einen Abhang hinunterrollten, nicht reagieren (rock = Felsen, roll = rollen). Er mußte der Crew eine Nachricht in ihrer Sprache zukommen lassen. Wie konnte er nur diesen Klang entsprechend abändern? Er mußte die Frequenz auf Mikrowellen erhöhen. Aber wie?

Da drang wieder die Stimme des Geschöpfes mit dem seidenweichen Haar an sein Ohr.

»Gertie, Schätzchen, was hast du denn vor?«

»Ich will in Elliotts Zimmer spielen.«

»Laß dich nicht von ihm quälen!«

Das Kind kam herein und zog ein kleines mit Spielzeug beladenes Wägelchen hinter sich her. Es trug eine eingetopfte Geranie unter dem Arm, die sie vor den Außerirdischen hinstellte. Er starrte das Geschenk an. Sein Herz tat einen Sprung und flatterte.

Danke, kleines Mädchen, das ist sehr nett von dir.

Harvey, der Hund, hatte sich auch ins Zimmer gezwängt. Er beschnüffelte das Monster und trottete auf die Geranie zu. Ob sie wohl gegossen werden mußte?

»Harvey, halt dich zurück!«

Nun kam auch Michael herein. Er hoffte, daß das Monster verschwunden wäre. Aber er mußte sich damit abfinden, daß es noch da war. Eine Weile betrachtete er es nachdenklich, dann wandte er sich an Elliott. »Vielleicht ist es einfach ein Tier, das eigentlich gar nicht geplant war oder schon längst ausgestorben sein müßte.«

»Was Besseres fällt dir wohl nicht ein?«

»Aber ich glaube einfach nicht an solches Zeug …«

»Aber *ich* glaube jetzt daran und habe eigentlich schon immer daran geglaubt.«

Gertie breitete die anderen mitgebrachten Schätze vor dem Monster aus. »Hier ist Ton. Spielst du auch so gern damit?«

Der Außerirdische nahm den Klumpen in die Hand und hob ihn an den Mund, um ein großes Stück abzubeißen.

»Nein, du Dummerchen, nicht essen. Das knetet man. So, siehst du?« Gertie machte es ihm vor, und er fing an, eine Kugel zu formen. »Da fällt mir etwas ein«, sagte Elliott. »Wo ist denn der Globus?«

Michael reichte ihn ihm und Elliott zeigte dem Sternenwanderer Nordamerika. »Guck mal, hier befinden wir uns …«

Der Wanderer nickte. Er erkannte das Terrain, auf dem er sich schon so oft bewegt hatte. In diesem Winkel hatten sie den Planeten schon mehrfach angeflogen. Oh ja, er kannte diesen Planeten nur allzugut …

»Siehst du«, sagte Elliott, »da sind wir zu Hause. Wo bist du denn zu Hause?«

Da wandte sich der alte Reisende ab und starrte aus dem Fenster in den sternenübersäten Himmel.

Elliott schlug den Atlas auf und zeigte auf ein Bild des Sonnensystems. »Stammst du aus unserem Teil des Universums?«

Da machte das Monster fünf kleine Bälle oder Kugeln aus

der Modelliermasse und legte sie auf die Karte um einen zentralen Sonnenball herum.

»Fünf? Stammst du vielleicht vom Planeten Jupiter?«

Der Außerirdische verstand dieses wirre Geplapper nicht, er begriff nur, daß er etwas gefragt worden war. Er wies auf die fünf Bälle und schoß einen Elektronenblitz aus den Fingerspitzen ab, woraufhin die Bälle sich in die Luft erhoben und über den Köpfen der Kinder schwebten. Dort kreisten sie immer rund herum, während die Kinder stöhnten. Alle Kraft schien von ihnen gewichen zu sein.

O nein! Hatte er sie vielleicht verletzt oder verärgert? Er machte die Elektronenschicht wieder unwirksam, durch die sich die Bälle gehoben hatten und auf der sie wie auf einer Decke schwebten. Daraufhin fielen die Bälle zu Boden.

Dann zog er sich mit seiner Geranie in den Wandschrank zurück.

Mami«, verkündete Gertie, »Elliott hat ein Monster in seinem Schrank.«

»Das ist aber schön, Liebchen ...« Mary saß mit hochgelegten Beinen auf dem Sofa im Wohnzimmer und bemühte sich nach Kräften, die Kinder zu überhören, was gerade im Augenblick gar nicht so einfach war; denn Elliott hatte Gertie eins mit der zusammengerollten Zeitung übergebrannt.

»Huuuuuuuuh!« brüllt Gertie. »Wie ich dich hasse, Elliott!«

»Hört sofort auf!« Mary verzog das Gesicht unter der dicken Cremeschicht. Ihr Gesicht fühlte sich an, als sei es in Wagenschmiere eingetaucht, durch die Falten und Runzeln wie durch ein Wunder wieder verschwinden würden. Das hoffte sie zumindest. »Elliott, du solltest wirklich netter zu Gertie sein.«

»Und warum?«

»Weil sie deine Schwester ist.«

»Na komm, Gertie«, sagte Elliott plötzlich wie umgewandelt, »spielen wir hinter dem Haus.«

»Das hört sich schon besser an«, meinte Mary aufatmend und ließ den Kopf wieder auf die Sofakissen sinken. Sie starrte durch die dicke Cremeschicht. So mußte man sich wohl fühlen, wenn einem jemand eine Cremetorte ins Gesicht warf. Aber wenn sie das alles erst einmal wieder abgekratzt hätte, würde ihr neues Ich darunter auftauchen. *Wenn* es im Haus einigermaßen friedlich zuging. Elliott führte

Gertie zur Hintertür hinaus. Mary hörte, wie sich ihre Schritte entfernten. Wenn Elliott nur wollte, konnte er so lieb und zart mit seiner Schwester umgehen …

»Wenn du das Monster noch mal mit einem einzigen Wort erwähnst, reiße ich all deinen Puppen die Haare aus!« zischte Elliott, sobald sie im Garten waren.

Gertie stützte ihre kleinen Fäuste auf die Hüften und fauchte: »Probier's nur!«

»Gertie, das Monster ist … das schönste Geschenk für uns, das man sich überhaupt denken kann.« Es fiel Elliott schwer, seine Gedanken in Worte zu fassen, seiner kleinen Schwester zu erklären, was in ihm vorging. Er war fest davon überzeugt, daß etwas ungeheuer Wichtiges in ihr Leben getreten war, etwas Einmaliges, das ihrem Leben neuen Sinn gab. »Wir müssen ihm unbedingt helfen.«

»Für mich ist das Monster einfach ein großes Spielzeug«, sagte Gertie.

»Es ist aber kein Spielzeug. Es ist ein wundervolles Geschöpf von *da oben.*« Er wies zum Himmel hinauf.

»Es sieht aber trotzdem wie ein Spielzeug aus«, maulte Gertie. »Und Mami sagt immer, wir sollen unser Spielzeug miteinander *teilen.* Deshalb mußt du mich auch mit dem Monster spielen lassen.«

»Gut, gut, ich teile es ja mit dir. Aber du darfst nicht verraten, daß wir ein Monster haben.«

»Nichts verraten, nichts verraten«, sang Gertie. »Ein Geheimnis, ein Geheimnis …« Spitzbübisch sah sie Elliott an und war sich völlig darüber im klaren, welche Macht sie damit über ihn hatte. »Was gibst du mir, wenn ich nichts verrate?«

»Was willst du denn haben?«

»Dein Walkie-Talkie.« Gertie grinste triumphierend. Etwas Schöneres war ihr wirklich noch nie passiert: sie hatte ihren großen Bruder dazu gebracht nachzugeben.

»Okay«, gab er sich geschlagen. »Kannst du haben.«

»Und du mußt mit mir Puppen spielen.«

Ein gequälter Ausdruck trat in Elliotts Augen.

»... und alle Püppchen trinken Tee ...« Gertie deckte in ihrem Zimmer den Kindertisch. Sie hatte ihre Puppen auf Stühlchen an den kleinen Tisch gesetzt. Die Puppen schwatzten miteinander. »... und meine Puppe sagt zu deiner Puppe ›Sind Jungens nicht schrecklich?‹ Und deine Puppe sagt ...«

Elliott hörte sich an, was seine Puppe zu sagen hatte, sagte es nach und bewegte dabei ihren Kopf und streckte ihre Hand vor, damit sie nach der Teetasse griff. Wehmütig gedachte er der glücklichen Zeiten, als er auf Rollschuhen durch Gerties Zimmer gesaust war, wenn sie diese albernen ›Teepartys‹ veranstaltete. Da hatte er Tisch und Stühle umgekippt und die Puppen überall herumgeschmissen. Dann war er laut lachend weitergefahren. Sollten denn diese glücklichen Momente für immer vorüber sein?

Mary kam an der Tür vorbei und schaute herein. »Elliott, das ist ja wirklich rührend von dir.«

»Elliott wird jetzt jeden Abend mit mir Puppen spielen«, verkündete Gertie mit strahlender Miene.

Da stöhnte Elliotts Puppe auf und verschwand unter dem Tisch.

Als Tyler erschien, um mit Elliott ›Kerker & Drachen‹ zu spielen, erwartete ihn ein seltsames Schauspiel. Elliott befand sich mit Gertie in der Küche, er schien ihr sklavisch ergeben zu sein und spielte mit seiner Schwester zusammen mit deren kleinem Puppenofen. Er trug eine Schürze und hatte eine winzige Keksdose für Puppen in der Hand.

»He, bist du übergeschnappt?« Tyler lehnte sein langes Gestell an den Türrahmen. Er schien nur aus Armen und Beinen zu bestehen, und Elliott ließ sich die Gelegenheit nicht entgehen, ihn ›Plastic Man‹ zu nennen. Er wußte ja, daß Tyler in diesem Punkt sehr empfindlich war; denn damit wurde seine schlimmste Befürchtung ausgesprochen, daß er nämlich über zwei Meter groß werden könnte.

»Was treibste denn da, Elliott?« Tyler beugte sich tief über das kleine Öfchen, an dem Gertie geschäftig und wie in Ekstase herumfummelte, während der ihr sklavisch ergebene Bruder irgendwelchen Dreck mit Wasser zu einem undefinierbaren Matsch vermengte. »Sieht nach Haschischkeksen aus.«

»Verzieh dich gefälligst, Tyler!« Elliott wischte sich die Hände an der geblümten Schürze ab.

»Na sag mal, schließlich wollten wir ja heute abend ›Kerker & Drachen‹ spielen, das scheinst du ganz vergessen zu haben.«

»Von jetzt an wird er nur noch mit mir spielen, solange er lebt«, erklärte Gertie tiefbefriedigt.

Da wurde die Hintertür aufgestoßen und Greg, der Ork, trat ein. In seinem Hemd in Phosphorfarben sah er aus wie ein schmelzender Neon-Eiszapfen. Dieser Eindruck wurde noch verstärkt durch die Tatsache, daß er beim Reden stets sabberte. »He, was isn los?«

»Nichts is los, Sabbermaul«, zischte Elliott.

»Wir wollen doch versuchen«, sang Gertie, »zu backen Drachenkuchen!«

Da griff Greg nach einem Stuhl und setzte sich verkehrtherum darauf. Er grinste hämisch und meinte in seiner feuchten Aussprache: »Willst se wohl kirre machen, um se dann zu vernaschen, was?«

»Schwach, Greg«, sagte Tyler daraufhin, »das war ganz schwach.«

Greg kippelte mit dem Stuhl. »Ich habe genug gesehen – ich weiß Bescheid.« Interessiert betrachtete er Elliott, der bisher ein ganz normaler Bruder gewesen war und sich durch nichts von anderen Brüdern unterschieden hatte. Er hatte nur dann gern mit seiner Schwester gespielt, wenn das Spiel interessant war – hatte sie zum Beispiel gekitzelt, bis sie einem Nervenzusammenbruch nahe war. Dieses Spiel spielte auch Greg immer wieder gern mit seiner Schwester. Oder er band sie an einen Baum, um sie dann zu kitzeln. Es machte auch Spaß, mit vier oder fünf anderen Jungen in das Badezimmer zu platzen, wenn sie in der Wanne saß. Um sich dann vor Lachen zu biegen, wenn sie brüllte. *Das* waren schöne Spiele! Doch was trieb Elliott im Augenblick? Nachdenklich saß Greg da, und der Speichel rann ihm aus den Mundwinkeln auf das Neonhemd.

Da erschien der letzte Spieler der ›Kerker & Drachen‹-Mannschaft am Küchenfenster: Steve in Baseballausrüstung. Nach einem kurzen Blick durch das Fenster trat er grinsend ein.

»Sag bloß nichts!« knurrte Elliott und schob seine winzigen Plätzchen in den Puppenofen.

»Was soll man dazu schon sagen?« meinte Steve ironisch. »So was kommt eben vor.« Seine Schwester hatte ihn auch schon mal erpreßt. Man mußte stets auf der Hut sein, die Zimmertür verschlossen halten, kein Licht machen. Größte *Vorsicht* walten lassen.

»Elliott und ich haben eine kleine Bäckerei«, erklärte Gertie vergnügt. Behutsam formte sie an den letzten Matschplätzchen herum und sang: »Alle kaufen unsre Plätzchen, auch der Weihnachtsmann.« Sie stellte den Hitzegrad ein und schloß die Herdklappe. Dann sah sie Elliott an. Ihr Blick verriet, daß sie das große Geheimnis um das Monster zu wahren gedachte. Es lohnte sich. Elliott zuckte zusammen wie unter einem Peitschenhieb und machte sich an das nächste Blech Matschplätzchen.

Als der Außerirdische nachts von seinen Kissen aufblickte, sah er Elliott aus dem Fenster auf das Dach hinausklettern.

Wo wollte der Junge hin?

Der Reisende durch den Weltraum sah durch sein kleines Guckfensterchen, wie Elliott das schräge Dach überquerte und dann über die Treppe entfloh, die in den Garten hinunterführte. Schon im nächsten Augenblick war er nicht mehr zu sehen.

Durch Telepathie verfolgte der alte Sterngucker den Weg des Jungen und sah ihn wie auf einem Monitor vor sich. Der Junge verschwand in den Hügeln hinter dem Haus. Ob er wohl etwas Eßbares für seinen im Wandschrank versteckten Freund besorgen wollte?

Nein, der Junge schlich die Straße hinauf, dorthin wo sein Elend begonnen hatte. Die außerordentlich empfindliche Antenne des Außerirdischen zuckte wie in Krämpfen; denn selbst hier im Dunkeln, spürte er das Aufeinanderschlagen der Zähne an diesem schrecklichen mit Trophäen bestückten Ring.

Elliott war auf der Straße nicht allein.

Da war noch jemand, der im Schatten der Nacht suchte. Nach wem suchte?

Daran bestand doch wohl kein Zweifel.

Er hörte die schweren Schritte, fühlte den starren, kalten Blick des Erdenmenschen – diesen Blick, der das Dunkel der

Nacht durchdrang wie durch Telepathie übertragene Strahlen.

Da schaltete der alte Weltraumfahrer seine Geistesantenne aus und verkroch sich in den äußersten Winkel des Wandschranks. Mit ihren grellen, blendenden Lichtern waren sie wieder hinter ihm her. Sie durchkämmten die Hügel auf der Suche nach ihm. Ihre Antennen meldeten: Der Außerirdische ist hier, und wir werden ihn finden.

Und ausstopfen.

Ihn unter eine Glasglocke stellen.

Er griff nach einem Keks und kaute nervös darauf herum. Sie durften ihn auf gar keinen Fall finden. Aber sie waren schon so nah. Und Elliott war auch da oben, um ihnen nachzuspionieren. Wenn sie ihn nun erwischten! Ob sie ihn dazu bringen würden zu verraten, was er über den Gast mit der merkwürdigen Gestalt wußte, der sich in seinem Wandschrank verbarg?

Er wandte sich seiner Geranie zu und sah sie flehend an. Da drehte sich die Pflanze auf ihrem Stengel solange, bis sie ihm ins Gesicht blicken konnte. Die geschlossenen Blütenkelche öffneten sich alle auf einmal, und er sah in ein Meer von strahlend roten Blüten. Ihm zuliebe waren sie wieder aufgebrochen.

Die Pflanze seufzte. Die übergroße Anstrengung hätte sie fast das Leben gekostet. Aber der alte Botaniker streichelte sie sanft mit seinen langen Fingern und redete liebevoll auf sie ein. Durch seine kosmische Rede, die Quintessenz der in zahllosen Welten gewonnenen Erfahrungen, erwachte die Pflanze zu neuem Leben und erstrahlte in all ihrer Schönheit.

»Deine Stimme ist Balsam für mein Wachstum, Herr und Meister«, sagte die Geranie.

»Ja, aber es ist nicht die Stimme der Irdischen.«

Der uralte Reisende kratzte sich am Kopf. Er mußte unbedingt die Sprache der Erdlinge lernen, um sich besser durchsetzen und seine Wünsche besser zum Ausdruck bringen zu können.

Gertie hatte ihm ihr Abc-Buch, ihre Fibel gebracht. Er legte sich das Buch auf den Schoß und fuhr mit dem Finger über die Buchstaben. Dann zeichnete er das m nach.

Elliott hielt sich im Gebüsch am Straßenrand versteckt und ließ die Suchtrupps der Regierung nicht aus den Augen, die alles mit ihren Taschenlampen und Scheinwerfern ableuchteten. Falls sie ihn finden sollten, würde er ihnen einfach weismachen, er hätte seinen Hund noch mal rausgeführt.

Harvey lag neben ihm und zitterte vor Angst. Das Tier konnte kaum noch dem Drang widerstehen, sich auf den Mann mit den Schlüsseln zu stürzen und ihn zu beißen. Harvey hatte das Gefühl, jeden beißen zu müssen, der so viele Schlüssel bei sich trug.

»Heute nacht ist nichts zu finden«, sagte einer der Männer.

»Stimmt. Aber ich kann trotzdem das Gefühl nicht loswerden, daß uns irgend jemand beobachtet.« Der Mann mit den Schlüsseln leuchtete mit seiner hellen Taschenlampe ins Gebüsch. »Aber wer könnte das sein?«

Zum Beispiel ein halb verhungerter Hund, dachte Harvey und überlegte, ob sich wohl in einem der am Straßenrand geparkten Fahrzeuge eine Notration befand. Er versuchte, auf dem Bauch darauf zuzukriechen, doch Elliott hielt ihn fest.

»Ganz ruhig, Harvey …«, flüsterte der Junge und zog sich tiefer in den Schatten zurück. Gleich darauf glitt er schweigend den sandigen Abhang hinunter, und Harvey rollte neben ihm her.

Unzählige Sterne standen am nächtlichen Himmel. Elliott sagte sich, daß er eines der größten Geheimnisse der Nacht in seinem Zimmer versteckt hielt. Um keinen Preis würde er es verraten, sich nie geschlagen geben, nicht einmal, wenn sie seiner habhaft wurden und ihn folterten.

Harvey dagegen hätte das Geheimnis schon für einen einzigen Knochen preisgegeben, aber niemand stellte ihm Fragen. So trottete er neben Elliott dahin und versuchte, einen Plan auszuhecken.

Da sagte Elliott leise: »Harvey, wir haben einen großen Schatz bei uns im Haus, weißt du das überhaupt?«

Harvey starrte zu Boden. Ihm genügte die Erkenntnis, daß es auf der Welt entschieden zuwenig Hundefutter gab.

»Ich habe ihn so lieb, Harvey. Er ist das netteste kleine Kerlchen, das mir je begegnet ist.« Elliott sah zu den Sternen auf und überlegte, von welchem sein neuer Freund wohl stammen mochte.

Sie gehören ihm alle, flüsterte der Mondschein.

Harvey spitzte die Ohren.

Habe ich da nicht eben etwas gehört? Hat da nicht jemand mit einer Tüte voll Hundekuchen geraschelt?

Er sah sich um, aber es war niemand zu sehen.

Mary erwachte. Sie glaubte, Schritte auf dem Dach zu hören. Sie nahm die Kräuterkompressen von den Augen und setzte sich auf.

Doch das Geräusch war bereits nicht mehr zu hören, und alles im Haus war wieder still. Sie trat ans Fenster und blickte hinaus. Nur Harvey befand sich im Garten, der wütend ein Loch buddelte.

Sie zog den Rolladen hinunter, um den verrückten Hund nicht mehr sehen zu müssen und ging wieder ins Bett. Sie hatte ganz deutlich das Gefühl, daß etwas Merkwürdiges im Gange war. Aber was nur? Was hatten ihre Kinder wieder ausgeheckt?

Sie schüttelte ihr Kissen auf und nahm es in die Arme. Wieder hatte sie den gleichen Traum. Sie tanzte, und es war wunderschön ... Sie tanzte mit jemandem, der ihr nur bis an den Nabel reichte. Die Augen fielen ihr zu, die seltsame Musik erklang wieder – nie gehörte fremdartige Laute, Blubbern, dann Funksignale –, sie drehte sich wieder im Kreise. Ihr Partner preßte die Nase an ihren Leib – tief unten, so daß sie ihn gar nicht sah.

»Wir müssen es unbedingt bekanntgeben, Elliott. Das ist schließlich eine ernste Sache.«

»Nein, er möchte bei uns bleiben.«

Die Brüder waren unterwegs zur Schulbushaltestelle. Michael war ganz durcheinander. Nichts stimmte mehr. Seine zuvor so wohlgeordnete Welt schien auf dem Kopf zu stehen. Fantastische Ideen gingen ihm durch den Kopf. Er dachte an Satellitenbahnen und an die Oberfläche des Planeten Merkur anstatt an den Sport, der ihm bisher soviel bedeutet hatte. »Elliott, das ist ein Wesen aus dem Weltraum. Wir wissen nicht, was es tun wird und warum es überhaupt hier ist. Wir könnten eines Tages erwachen und uns alle auf dem Mars oder weiß der Himmel wo wiederfinden, wo es nur so wimmelt von diesen kürbisförmigen Gesellen.«

Elliott hörte gar nicht zu. Er war auf eine ihm unbekannte Gestalt auf der morgenleeren Straße aufmerksam geworden. »Das ist doch nicht der Milchmann, der sonst immer zu uns kommt, oder?«

»Der ist vielleicht in Urlaub, da schicken sie eben einen anderen.«

»Hör mal, Michael, hier in der Gegend wimmelt es plötzlich von Leuten, die noch nie zuvor hier aufgetaucht sind. Guck dir bloß mal das Auto da vorn an. Da sitzt ein Mann drin, der so tut, als ob er Zeitung liest. Ich sage dir, sie *suchen* ihn!«

»Sie? Wer soll das denn sein?«

»Sie sind überall. Auch oben in den Hügeln.«

»Du läßt dir besser was einfallen, Elliott, bevor sie uns auf die Schliche kommen.«

»Er braucht Zeit, um einen Schlachtplan auszuarbeiten.«

»Vielleicht ist er nicht klug genug. Kann doch sein, daß er so was wie eine Arbeitsbiene ist und nichts kann, als auf einen Knopf zu drücken oder so was.«

»Michael, er ist uns so weit voraus, so hoch überlegen, wie du dir das überhaupt nicht vorstellen kannst.«

»Wer's glaubt, wird selig. Warum kampiert er dann bei uns im Kleiderschrank?«

»Er ist eben vom Pech verfolgt. Aber das wird sich bald ändern.«

»Elliott, begreifst du denn nicht, daß wir beide bloß dumme Jungen sind? Wenn ihm überhaupt irgend jemand helfen kann, dann höchstens versierte Wissenschaftler. Leute mit Grips. Die könnten ihn testen und viel besser füttern.«

»Wir füttern ihn gut genug.«

»Ja, mit Keksen. Was ist denn das für eine Ernährung? Vielleicht bringst du ihn damit um, ohne es zu wissen.«

Elliott bekam einen angespannten Gesichtsausdruck, und er sagte voller Verzweiflung: »Michael, wenn wir ihn anderen überlassen, wird er *nie wieder* nach Hause zurückkehren können. Das weiß ich genau.«

»Aber wieso denn, Elliott? Woher willst du das wissen?«

»Ich fühle das so deutlich, als wenn es in mich eingebrannt worden wäre. Immer wieder überfällt mich dieser Gedanke. Und dann sage ich mir, daß er zu uns gekommen ist, weil wir die einzigen sind, die ihm helfen können.«

»Aber warum denn ausgerechnet zu uns? Wer sind wir schon? Wir haben kein Geld und wissen nicht, was wir tun sollen. Wir haben nicht mal einen Vater.«

»Das ist alles gar nicht wichtig. Das alles weiß er ja. Aber wir sind diejenigen, die alles für ihn wieder in Ordnung bringen werden.«

»Was sollten wir denn in Ordnung bringen?«

»Irgend etwas, irgend etwas ...«, stammelte Elliott, als erwachte er aus einem Traum, an den er sich unbedingt erinnern wollte, was ihm aber nicht gelang. Den Traum hatte ihm das Wesen aus dem Weltraum eingegeben. Dadurch hatte es ihm mitgeteilt, was es so nötig brauchte. Aber schon war das Bild verblaßt und sie waren an der Bushaltestelle angelangt.

Tyler, Steve und Greg waren schon da. Sie hatten sich geneckt und gezankt, während sie auf den Bus warteten, und fielen jetzt einmütig über Elliott her, sobald sie seiner ansichtig wurden. »He, Elliott, was macht die Backstube? Gibt's eigentlich auch Obsttorte?«

»Red nicht solchen Mist, Tyler.«

Greg war sogleich mit einem weisen Rat zur Hand, wie er mit Gertie fertigwerden konnte. Wie üblich tropfte ihm beim Reden der Speichel aus dem verzerrten Mund. Doch sein Ratschlag war wohlüberlegt und hatte Hand und Fuß. »Stopf sie doch in den Wäschekorb.«

Steve grinste boshaft. Er trug wieder seine Baseballkluft. »Sag' mal, Elliott, was ich dich noch fragen wollte: Was ist eigentlich aus deinem Kobold geworden? Ist er wieder aufgekreuzt?«

Da machte sich die ständige Anspannung bemerkbar, unter der Elliott litt. Das dämliche Spiel mit Gerties Puppen, die Spiele mit seinen sogenannten Freunden, die vermaledeite Matschkuchenbäckerei. Das alles konnte ja nicht spurlos an ihm vorübergehen. So entfuhren ihm die Worte: »Ja, er ist wieder aufgekreuzt. Bloß ist es kein Kobold, sondern ein Außerirdischer.«

»Was? Wer ist ein Außerirdischer aus dem Weltraum?« Ein kleiner rothaariger Junge hatte sich vorgedrängt und sprach mit lauter, näselnder Stimme. »Wißt ihr nicht, wie lange es dauert, um meinetwegen von der Erde auf den Planeten Uranus zu gelangen?«

»Lance, du kannst mich mal«, sagte Elliott, der sofort bereut hatte, daß ihm die Worte über den Außerirdischen herausgerutscht waren. Lance war wie eine Ratte. Seine Augen glitzerten, und er schien zu spüren, daß etwas Außerordentliches vorgefallen war. Da hielt der Schulbus am Straßenrand und die Jungen stiegen ein. Den Fahrer hatten sie noch nie zu Gesicht bekommen. »Nanu, wo steckt denn George?«

»Der ist krank«, sagte der neue Fahrer.

Gertie ging an diesem Tag nicht in den Kindergarten. Natürlich hätte sie hingehen sollen, aber sie behauptete, ihr wäre schlecht, und so brachte sie den Hausmeister dazu, sie wieder nach Hause zu fahren, wo sie in Ruhe mit dem Monster spielen konnte.

Weil Elliott das Monster ganz für sich haben wollte.

Sie zog ihr Wägelchen unter dem Bett hervor und belud es mit Spielsachen, von denen sie wußte, daß das Monster sie mochte. Sie hoffte, es würde immer bei ihnen bleiben und ihre Mami heiraten.

Sie zog das Wägelchen den Gang entlang bis in Elliotts Zimmer, öffnete die Tür des Wandschranks und kroch hinein. Da blickte das Monster auf und rollte die Augen. Auch Gertie rollte die Augen – es war eine Art Begrüßungszeremoniell, ließ sich kichernd neben dem Monster nieder und stellte das Wägelchen vor sich hin. »Bist du ein großes Spielzeug?« Sie ließ ihre Blicke über den Fremdling gleiten. »Wenn du aber kein Spielzeug bist, was bist du dann?«

Der Außerirdische zog sich in den äußersten Winkel des Wandschranks zurück, er schien sich zu fürchten.

Gertie dagegen hatte überhaupt keine Angst mehr vor ihm; denn sie hatte in der Nacht geträumt, das Monster hätte sie zu einem wunderschönen Ort hoch oben zwischen den Sternen mitgenommen. Es hätte sie an der Hand genommen und ihr herrliche Blumen gezeigt. Seltsame kleine Vögel hätten sich auf seinem Kopf niedergelassen, ihm etwas vorgesungen, und sie wären ganz in sanftes Licht eingehüllt gewesen.

Daher ergriff sie jetzt furchtlos seine Hand. »Du brauchst keine Angst zu haben«, sagte sie. »Es ist genau wie in dem Traum.« Sie streichelte seine Hand, so wie sie Harvey über das Fell zu streichen pflegte. »Elliott und ich, wir sorgen schon für dich. Da kann dir gar nichts passieren, auch wenn du ein großes Spielzeugtier bist. Siehst du, hier in dem Wägelchen habe ich alle meine Puppen mitgebracht. Haben sie nicht schönes Haar? Weißt du eigentlich, daß du überhaupt keine Haare hast?«

Der Außerirdische starrte das schwatzende Kind an. Obwohl er sich in ihrer Gesellschaft wohler fühlte, als in Gegenwart des Hundes Harvey, konnte er sich schlecht vorstellen, daß solche Kinder ihm tatsächlich helfen konnten, wieder mit seiner Crew Verbindung aufzunehmen. Natürlich konnten sie ihn für eine Weile verstecken. Aber er brauchte keine Wagenladung Puppen, sondern die komplizierteste Technologie.

»... und das ist meine Anstecknadel und das da mein Cowgirlkostüm, ist es nicht süß? Und dieses Spiel heißt ›Sprechen und Buchstabieren‹. Kennst du das?«

Der uralte Fremdling ergriff die helle, rechteckige Schachtel mit seinen langen Fingern. Seine Gedanken bewegten sich plötzlich auf einem höheren Niveau, und sein Herzlicht flackerte.

»Damit kann man schreiben lernen«, erklärte Gertie. »Sieh mal ...« Sie drückte einen Knopf auf der Schachtel, den Knopf mit dem Buchstaben A. Da ertönte eine Männerstimme aus dem Kasten, die laut und deutlich ›*A*‹ sagte.

Gertie drückte auf den Knopf mit dem Buchstaben B, da sprach die Stimme ›*B*‹.

Nun drückte der alte Weltraumfahrer den Knopf mit dem Buchstaben M und hörte ›*M*‹.

»Jetzt paß mal gut auf«! sagte Gertie und drückte auf den Knopf mit der Bezeichnung ›los‹.

Da sagte die Stimme aus dem Kasten: *»Buchstabiere ›Mechaniker‹!«* Gertie drückte auf mehrere Knöpfe, sie konnte aber noch nicht so gut schreiben und buchstabieren. Daher sagte die Stimme: *»Nein, falsch. Bitte noch einmal.«*

Gertie versuchte es noch mal. »Das ist nicht richtig«, sagte die Stimme. *»Mechaniker schreibt man M-E-C-H-A-N-I-K-E-R.«*

Mit blitzenden Augen starrte das Geschöpf aus dem Weltraum auf die Schachtel. Ja, damit würde es eine Erdensprache lernen können. Aber wichtiger, weit wichtiger, in der Tat am allerwichtigsten von allen Dingen im Universum war im Augenblick die Tatsache, daß das Ding ein Computer war.

Im Geiste befand sich der Außerirdische schon im Innern des Computers, glitt über den Mikroprocessor, den Sprachsynthesizer und die Memorychips.

»He, fühlst du dich nicht wohl?« Gertie berührte vorsichtig die zitternden Hände des uralten Geschöpfs.

Der Außerirdische nickte dem Kind zu. Doch sein Blick blieb auf das kostbare Instrument gerichtet, während sich seine Gedanken überschlugen. Lösungen fielen ihm ein, Alternativlösungen, Wege und Umwege in die Freiheit – all diese Ideen kamen aus der kleinen Schachtel.

Wieder drückte Gertie auf verschiedene Knöpfe: *»Buchstabiere ›Ärgernis‹!«*

Gertie buchstabierte das Wort falsch. Der alte Wissenschaftler sah ihr beim Spielen zu und wartete, bis sie keine Lust mehr hatte.

»So, mein liebes Monster, der Schreibunterricht ist zu Ende. Ich komme bald wieder.«

Das Kind kroch aus dem Wandschrank. Sofort riß das Monster das Spiel an sich, drehte es um und entfernte die Unterseite.

Oh Wunder aller Wunder …

Liebkosend fuhr der Außerirdische über den Stromkreis. Dies war das Kernstück, das Herz seines Senders.

Er aß einen Keks und machte sich dann an die Arbeit. Im Geiste sah er genau die Konstruktion dieses Spieles vor sich. Seine Geheimnisse offenbarten sich ihm sehr schnell. Gespeicherte Informationen und die Methoden der Speicherung waren für einen so erfahrenen Weltraumhasen ein alter Hut. Mit Computern kannte er sich aus. Wenn man sich vorstellte, daß er sogar einen gefunden hatte, der sprechen konnte!

»Buchstabiere ›Mechaniker‹ …!«

Seine Ohrenklappen öffneten sich, und er lauschte begierig. Sein Geist erfaßte die Besonderheiten dieser Sprache rasch.

»Buchstabiere ›Ärgernis‹ …!«

Sein eigener Stromkreis summte, assimilierte und kombinierte. Sein Blick trübte sich, während sein Geist in höhere Sphären aufstieg, um diese Sprache zu erlernen. Auf anderen Planeten – toten Planeten, verlorenen Planeten – hatte er schon öfter Schrifttafeln gefunden und sich mit ihrer Hilfe die alten Sprachen angeeignet. Auch jetzt hielt er wieder eine solche Schrifttafel auf dem Schoß. Anhand dieser elektronischen Tafel konnte er die Schriftzeichen und auch die Laute dieses Planeten erlernen.

»Buchstabiere ›Frigidaire‹ …!«

Der strahlende Glanz dieses Wortes brannte sich in ihn ein, zerging ihm förmlich auf der Zunge. Die Bedeutung des Wortes erfaßte er sogleich. Er sah einen Kühlschrank vor sich, in dem Milch und Kekse aufbewahrt wurden.

»Frrrigggidairre …«, stammelte er, das Wort und den Begriff gleichermaßen auskostend. Auch sein Magen hatte verstanden und meldete sich zu Wort. Sein ganzes inneres Koordinatensystem rankte sich um dieses herrliche Wort.

So inspiriert, wurde das Sprachzentrum seines fantastischen Gehirns erst richtig in Gang gesetzt. Tausend dort gespeicherte Sprachen traten wieder zutage. Er konnte sich auf so manches berufen, Verbindungen schaffen und die Erdensprache aus allen möglichen Blickwinkeln betrachten. Rasch hatte er ihre fundamentale Bedeutung erfaßt und bald darauf auch schon ihre Feinheiten.

»Bon-bon … Ku-chen …«

Bald würde ihm ein ausreichender Wortschatz zur Verfügung stehen, mit dem er sich überall würde behaupten können. Er würde alles in Worten ausdrücken können, was ihn bewegte.

»Eis …«

Immer wieder drückte er auf Knöpfe. Dieser Apparat war ihm freundlich gesinnt, war Lehrer und Spielkamerad zugleich. Und noch weit mehr als das.

Da dieser Computer die Erdensprache bereits beherrschte, konnte man ihn auch noch eine andere Sprache lehren. Seine Sprache – und man konnte sie zu den Sternen ausstrahlen.

Er machte an diesem Tage nur einen Fehler, über den er sich nicht im klaren war: durch Telepathie blieb er mit Elliott verbunden. Da seine ganze Aufmerksamkeit dem ›Sprech- und Schreibspiel‹ galt, vergaß er Elliott völlig. Doch die feinen Drähte der Telepathie übermittelten Botschaften und brachten Elliott in große Schwierigkeiten; denn der Junge sollte im Biologieunterricht einen Frosch zerlegen.

Der Lehrer wollte gerade anfangen. Doch einer seiner Schüler erhielt eine grell aufleuchtende Nachricht, bei der es um den schematischen Aufbau eines Computerspiels ging.

»Wir ziehen die Haut ab …«, der Lehrer wies auf eine kleine Wanne mit lebendigen Fröschen, »… und sehen uns mal an, wie so ein Frosch von innen aussieht.« Er packte eines der Tiere und markierte es, indem er eine rote Linie auf den zuckenden Leib zeichnete. »Hier machen wir den Einschnitt. Elliott, erklär mir doch bitte mal, was du da eigentlich treibst!«

Fassungslos starrte der Lehrer auf Elliotts Laborbericht, den der Junge in wilder Hast mit Diagrammen höchst komplizierter elektronischer Schaltpläne bekritzelte. Seine Hand bewegte sich dabei ganz automatisch, so als würde sie von einem Geist geführt.

Dieser Geist war selbstverständlich der Außerirdische in Elliotts Wandschrank, der seine Gedanken, die die Mysterien der durch Knopfdruck erzeugten Sprache und des programmierbaren eingespeicherten Erinnerungsvermögens betrafen, auf Elliott übertrug und dessen eigene Gedanken damit völlig verdrängte.

Aber das konnte der Lehrer nicht wissen. Sein Schüler, mit dem er es nie ganz leicht gehabt hatte, kümmerte sich nicht im geringsten um den Unterricht, sondern schrieb und zeichnete in so fieberhafter Eile, daß sich Schweißperlen auf seiner Stirn bildeten. Seine Klassenkameraden beobachteten ihn fasziniert.

»Elliott!«

Wie gejagt schrieb der Junge weiter – über den Rand des Papiers hinaus auf das Pult, dann in die Luft. Schließlich trat er vor die Klasse, griff nach der graphischen Darstellung der Anatomie des Frosches, die an der Tafel hing, rollte sie hoch und begann dort mit Kreide zu schreiben.

Tyler, Greg und Steve sahen ihm verwundert zu. Tyler streckte seine langen Beine unter der Bank aus, bis er Gregs Fuß erreicht hatte. Als dieser sich umdrehte, wies Tyler auf Elliott und gab Greg zu verstehen, daß bei Elliott eine Schraube locker sein mußte. Greg nickte, und eine Unmenge Speichel sammelte sich in seinem Mundwinkel, während er Elliott erregt beobachtete. Wie ein Wahnsinniger schrieb dieser die Tafel in Windeseile voll. Erstaunliche Diagramme brachte die Kreide hervor, sie ähnelten dem Inneren eines Radios. Greg war so erregt, daß sich eine Blase zwischen seinen Lippen bildete. Er pflegte zu warten, bis sich genügend Speichel in seinem Mund angesammelt hatte, damit er eine solche Blase formen konnte, doch es war ihm noch nie gelungen, sie auch tatsächlich von seinen Lippen weg in die Luft hinaufzubefördern. Sie waren immer zerplatzt, wenn er das versucht hatte. Doch jetzt machte sich die Blase plötzlich selbständig, glitt davon und zerplatzte am Hinterkopf des Lehrers.

Der Lehrer jedoch merkte nichts davon. Er schrie gerade Elliott an: »Junger Mann, setz dich sofort auf deinen Platz!«

Er packte Elliott am Arm, doch der verfügte plötzlich über eine Kraft, die für einen Jungen seines Alters ungewöhnlich groß war. Der Arm fühlte sich an wie eine vibrierende Eisenstange. Damit schrieb er die Tafel randvoll und bedeckte sie mit geheimnisvollen Zeichen und Bildern. Die Klasse geriet völlig aus dem Häuschen. Schließlich herrschte ein solcher Tumult, daß sich der Lehrer nicht mehr zu helfen wußte.

»Der Unterricht ist aus, die Klasse ist entlassen. Wir machen nächste Woche weiter!« rief er. »Elliott!«

Der Junge erschrak. Die Kreide fiel ihm aus der Hand. Mit verschleiertem Blick wandte er sich dem Lehrer zu. Die gesammelte Weisheit sämtlicher Computerfachleute einer großen Gesellschaft war mit einem Schlag aus dem Nichts heraus über ihn hereingebrochen.

»... analog digital ...«, murmelte er vor sich hin Da stieß ihn der Lehrer in den Flur hinaus. An Elliotts Nasenspitze saß ein winziger Blutstropfen.

Steve zog seine Baseballmütze mit den Ohrenklappen aus der Tasche und setzte sie auf. Er schüttelte den Kopf so, daß die Ohrenklappen flatterten, als er mitansehen mußte, wie der Lehrer Elliott zum Büro des Direktors schleifte. »Der muß jetzt bestimmt einen ganzen Monat lang Tafellappen auswaschen.«

»Er muß den Verstand verloren haben«, bemerkte Tyler.

»Vielleicht hat er sich über Marys Diätpillen hergemacht«, meinte Greg. »Hat sie nicht auch immer ganz gute Aufputschmittel gehabt?«

»Hört mal«, meldete sich Steve wieder zu Wort, »das kommt daher, daß er all diese blöden Matschplätzchen zusammengemanscht hat. Ich weiß, was es heißt, eine kleine Schwester zu haben.« Er strich seine Ohrenklappen wieder glatt. »Die können einem das ganze Leben versauen.«

Gertie sah von ihrem Malbuch auf und fragte sich, warum sie überhaupt Sachen ausmalte, wo sie doch ein Monster zum Spielen hatte. Aber irgend etwas hatte sie dazu getrieben, wieder aus dem Wandschrank zu krabbeln und durch den Flur in ihr eigenes Zimmer zu gehen. Wie im Traum war sie diesem inneren Zwang gefolgt. Doch nun war sie wieder zu sich gekommen und wollte noch ein bißchen mit dem Monster spielen. Sie ging wieder in Elliotts Zimmer. Sobald sie es betreten hatte, fiel ihr noch genauer ein, was sie in der Nacht geträumt hatte. Sie und das Monster waren weit weg gewesen und Hand in Hand einen Wasserfall hinuntergerutscht.

Sie öffnete die Tür des Wandschranks. Das Monster spielte mit ihrem ›Sprech- und Schreibspiel‹. Als sie ihm in die seltsamen, großen Augen blickte, sah sie darin den Wasserfall, von dem sie geträumt hatte. Er sprudelte und glitzerte in allen Regenbogenfarben.

Der alte Weltraumreisende stellte das Spiel beiseite. Sein Geist war jetzt befriedigt, da er die ganzen komplizierten Schaltpläne geschluckt hatte – die beste Geistesnahrung, seit er auf diesem Planeten gelandet war.

Aber er hatte darüber die Kinder völlig vergessen, und das durfte nicht sein; denn er brauchte sie unbedingt. Ohne sie würde ihm nicht gelingen, was er vorhatte. Aus den winzigen Händen dieses Kindes hatte er das allmächtige ›Sprech- und Schreibspiel‹ entgegengenommen. Was mochte sie sonst noch für Geschenke für ihn haben?

»Komm mal mit, Monster. Die Luft ist rein …«

Hand in Hand zogen sie los. Ihr winziges Händchen verschwand in seiner riesigen Pranke – auf seiner Handfläche stand das Los des Sternenwesens geschrieben. Es besagte, daß drei Kinder von der Erde ihm dazu verhelfen würden, wieder zu den Sternen hinaufzugelangen. Doch er war sich darüber im klaren, daß die Schicksalslinie am schwersten zu deuten war, und viele Falten kreuzten sie, führten nach oben und führten nach unten.

Gertie trottete vor ihm her durch das Zimmer und in den Flur hinaus. »Komm nur, das wird dir gefallen …«

Er konnte das Kind jetzt einigermaßen verstehen, da er den ganzen Nachmittag auf der Wellenlänge der Sprache zugebracht hatte, die aus Gerties ›Sprech- und Schreibspiel‹ erklang. Ja, es wurde langsam Zeit, seine neuerworbenen Sprachkenntnisse einmal anzuwenden …

»Buchstabiere Mechaniker!«

Gertie sah ihn an und buchstabierte: »M-E-C-H-A-N-E-X …«

»Das ist fehlerhaft.«

»Du kannst ja sprechen!« Sie zog ihn hinter sich her in das Schlafzimmer ihrer Mutter. Der Außerirdische schwebte sofort auf der Wellenlänge des Geschöpfes mit dem seidenweichen, hellen Haar. Es erinnerte ihn an eine Trauerweide, und es schien sich sehr einsam zu fühlen.

Du schlankes, graziöses Geschöpf, Mexiko ist nichts als ein Leuchtpünktchen auf dem riesigen Bildschirm, und ein gutaussehender Verehrer harrt deiner …

Piep-piep …

Er blickte aus dem Fenster und sah sie. Sie bog gerade in die Einfahrt ein und parkte den Wagen bei ihren Gemüsebeeten. War sie nicht eine verwandte Seele? Liebte sie nicht das Gemüse genau wie er? Und war das nicht schon die Grundlage für eine tiefere Beziehung? Brachte sie das nicht einander näher? Durfte er es wagen, ihr sein Auberginenprofil zu zeigen?

Nein, das wäre unsinnig. Sie würde nicht begreifen, was er im Schrank ihres Sohnes zu suchen hatte. Obwohl er seit kurzem ihre Sprache in etwa beherrschte, würde es ihm schwerfallen, eine Erklärung für seine Anwesenheit abzugeben.

Das ist richtig. Buchstabiere jetzt *Ärgernis.*

»Mami ist im Garten«, sagte Gertie. »Sie kann uns hier nicht hören.«

Auf Zehenspitzen schlich Gertie zum Fernseher und stellte ihn an. Die Muppet-Show war in vollem Gange. Alle möglichen Wesen mit kreisrunden, hervorquellenden Augen hüpften und sprangen auf dem Bildschirm herum. Einige von ihnen sahen ihm ähnlich.

Er trat näher an den Bildschirm heran.

»Kannst du bis zehn zählen?« fragte eines der Geschöpfe mit den großen Augen.

»Ja«, antwortete Gertie.

»Eins …«, sagten die Muppets im Chor.

»Eins«, wiederholte das Monster.

»Zwei«, jubelte Gertie und konnte es kaum erwarten, »zwanzig, dreißig, vierzig, fünfzig.«

»Fünfzig«, wiederholte das Monster.

Die Muppetgestalt tanzte, sie hatte riesenhafte Füße. Gertie besah sich die intergalaktischen Paddel des Wesens aus dem Weltraum.

»Bist du vielleicht ein Muppet?« fragte sie den Außerirdischen.

»Nein.«

»Apfel«, sagte das Muppet jetzt.

»Apfel«, wiederholte Gertie vergnügt.

Das Monster trat hinter den Fernsehapparat, um besser sehen zu können, woraus er bestand und was er enthielt. Blitzschnell sondierte seine Ablastvorrichtung die Bestandteile. Er brauchte den UHF Tuner, um das Signal aus dem ›Sprech- und Schreibkasten‹ auf Mikrowellenfrequenz zu bringen.

Das ist richtig. Jetzt buchstabiere *Signalsender.*

Hier war genau das, was er brauchte. Er mußte es nur ausbauen. Aber es gehörte dem schlanken Geschöpf mit dem seidigen Haar. Er spürte, daß sie daran hing, besonders wegen einer bestimmten Sendung, in der ein Mann auftrat, der seine Muskeln spielen ließ und mit einem idiotischen Grinsen auf dem Gesicht wie ein Wahnsinniger herumsprang.

Trotzdem muß ich es mir wenigstens vorübergehend ausborgen. Gertie jedoch schrie und quietschte vor Vergnügen, und bevor der geniale alte Wissenschaftler noch den UHF Tuner ausbauen konnte, setzte sie ihm einen Cowboyhut auf, der zu ihrer eigenen Verkleidung als Cowgirl paßte.

»Jetzt sind wir beide Cowboys.«

»B«, sagte das Muppet.

»B«, wiederholte das Monster.

»Ich seh' an deiner Kleidung, daß du ein Cowboy bist«, sang Gertie schrecklich falsch.

Durch das übermütige Gekreische des Kindes mußte die Mutter ja aufmerksam werden. Das alte Monster schlurfte ans Fenster und guckte raus. Es war niemand mehr im Garten. Da schob es den Cowboyhut aus den Augen, wies auf den Flur und Elliotts Zimmer und sagte: »Heim.«

»Sag das noch mal«, bat Gertie.

»Heim.«

Gertie kreischte vor Lachen.

Da hörten sie von unten die Stimme des großen, schlanken Geschöpfes, das ihn an eine Trauerweide erinnerte: »Gertie, willst du mal den größten Kürbis anschauen, den du je gesehen hast?«

»Ich spiele gerade so schön, Mami. Mit – mit dem …«

Er packte ihre Puppe und verdrehte ihr den Arm. Er wußte, daß das wie ein Schalter wirkte, womit er sie ausschalten konnte.

Sie war augenblicklich ruhig.

Da führte er Gertie leise durch den Flur, blieb dann aber stehen, um sich über das Geländer zu beugen und die Mutter unten zu betrachten. Sie stand vor dem Tischchen in der Diele und sah die Post durch.

Sie war von einer sanften Aura des Lichts umgeben, das alle Regenbogenfarben enthielt und das in alle Richtungen ausstrahlte. Die Strahlen streiften auch ihn, das empfand er als sehr wohltuend.

»Komm, Monster«, flüsterte Gertie.

Sie schleifte ihn den Flur entlang in Elliotts Zimmer, das wieder wie eine Müllkippe aussah. Die Schranktür stand offen, und Gertie stieß den Außerirdischen gerade noch rechtzeitig mit sanfter Gewalt hinein. Da hörten sie schon Elliotts Stimme von unten.

»Hallo, ich bin wieder da.«

Gertie stieg hinter dem Monster in den Wandschrank. Sie nahm ihr ›Sprech- und Schreibspiel‹ an sich und drückte den Buchstaben *B.* Aber was daraufhin aufleuchtete, das hatte niemand auf Erden je gesehen. Und die Stimme, die aus dem Kasten drang, sagte auch nicht mehr den guten alten Buchstaben *B*, sondern gab einen Piepton von sich. *Blip* oder so ähnlich, jedenfalls einen sehr merkwürdigen Laut, und der alte Zauberer, der den Computer verhext hatte, lächelte sein breites Schildkrötenlächeln.

»Was ist denn bloß mit meinem ›Sprech- und Schreibspiel‹ los?« wunderte sich Gertie.

»Gar nichts«, erwiderte das uralte Wesen. Er hatte das Signal hervorragend umgepolt, hatte die Verbindungen der Chips unterbrochen und sie mit einem neuen Wortschatz neu programmiert.

Gertie würde bald die Sprache der Sterne sprechen und schreiben lernen.

Die Tür des Wandschranks wurde geöffnet, und Elliott gesellte sich zu ihnen.

»Elliott«, sagte das Monster, das auf seinen Kissen lag. Elliott war sprachlos.

»Ich habe ihm das Sprechen beigebracht«, erklärte Gertie stolz.

»Du hast mit mir gesprochen«, rief Elliott erregt. »Sag es doch noch mal.«

»Elliott …«

»E. T. Kannst du das sagen? Das bedeutet Außerirdischer. E. T., das bist du.«

»E. T.«, sagte der Außerirdische.

Es klopfte dreimal kurz hintereinander.

»Das ist Michael«, erklärte Elliott und öffnete die Schranktür. Sie krochen alle heraus, als Michael das Zimmer betrat.

Das Monster sah ihn an. »Buchstabiere Mechaniker!«

»M-E-C-H- *Was?*«

Elliott lächelte. »Wir haben ihm das Sprechen beigebracht.«

»*Ich* habe es ihm beigebracht«, korrigierte ihn Gertie.

Michael trat näher. »Was kannst du denn sonst noch sagen?«

»Buchstabiere Ärgernis!«

»Ist das alles, was er kann? Dich auffordern, Wörter zu buchstabieren?«

Der alte Wanderer zuckte bescheiden die Achseln. Er verstand die Kinder immer noch nicht sehr gut, tröstete sich aber damit, daß er sich immerhin verständlich machen konnte. Sie mußten ihrer Mutter den UHF Tuner entwenden und ihn weiter mit Keksen versorgen.

Sie wurden unterbrochen, als das Telefon läutete. Mary rief von unten herauf: »Elliott, für dich.«

Er ging zum Nebenapparat im Flur und brachte ihn mit in sein Zimmer.

»Hallo, Elliott.« Eine schrille, näselnde Stimme drang an sein Ohr. *»Hier ist Lance.«* Elliott spürte die gefährliche Neugier, die Lance veranlaßt haben mußte, ihn anzurufen. Lance rief ihn sonst höchstens an, um ihm vorzuflunkern, wie gut er bei den Asteroiden abgeschnitten hatte. Jetzt sprach Lance plötzlich vom Saturn, vom Berge Olymp auf dem Mars und anderen merkwürdigen Dingen im Weltraum … *ja, Elliott. Weltraum, Weltraum, Weltraum! Er geht mir nicht mehr aus dem Kopf. Ist das nicht komisch? Hast du nicht auch das Gefühl, daß etwas Nochniedagewesenes im Gange ist? Ich schon …«*

»Hör mal, ich muß jetzt weg …« Damit legte Elliott den Hörer auf und fuhr sich mit dem Handrücken über die Stirn. Er hatte ganz deutlich das Gefühl, daß Lance ihnen immer näher auf die Pelle rückte.

Das spürte auch der alte Weltraumreisende mittels Telepathie. Er hatte das Gespräch abgehört und fühlte die Vibration dieses allzu neugierigen Kindes immer noch in sich. Mit ihm konnte es Ärger geben.

Somit durfte er also keine Zeit mehr verlieren. Er wies auf das Telefon und dann auf das Fenster.

»Hm? Was willst du denn damit sagen, E. T.?«

Wieder zeigte der Außerirdische erst auf das Telefon und dann auf das Fenster, durch das man den unendlichen Himmel sah. »Telefon heim.«

»Du willst zu Hause anrufen?«

Der Außerirdische nickte. »E. T. zu Hause anrufen.«

»Nein, Elliott, damit, daß du deinen Lehrer einen Trottel nennst, ist meine Frage noch nicht beantwortet.«

»Ich weiß wirklich nicht, worüber er sich so aufgeregt hat. Ich habe doch nur ein Weilchen Unsinn gemacht.«

»Was ist nur in dich gefahren?«

»Alles in Ordnung. Mama. Das ist nur eine vorübergehende Phase.«

»Bitte hör auf, daherzureden wie ein Psychiater!« Mary nahm sich ein Diätcracker und biß hinein. Schmeckte nach nichts. Essenszeit, Schreckenszeit. Hätte sie ihrer Begierde freien Lauf gelassen, so hätte sie ohne weiteres einen ganzen Laib Butterbrot mit Himbeermarmelade verschlingen können, um ihre namenlosen Ängste zu betäuben und auch die, die sehr wohl einen Namen hatten – zum Beispiel Elliott.

»Triffst du manchmal Monster, Mami?« erkundigte sich Gertie.

»Sogar ziemlich oft«, erwiderte Mary. Vor allem habe ich eins geheiratet, dachte sie bei sich.

»Ich habe einen Freund, der ist ein Monster«, erklärte

Gertie. Da packte Elliott die Puppe seiner Schwester und drehte ihr den Hals um.

»Elliott!« schrie Gertie. »Es tut mir leid, ich wollte nichts sagen. Ich habe nicht mehr daran gedacht ...«

»Ich bitte dich, Elliott«, sagte Mary gequält. »Sei doch nicht so ein Sadist.«

Gertie schniefte und streichelte ihre Puppe, und Elliott stierte sie wütend an. Da nahm Mary sich ein Stück Brot, bestrich es dick mit Butter und häufte mehrere Löffel Marmelade darauf. Sobald sie es verschlungen hatte, fühlte sie sich dick und aufgeschwemmt. Daher schmierte sie sich noch eine Schnitte – genauso dick, zum Trost.

»Mama«, ermahnte sie Michael, »du ißt ja schon wieder ein ganzes Brot in dich hinein.«

»Ach, halt doch den Mund«, sagte Mary liebenswürdig und wollte weiteressen, doch Michael nahm ihr das Brot weg. Gertie brachte die Marmelade in Sicherheit und Elliott versteckte die Butter.

Sie sah ihre Kinder der Reihe nach an. »Vielen Dank.«

»Die Mutter, die die ganze Welt verschlang«, sagte Michael.

»Ja, ja«, erwiderte Mary, »hast völlig recht.« Sie stürzte sich auf den Abwasch und bemühte sich, nicht mehr an Brot, Butter und Marmelade zu denken. »Laßt mich bloß nicht an das Zeug ran. Versteckt es vor mir, bringt es in Sicherheit.«

Das taten sie. Sie versteckten es zunächst hinter ihrem Rücken, brachten es dann hinauf und verfütterten es an E. T.

Das Innenleben des Sprech- und Schreibspiels lag offen da – ausgeweidet, umgepolt, auf den Drähten klebte Himbeermarmelade und anstatt *Mechaniker, Ärgernis* und anderer Erdenwörter spuckte der Computer jetzt Wörter wie *dup-dupel, skiggel* und *zlock* oder so ähnlich aus und noch vieles andere, was menschliche Ohren noch nie vernommen hatten.

Die Jungen saßen neben ihm. Er zeigte ihnen alles und drückte auf Knöpfe.

»Ist das deine Sprache, E. T.?«

»E. T. telefonieren heim.« Er wies aus dem Guckfensterchen des Wandschranks.

»Und dann werden sie kommen?«

Er nickte.

Aber dies war ja nur ein Teil des Senders, mit dessen Hilfe er Nachrichten übermitteln konnte. Der Sender mußte unter den Sternen angebracht werden und ständig in Betrieb sein, Tag und Nacht Signale ausstrahlen, obwohl niemand da war, der die Knöpfe drücken konnte. Deshalb brauchte er eine Antriebskraft. Irgend etwas, das dafür sorgte, daß sich die Signale endlos wiederholten.

Er lotste die Kinder aus dem Wandschrank heraus zum Plattenspieler. Durch Handzeichen, Satzbrocken und Gegrunze versuchte er, sich verständlich zu machen.

Doch sie starrten ihn nur an und begriffen nichts.

Da wies er auf den Plattenteller und versuchte, ihnen durch Pantomime und Zeichensprache begreiflich zu machen, daß er selbst eine Platte aufzulegen wünschte.

Sie starrten ihn immer noch verständnislos an.

Entmutigt ging er hin und her. Dann fuhr er plötzlich herum. Ihm war eine Erleuchtung gekommen. Er öffnete den Mund und versuchte zu singen:

»It's only
rocks and roll-ing ...«

Seine Stimme mochte in gewissen Sphären des Universums als melodisch gelten, bei den Kindern bewirkte sie nichts als Gelächter. Sie schüttelten sich aus vor Lachen, worauf der Außerirdische sie böse anstarrte und sagte: »E. T. machen Lied.« Verwirrt sahen sie sich an.

»Lied, Lied. E. T. machen Lied.« Er nahm eine Schallplatte und fuchtelte damit herum.

»Du meinst, du willst selbst eine Schallplatte machen?«

»Ja, ja.«

»Aber wie denn? Und aus was?«

»Aus – aus –.« Er wußte nicht woraus. Er konnte den Kindern lediglich klarmachen, daß es etwas Rundes sein mußte. Und so formte er mit den Händen einen Kreis.

»Du willst also etwas Rundes?«

»Ja, ja.«

»Und darauf willst du dann ein Lied aufnehmen?«

Michael schüttelte den Kopf. »Das ist aber kein Aufnahmestudio. Es kostet ein Vermögen, eine Platte herzustellen.«

Da zeigte E. T. auf seinen Kopf. »Buchstabiere Mechaniker!«

»M-E-C-H-. Moment mal, was soll denn das heißen? Elliott, was meint er damit?«

Elliott sah das Monster an. »Willst du damit sagen, daß du ein Mechaniker bist?«

»Ja, ja, buchstabiere Mechaniker!« Er drehte den Plattenspieler um und zog eine Handvoll Drähte heraus.

»Naja«, sagte Michael, »der ist hin.«

E. T. hielt den Draht hoch. »Mehr.«

»Du willst eine längere Leitung?«

Er nickte.

»Der Draht da drin genügt ihm noch nicht.« Die Brüder sahen sich an und fragten sich, womit sie ihren Gast zufriedenstellen könnten. Dieser watschelte ruhelos auf seinen Entenbeinen durch das Zimmer, um eine Lösung für dieses Problem zu finden.

Wie konnte er die Rock 'n' Roll-Schallplatte herstellen, die er unbedingt brauchte?

Vor seinem geistigen Auge wirbelte alles herum wie in einem Strudel. Immer wieder erstand die ganze Apparatur vor ihm, und jedesmal kam ein kleines Teilchen hinzu. Er brauchte ...

... einen Mantel.

Er ging zum Schrank, nahm einen Mantel heraus und zog ihn an. Der saß nicht einmal schlecht, wenn man bedachte, daß er Schultern hatte wie ein Huhn. Und natürlich spannte er etwas über dem dicken Bauch. Aber ...

Er drehte sich in dem Mantel und fragte sich, was um alles in der kosmischen See die Tatsache, daß er einen Mantel trug, mit einem Sender zu tun hatte.

Nein, du alte fleischfressende Pflanze, der Mantel ist es nicht. Es geht um den *Bügel.*

Der Außerirdische starrte den Bügel an, seine Augen rasteten ein und in seinem Kopf schwirrte und surrte es. Der hölzerne Kleiderbügel schien zu leuchten und hin- und herzuschwingen. Er war wie hypnotisiert. Er würde ihn an dem Plattenspieler festschrauben, und dann ...

... buchstabiere *Tonarm.*

Er packte den Kleiderbügel, wies mit dem Finger auf den Dübel und brannte Löcher hinein, eins für jede Verbindungsleitung zum Sprech- und Schreibspiel.

»Du, E. T., dein Finger ist ja wie eine Fackel.«

Immer noch in den Mantel gehüllt, eilte der Außerirdische wieder in den Wandschrank zu seinem Sprech- und Schreibspiel zurück. Mit dem Finger, der wie ein Lötkolben wirkte, schmolz er die Lötstellen der Tastaturkontakte und befestigte daran dann den Elektrodraht, der ihm zur Verfügung stand. »Mehr ... mehr ...!«

Die Kinder schauten in den Wandschrank, wo der Außerirdische aufgeregt mit dem Kleiderbügel herumfuchtelte.

»Mehr ... mehr!«

Sie brachten ihm Draht, eine Keksdose, einen Spiegel und eine Radkappe.

Den Draht nahm er, die anderen Sachen wollte er nicht haben. Damit konnte er nichts anfangen. Das konnte er für seine Rock 'n' Roll-Platte nicht brauchen. Es mußte ein harter, flacher, runder Gegenstand sein. Daß sie das nicht einsahen!

Er wandte sich seiner Geranie zu.

»Es sind eben Erdenkinder«, sagte die Pflanze. »Sie sind nicht schlecht, aber sehr langsam.«

»Okay, E. T., wir werden schon etwas für dich finden.«

»Ja, es liegt ja überall genug Krempel herum ...«

E. T. sah ihnen nach. Er durfte die Geduld nicht verlieren, mußte sich als M-E-C-H-A-N-I-K-E-R bewähren, alle Drähte in dem Sprech- und Schreibspiel richtig verlöten und sie dann zu dem Dübel des Kleiderbügels in die Löcher verlegen. In diese Löcher gehörten dann noch Kontakte, klein und aus Metall mit großer Spannkraft. Irgendwo im Haus hatte er schon solche Metallfinger gesehen. Wo nur?

Er befand sich auf einer Wellenlänge mit dem großen, schlanken Geschöpf mit dem seidigen Haar, der Mutter der Crew. Er schloß die Augen und konzentrierte sich so lange auf sie, bis ihr Bild vor seinem geistigen Auge erstand.

Ja, sie hatte solche Metallfinger im Haar. Wie nannte sie die? Er tauchte in ihr Erinnerungsvermögen ein, suchte und wurde fündig.

»Gertie …!«

Seine Komplizin kam herbeigeeilt. Er zeigte mit dem Finger auf sie. »Buchstabiere Haarnadeln!«

»H-A-H-R-«

»Das ist falsch.« Erwies auf sein glattes, unbehaartes Haupt.

»Willst du welche?«

Er nickte.

Gertie nahm ihn an der Hand.

Sie hasteten durch den Flur und schlichen sich in Marys Schlafzimmer. Dort sah er gleich aus dem Fenster. Das herrliche, schlanke Geschöpf war wieder im Garten und befaßte sich gerade mit den größten Kürbissen, die es weit und breit gab. Ihr war ganz wirr im Kopf, und ihre Haare schienen zu Berge zu stehen, als sie einen riesigen Kürbis hochhob, um sein Gewicht zu schätzen. Er war so schwer, als hätte er mit Hilfe eines Strohhalms Milch eingesogen.

Die Topfpflanzen auf dem Fensterbrett erblühten in strahlendem Glanz, als sie das Monster sahen, sie neigten sich zu ihm herab und begrüßten ihn:

»Sei gegrüßt, du Herr und Meister! Was suchst du? Welche hehre, hohe, wissenschaftliche Mission erfüllst du gerade?«

»Haarnadeln.«

»Hier sind sie«, sagte Gertie und nahm den Deckel von einem weißen Porzellanhuhn.

Der Außerirdische nahm die Haarnadeln und Haarklemmen heraus. Zufällig fiel dabei sein Blick in den Spiegel von Marys Frisierkommode. Ob der Schock für das herrliche Geschöpf, die Mutter der Crew, wohl nicht ganz so groß wäre, wenn er eine Jacke und dazu eine Hose trüge? Natürlich müßte man die Hosenbeine kürzen, und er müßte Papiertüten über seine Füße ziehen. Aber dann …

»Na komm schon, E. T.«, rief Gertie und zog ihn aus dem Zimmer in den Flur hinaus. Sie gingen zurück in Elliotts Zimmer, wo er sich sogleich wieder in den Wandschrank verzog.

»Was hast du denn mit Mamis Haarnadeln und Haarclips vor?«

Er machte es sich auf seinen Kissen bequem und befestigte die Nadeln und Klemmen am Aufhänger des Kleiderbügels. Jetzt hing eine ganze Reihe von Metallkontakten herab, die über seine Rock 'n' Roll-Platte fahren konnten. Er verband die Klemmen mit den Drähten des Sprech- und Schreibspiels.

»Was für ein ulkiges Ding du da gemacht hast«, bemerkte Gertie. »Machst du immer so komische Sachen?«

»Ja.«

»Aber wozu denn?«

»E. T. telefonieren. Nach Hause.«

»Wo bist du denn zu Hause?«

Er wies zum Himmel hinauf. Gertie starrte aus dem kleinen Fensterchen.

»Nimmst du mich dahin mit, wenn wir träumen? Ganz weit weg?«

»Weit.«

»Werden sie dich denn zu Hause hören können?«

Erstaunlich viele Fragen stellten diese Erdenkinder.

»Werden sie einfach den Hörer abnehmen und sagen ›Hallo E. T.‹?«

»Buchstabiere Ärgernis!«

»E-R-G-A-«

»Das ist falsch.«

»Na ja, ich kann jetzt nicht mehr so gut buchstabieren, weil du mir mein Sprech- und Schreiblernspiel weggenommen hast. Jetzt sagt es nur noch ›gliepeldiepel‹ und so was.«

»Gliepel-dupel«

»Ist ja egal. Jedenfalls buchstabiert es nicht mehr ›Ärgernis‹.«

Gertie kehrte dem Monster den Rücken zu, und begann mit ihrem Puppenherd zu spielen. Sie erfand eine neue Art von Keksen, die sie aus Mamis Gesichtscreme und Matsch zusammengemixt hatte. Jetzt brauchte sie die Plätzchen nur noch in den Backofen zu schieben. Der alte Computerfachmann plagte sich mit seinem Sender ab und summte dabei Schlager vor sich hin, die er in Elliotts Radio gehört hatte. Sie waren freilich kaum wiederzuerkennen. Beide waren so in ihre Arbeit vertieft, daß sie Mary gar nicht die Treppe hinaufkommen hörten. Sie hörten sie auch nicht den Flur entlanggehen. Sie hörten sie erst, als sie die Tür zu Elliotts Zimmer öffnete.

Das alte Monster sprang auf und reihte sich zwischen die Plüschtiere, glupschäugigen Muppets und Roboter aus dem Weltraum ein, um nicht aufzufallen. Es rührte kein Glied, stand mucksmäuschenstill, und seine riesigen interplanetarischen Augen, die weiter entwickelt waren als die komplizierten optischen Geräte auf Erden, starrten blicklos vor sich hin. Sie ähnelten den Augen von Kermit, dem Frosch. Wie versteinert stand es da und seine unförmige Gestalt schien so leblos zu sein, wie die des Spielzeugroboters zu seiner Rechten.

Mary kam näher. Stirnrunzelnd betrachtete sie die seltsame Ansammlung von merkwürdigen Gestalten. Eine Weile ruhte ihr Blick auf dem Außerirdischen. Dann betrachtete sie die Geranie in dem großen eingebauten Wandschrank. »Hast du die hier reingebracht, Gertie?«

»Der Mann im Mond liebt Blumen, Mami. Er läßt sie wachsen.«

Mary strich das dichte Blattwerk der blühenden Pflanze und schüttelte verwundert den Kopf. »Alles wächst wie verrückt. Ich begreife das nicht.«

»Willst du einen Keks, Mami?«

»Hm, die sehen aber gut aus«, meinte Mary und schaute in die Keksdose. Eigentlich viel zu gut, wenn man bedenkt, daß sie aus Matsch gebacken sind, dachte sie. Ein vertrauter Duft stieg ihr in die Nase ...

»Ach, du lieber Himmel! Gertie, hast du die etwa mit meiner Gesichtscreme gemacht?«

»Es ist Bananencreme.«

Mary starrte auf die Überreste des Zaubermittels, mit dessen Hilfe ihr neues Ich erstehen sollte. »Gertie, Schätzchen, ich werde nicht schimpfen, weil du ja nicht weißt, was du da angerichtet hast. Aber Mami hat für diese Cremedose fünfundzwanzig Dollar bezahlt, und jetzt muß ich mir die teure Creme mit Matsch, Sand und Kieselsteinen vermischt ins Gesicht schmieren.«

»Das tut mir leid, Mami.«

»Ich weiß, mein Schatz. Irgendwann werde ich sicher darüber lachen können. Aber heute nicht, fürchte ich.«

Ihr Blick glitt wieder über den Außerirdischen, der noch immer wie erstarrt zwischen den Muppets stand. Sie war wegen ihrer ruinierten Gesichtscreme so geistesabwesend, daß sie nichts bemerkte. Er atmete erleichtert auf, als sie ging. Doch sein Herz war voller Trauer. Wie konnte sie ihn lieben, wenn sie ihn auf eine Stufe mit Kermit, dem Frosch, stellte?

Er blickte ihr nach, bis sie die Zimmertür hinter sich geschlossen hatte, dann befreite er sich aus den Schnüren einer Marionette, in denen er sich verwickelt hatte. Für Mary war er nur ein Spielzeug, das sich zusammen mit den anderen

Puppen, Monstern und Plüschtieren im Wandschrank befand.

Buchstabiere *Einsamkeit,* unglückliches Geschöpf aus dem Weltraum. Buchstabiere *Ablehnung* und *Zurückweisung.*

Er hockte sich wieder mit seinem Sender hin und verlötete noch ein paar Drähte mit seinem Lötfinger.

Welche Ironie des Schicksals, daß dieses herrliche, schlanke Geschöpf, die liebreizende Mary, sich vor Sehnsucht nach ihrem entschwundenen Gatten verzehrte, obwohl sich ganz in ihrer Nähe im großen eingebauten Wandschrank einer der größten Geister des gesamten Kosmos aufhielt. Er sah auf seinen großen, kürbisförmigen Bauch hinunter, der bis zum Boden herabhing, und gestand sich zum erstenmal in seinem langen, langen Leben ein, daß er grotesk aussah. Doch er würde diesen Bauch auch dann nicht loswerden, wenn er keine Kekse mehr aß. Er war ein Teil von ihm, war er selbst.

»Warum bist du denn plötzlich so traurig, E. T.?« fragte Gertie. Sie sah ihm tief in die Augen. Doch kein sprudelnder Wasserfall war darin zu sehen, sondern eine trostlose Wüste. Die ödeste, einsamste Gegend, die sie je gesehen hatte.

Die Wüste verschwand, als er die Augen zusammenkniff. Er nahm das Sprech- und Schreibspiel wieder auf und drückte erneut auf die Tasten.

... gliepel-dupel zwak-zwak snafn olg minnip ...

Die tröstlichen Laute einer weit höheren Intelligenzstufe hatten eine beruhigende Wirkung auf ihn. Das war eine Sprache, die von Herzen kam. Immer und immer wieder würde er in die Nacht hineinsprechen, sobald die Jungen aus dem Eisenwarenladen zurückkamen. Dort gedachten sie, alles zu klauen, was nicht niet- und nagelfest war.

Es befriedigte ihn, daß er sich später einmal würde sagen

können, daß er diese jungen Erdlinge geschult und auf höhere Bahnen geleitet hatte. Das würde ihm eine immerwährende Freude sein, wenn er an seine auf Erden verbrachte Zeit zurückdächte.

Falls es ihm überhaupt je gelingen sollte, die Erde wieder zu verlassen.

Ihm kamen Zweifel, als er seinen selbstgebastelten Sender betrachtete, der aus einem Kleiderbügel und Haarclips bestand. Aber seine Hirnströme gaben ihm die Gewißheit, daß er sich auf dem richtigen Weg befand. Ihm blieb nichts übrig, als ihre Anweisungen zu befolgen und die Hoffnung nicht sinken zu lassen.

Aber wenn es den Kindern nun nicht gelungen war, eine kreisrunde Scheibe für ihn zu organisieren?

Er hörte Schritte auf der Treppe, dann kamen Elliott und Michael herein. Sie machten ihre Jacken auf und beförderten die gewünschte kreisrunde Scheibe sowie Unmengen von Schräubchen, Bolzen und Verbindungsklemmen zutage.

»So, das wär's, E. T. Bist du zufrieden?«

»Buchstabiere Rock 'n' Roll ...!« Aufgeregt fuhr der Außerirdische mit den Fingern über die runde Scheibe. Er legte sie auf den Plattenteller und setzte diesen in Bewegung. Die gezahnte Scheibe drehte sich und sprühte regelrecht Funken, als ein Sonnenstrahl durch das kleine Fensterchen hereinfiel.

»Aber wie willst du aus einem Sägeblatt eine Schallplatte machen?«

»Buchstabiere Farbe!« Er wollte ausdrücken, daß das Sägeblatt einen Überzug bzw. Anstrich brauchte.

»Hast du da irgend etwas Besonderes im Sinn?«

Der Außerirdische wies auf den Himmel.

»Blaue Farbe?«

Er nickte.

»Mami ist plötzlich reingekommen«, erzählte Gertie. »Aber sie hat E. T. gar nicht bemerkt.«

»Wirklich? Die Tarnung hat also geholfen?« Elliott wies auf die Ansammlung alberner Plüschtiere, Monster und Roboter.

»Raus, raus«, sagte E. T. und scheuchte sie weg. Alles hatte seine Grenzen. Weitere Demütigungen konnte der hervorragende Kosmologe an diesem Tage nicht verkraften.

Mary betrachtete sich im Spiegel ihrer Frisierkommode und fischte in dem Porzellanhuhn nach Haarclips. Sie suchte vergebens. Es war leer.

»Wo …?«

Sie wußte, wo. Das war natürlich wieder Gertie. Sie benutzte ja auch schon Make-up. Da hatte sie sicher auch für Haarclips Verwendung.

»Gertie!«

Das Kind kam herbeigelaufen. »Ja, Mami?«

»Gib mir meine Haarclips zurück!«

»Kann ich nicht, das Monster braucht sie doch.«

»Ach so. Wofür denn?«

»Für seine Maschine.«

Aha, für seine Maschine also. Mary überlegte. Lohnte es sich, den endlosen Fantastereien auf den Grund zu gehen, bloß damit sie ihre Haarclips wiederbekam? Nein, ganz bestimmt nicht. Lieber lasse ich die Haare ins Gesicht hängen. Das verleiht mir das modische Aussehen einer Frau kurz vor einem Nervenzusammenbruch.

»Schon gut, Gertie, ich wollte es nur wissen.«

»Ich werde dem Monster einen Gruß von dir ausrichten.«

»Ja, ja, grüß es von mir.«

Das Monster war im Wandschrank eifrig bei der Arbeit. Das Sägeblatt war inzwischen angestrichen worden und schon wieder trocken. Nun begann der Außerirdische, Löcher in einer ganz bestimmten Anordnung hineinzubrennen.

»Aaah«, sagte Elliott, »langsam dämmert's mir. Es funktioniert wie eine Spieldose.«

Michael sah Elliott über die Schulter, während das Lochmuster in das Sägeblatt geprägt wurde. »Das gibt ein Pianola«, sagte er, als der Außerirdische mit seinem Lötfinger ein Lochkartenmuster in das Sägeblatt brannte. Als er damit fertig war, legte er das so vorgefertigte Sägeblatt auf den Plattenteller und setzte den Tonarm, sprich Kleiderbügel, darauf. Haarnadeln und Clips glitten nun über das sich drehende Sägeblatt und fuhren in die Löcher und wieder heraus.

»Junge, Junge, E. T., du hast wirklich eine Menge auf dem Kasten!«

Als sich das Sägeblatt drehte, und die Nadeln und Clips die Spur hielten, wurde somit die Tastatur des Sprech- und Schreiblernspiels durch die Drähte betätigt, und die Sternensprache erklang. Immer und immer wieder.

... gliepel dupel zwak-zwak snafn olg mmnnnnip ...

»Nicht zu fassen!«

»Du hast es wirklich geschafft, E. T. Du hast eine Schallplatte zustande gebracht!«

Da kam Gertie mit ihrer Neuerwerbung, einem Walkietalkie herein. Sie sprach mit den Puppen in ihrem Zimmer. »Dolly, hier ist Gertie ...« E. T. streckte seinen langen Arm aus und nahm ihr das Gerät weg. In weniger als zwei Sekunden hatte er das Mikrofon ausgebaut und an dem Lautsprecher des Sprech- und Schreiblernspiels befestigt.

»E. T., du machst alle meine Spielsachen kaputt!« kreischte Gertie so schrill und durchdringend, daß es im ganzen Haus zu hören war. Ihre Brüder erklärten ihr geduldig, daß sie noch lernen müsse, auch mal großzügig zu sein, und verrenkten dabei die Glieder ihrer Puppe ganz fürchterlich.

»Also gut«, schniefte sie todunglücklich, »aber noch mehr darf er nicht kaputtmachen.« Der alte Wissenschaftler versicherte ihr, daß er jetzt nichts mehr von ihren Spielsachen zerlegen würde. Er brauchte jetzt nur noch das koaxiale Kabel vom Fernsehgerät ihrer Mutter. Und auch für den UHF Tuner würde es jetzt langsam Zeit. Gemeinsam verließen sie das Zimmer, schlichen auf leisen Sohlen den Flur entlang.

Als Mary dann später in ihr Schlafzimmer ging, stellte sie den Fernseher an, schleuderte die Schuhe von den Füßen und legte sich ins Bett. Sie schlug müde die Zeitung auf und begann zu lesen. Plötzlich bemerkte sie, daß beim Fernseher weder das Bild noch der Ton funktionierte.

»Michael!« rief sie nach ihrem Ältesten.

Schweigen.

»Elliott …«

Nachdenklich saß sie im Bett. Ihre mütterliche Intuition sagte ihr, daß ihre Söhne ganz eindeutig daran schuld waren. Doch dann fragte sie sich, ob nicht auch Gertie etwas damit zu tun haben konnte.

»Gertie!« rief sie laut. Unvorstellbar. Gertie war doch erst fünf.

Sie schloß die Augen und runzelte verwirrt die Stirn. Im Geiste sah sie Gertie mit einem großen Muppet auf Zehenspitzen ins Schlafzimmer schleichen. Ich bin überarbeitet, seufzte Mary, legte sich die Zeitung übers Gesicht und streckte sich aus.

Nach einem kurzen unruhigen Schläfchen wachte sie hungrig wieder auf. Es war wohl an der Zeit, einen ganzen Laib Brot mit Erdbeermarmelade zu verschlingen. Die Stunde der Versuchung war wieder da. Leise glitt sie aus dem Bett und schlich auf Zehenspitzen auf den Gang hinaus. Die Kinder durften sie auf keinen Fall sehen. Sie durfte ihnen kein schlechtes Beispiel geben. Was sollten sie von einer Mutter halten, die ihren Appetit nicht zu zügeln verstand und in diesem Augenblick von Visionen heimgesucht wurde, die ihr Unmengen köstlicher Marmelade vorgaukelten?

Sie blieb stehen, als sie die Stimmen ihrer Söhne aus dem Spielzimmer hörte. Sehr gut. Da würden sie wenigstens nicht mitansehen, was für ein widerlicher Vielfraß ihre Mutter war. Vor allem aber konnten sie sie nicht davon abhalten, sich den Wanst vollzuschlagen.

Meine rücksichtsvollen Söhne, die nicht wollen, daß ich mich seitlich durch die Tür des Lebens winden muß. Aber ich kann nicht dagegen an, ich habe das Gefühl zu verhungern. Meine Lust auf gefüllte Pfannkuchen, schüsselweise Eierschaumspeise und Reispudding ist ungeheuer. Auch ein Bananensplit wäre nicht zu verachten.

Auf Zehenspitzen schlich Mary die Treppe hinunter und blieb unten in der Diele stehen. Hier spitzte sie die Ohren, bis sie sicher war, daß sie ungestört sein würde.

Niemand war im Wohnzimmer. In der Eßecke brannte kein Licht. Da schlich sich Mary in die Küche. Doch als sie um die Ecke bog, sah sie, daß in der Küche Licht brannte. Gertie saß am Küchentisch mit einer Packung Kekse und einem Glas Milch vor sich. Wen sie aber nicht gleich sah, das war E. T., der auf einem Hocker neben dem Kühlschrank saß. Der arme kleine Weltraumkobold kauerte dort, ohne jede Möglichkeit, sich zu verstecken, und rechnete mit dem Schlimmsten.

Aber Mary sprach mit Gertie und wies auf die zwei Teller auf dem Tisch. »Für wen ist denn der zweite Teller?« fragte sie und starrte gierig auf die Kekse. »Für dein Püppchen?«

»Nein, für Spaceman«, antwortete Gertie. »Er ißt furchtbar gern Kekse.«

»Glaubst du, er hätte was dagegen, wenn ich mir eins nähme?«

»Nein, bestimmt nicht. Er ist verknallt in dich.«

»Das ist aber nett«, meinte Mary und machte sich über die Kekse her. O Gott, Zucker. Sobald sich das unsagbare Entzücken darüber ihrem Geschmackssinn mitteilte, wußte sie, daß sie verloren war. »Ich muß unbedingt Gelee haben.«

Sie fuhr herum und sauste zum Kühlschrank, riß die Tür auf und stieß dadurch E. T. von seinem Hocker. Er fiel kopfüber in den Abfalleimer, nur die Beine spießten heraus. Aber Mary entdeckte ihn auch jetzt noch nicht.

»... Apfelbutter ... Marmelade ... ach, da ist ja auch noch Blaubeerkuchen, davon könnte ich auch ein paar Stücke essen ...«

»Mami«, sagte da Gertie warnend, »hast du wieder einen Anfall von Freßgier?«

»Ja, mein Engel, Karamelbonbons, ein Eclair ...«

Plötzlich fühlte sie sich von starken Armen umschlungen, die sie vom Kühlschrank wegzogen.

»Beherrsch dich, Mama!«

»Elliott ... Michael ... laßt mich in Ruhe.«

»Bitte, Mama!« Michael hatte einen noch viel gewichtigeren Grund, sie möglichst schnell rauszuschaffen. »Du hast uns doch gebeten, dich unbedingt vom Essen abzuhalten.«

»Ach, vergeßt, worum ich euch gebeten habe.« Sie wollte sich über Gerties Kekse hermachen.

»Nun hör schon auf, Mama«, sagte Elliott und trat rasch zwischen sie und E. T., dessen Beine immer noch aus dem Abfalleimer ragten. »Wir spielen auch Monopoly mit dir.«

Mary sah Elliott in die Augen, der ängstlich und nervös vor ihr herumhüpfte. »Du bist wirklich rührend, Elliott. Du hast ein gutes Herz.«

»Du hast uns ja auch gebeten, dich immer wieder daran zu erinnern, daß du im Badeanzug aussiehst, wie die Wurst in der Pelle. Und das nur, weil du zuviel Süßigkeiten ißt.«

Mit sanfter Gewalt packten die beiden Jungen sie unter den Armen und zogen sie aus der Küche auf den Flur hinaus, weg von E. T.

»Ihr seid gute Jungen. Zwar streng, aber gut ...«

Sie brachten sie sogar dazu, die Treppe hinaufzugehen.

»Dreh dich nicht um, Mama, blick nicht zurück. Du weißt, was dann passiert.«

»Ja, dann kann ich in Zukunft meine Kleider in der Abteilung für vollschlanke Damen kaufen«, meinte Mary mit schwacher Stimme und sah sich wirklich nicht mehr um.

Am nächsten Tag regnete es. Mary wollte ihren Schirm aus dem Schirmständer nehmen. Doch er war nicht da, und sie konnte ihn auch nirgends finden. Kein Wunder, denn er befand sich oben im Wandschrank. Er hatte nämlich als Parabolspiegel Verwendung gefunden.

»Toll«, sagte Elliott anerkennend. »Gute Arbeit.«

Der Schirm war mit Silberfolie ausgelegt und am Griff war eine Kaffeedose mit dem UHF Tuner befestigt, von dem aus das koaxiale Kabel zum Mikrofon von Gerties Walkietalkie führte. Das Mikrofon wiederum war mit dem Sprech- und Schreiblernspiel verbunden, und *gliepel dupel zwakzwak* wurde jetzt auf Mikrowellenfrequenz gesendet. Der alte Techniker erklärte den Kindern, daß er jetzt noch etwas brauchte, was er unter dem Armaturenbrett von Marys Wagen entdeckt hatte.

»Den Polypenkiller? Das Ding, das vor Radarfallen warnt?« Michael und Elliott schüttelten den Kopf. »Das ist das einzige Erinnerungsstück an Dad, das Mama noch hat. Sie hängt sehr daran.«

Da zeichnete der alte Weltraumreisende Diagramme und zeigte den Jungen, wie er das Gerät in der Kaffeedose zu montieren gedachte, um die Mikrowellenfrequenz nach draußen zu übertragen.

Als Mary dann am Abend nach Hause raste, gab es nichts, was sie vor der Radarfalle der Polizei hätte warnen können, und sie wurde zu einer Geldstrafe von fünfundzwanzig Dollar verdonnert.

Aber dafür war jetzt auch der Fernmeldeteil fast komplett.

»Alles schön und gut«, sagte Michael, »aber wodurch wird es angetrieben? Wodurch wird *das* in Gang gesetzt? Er drehte das Sägeblatt auf dem Plattenteller und wies dann aus dem Fenster. »Da oben in den Hügeln z. B. gibt es gar keinen elektrischen Strom. Wie soll es funktionieren, wenn wir es dahin mitnehmen?«

Das Geschöpf aus dem Weltraum war gerade mit dem Abendessen fertig geworden. Es ließ seinen Finger wieder als Lötkolben beziehungsweise Schweißbrenner in Aktion treten. Es bearbeitete sein Buttermesser, verbog es und schweißte es zusammen mit der Gabel an dem Bügel fest, so daß das Besteck als gezahnte Sperrstange verwendet werden konnte. Messer und Gabel griffen in die Verzahnung des Sägeblattes und bewegten es Zahn um Zahn vorwärts.

»Na ja«, meinte Michael, »aber wir können doch nicht die

ganze Nacht da draußen rumstehen und das Ding in Gang halten.«

Der Außerirdische lächelte. Ihm war jetzt alles klar. Er begriff jetzt auch die zahlreichen Hinweise. So hatte er z. B. eine kleine Gabel auf einem Teller im Kreise herumtanzen sehen. Erst jetzt erfaßte er die Bedeutung dieses Bildes, diesen Hinweis auf das, was er inzwischen konstruiert hatte. Und es würde auch draußen in den Hügeln funktionieren. Menschliche oder andere Hände würden nicht nötig sein, um es in Gang zu setzen.

»Was soll das denn sein?«

»Meine neue Spielfigur.«

»Und was ist das für einer?«

»Jemand, der erstklassig zaubern kann. Hier ist seine Beurteilungskarte.«

»Laß mal hören.«

»Weisheit 20, Charisma 20, Intelligenz 18, Stärke 14.«

»Name?«

»E. T.«

E. T. hörte, wie die Jungen unten in der Küche ›Kerker & Drachen‹ spielten; aber ein anderes allabendliches Ritual interessierte ihn weit mehr. Er brauchte nur mit dem Ohr an Gerties Zimmertür zu lauschen. Dazu machte er sich ganz klein, neigte den Kopf vor und erfuhr so wieder einiges über die Geschichte der Erde. Marys sanfte Stimme erzählte:

»Peter sagt ›Die Rothäute sind besiegt? Wendy und die Jungen sind von Piraten gefangengenommen worden? Ich werde sie retten! Ich werde sie retten! (Tink läßt einen klingelnden Warnschrei los.) Ach, das ist nur meine Medizin. Vergiftet? Wer sollte sie vergiftet haben? Ich habe Wendy versprochen, sie einzunehmen – und das werde ich auch tun, sobald ich meinen Dolch geschliffen habe. (Edelmütig schluckt Tink die Medizin, als Peter danach greift.)‹«

»Oh, wie schrecklich«, sagte Gertie.

»Oh, wie schrecklich«, flüsterte auch der Außerirdische.

»›Aber Tink, jetzt hast du meine Medizin eingenommen! (Sie flattert schwankend im Zimmer herum und antwortet nur noch leise klingelnd.) Sie war vergiftet, und du hast sie genommen, um mir das Leben zu retten! Tink, liebster Tink, du wirst doch nicht sterben? Ihr Licht glüht nur noch ganz schwach, und wenn es erlischt, bedeutet das, daß sie tot ist! Ihre Stimme klingt so leise, daß ich kaum verstehen kann, was sie sagt ...‹«

Der alte Weltraumfahrer ließ den Kopf hängen. Das war ja wirklich schrecklich.

»›... sie sagt, daß sie glaubt, sie könne wieder ganz gesund werden, wenn Kinder an Elfen glauben! Glaubst du, daß es Elfen gibt? Sag's mir ganz schnell!‹«

»Ich glaube, daß es sie gibt«, murmelte der alte Weltraumfahrer mit Tränen in den Augen.

Da kam Elliott die Treppe hinauf. Er wollte sich ein Pflaster holen; denn er hatte sich an der Käseschaufel geschnitten. Der alte Pflanzendoktor wandte sich um, bemerkte den Schnitt und wies mit seinem langen Finger darauf. Seine Fingerspitze glühte tiefrot. Elliott wich erschrocken zurück. Er wußte ja, daß E. T. mit diesem Finger Löcher in Stahl bohren konnte, wenn er nur wollte. Aber die Fingerspitze des Außerirdischen glühte nur weiter in einem warmen Rot, während er damit über Elliotts Schnittwunde fuhr. Die Blutung kam augenblicklich zum Stillstand, der Schnitt verheilte so rasch, als hätte es ihn nie gegeben.

Verwundert starrte Elliott auf seine Hand. Er wollte etwas sagen, sich bei dem Außerirdischen bedanken, doch der verehrungswürdige Arzt des Kosmos legte den Finger auf die Lippen und gebot ihm zu schweigen. Dann lauschte er wieder ergriffen an Gerties Zimmertür.

»›Wenn du also glaubst, daß es Feen und Elfen gibt, klatsche in die Hände …‹«

Sachte schlug der alte Weltraumreisende seine riesigen unirdischen Hände ineinander.

Spät nachts stand er dann an seinem kleinen Fensterchen und blickte hinaus. Der Anblick des Mondes erfüllte ihn mit unbeschreiblicher Sehnsucht, und die Milchstraße sandte flüsternd ihren sanften Sternenglanz in sein Herz. Der feine, zarte Glanz spiegelte sich in seinen weitgeöffneten Augen. Durch die Bewegung des Sternrades vernahm er die geheimnisvolle Musik der Himmelskörper und fliegenden Planeten. Er lauschte ihren Reden im Dunkeln und hörte im Geiste die feierlichen Stimmen der Giganten über diese enorme Entfernung hinweg.

Er stützte die Stirn auf die Fensterbank, ganz in Trauer versunken. Auch er war einmal an dem Wirken des Großen Rades beteiligt gewesen, war Zeuge der Wunder des Universums geworden und hatte die Geburt eines Sterns miterlebt. Und jetzt befand er sich in Gesellschaft eines gestohlenen Regenschirms und eines ausgestopften Muppets in einem engen Wandschrank.

Er wandte sich diesem Mitbewohner des Wandschrankes zu, doch das Muppet starrte nur mit glasigen Augen in die Nacht hinaus und war nicht ansprechbar.

Da durchdrang kosmische Einsamkeit E. T.'s Glieder. Jede Pore seines Körpers schmerzte vor Sehnsucht nach dem Glanz der Sterne, hoch oben im vertrauten Himmelsrund, wo einem die Schönheit Orions den Atem nahm und herrliche Farben die Nebula erfüllten. Und im Bereich der Plejaden, schien einem der blaue Strahlenkranz eines jungen Sterns direkt ins Herz. Und der Schleier aus instellaren Gas- und Staubwolken treibt dort oben dahin und flüstert all jenen sein majestätisches Geheimnis zu, die im Meer des Weltraums dahintreiben.

Ganz in diese Erinnerungen versunken, wandte er sich von der Luke ab und öffnete die Tür des Wandschranks. Auf Zehenspitzen schlich er an dem schlafenden Elliott vorbei und ging auf den Flur hinaus. Er bewegte sich auf leisen Sohlen und der unförmige Schatten eines Kürbisses auf Beinen, einer wandelnden Wassermelone, einer lächerlichen, furchteinflößenden Gestalt in der Fremde fiel riesengroß auf die Wand. Er sah jetzt mit den Augen der Erdlinge – hatte sich ihre Gedankenwelt wie auch ihr Schönheitsideal zu eigen gemacht. Er empfand sich jetzt selbst als ein groteskes Wesen, als eine Zumutung für jedermann und hielt sich für einen Kretin von unglaublicher Häßlichkeit.

Er öffnete Gerties Zimmertür ein Spaltbreit und betrachtete das schlafende Kind. *Sie* fand ihn schön, ihr gefiel er, aber in ihren Augen war auch Kermit der Frosch ein attraktiver Bursche. Er schlich weiter den Flur entlang und schaute in Marys Schlafzimmer. Das schöne, schlanke Geschöpf schlief. Lange ließ er seinen Blick auf ihr ruhen. Sie war in seinen Augen eine Göttin, das schönste Wesen, das er je zu Gesicht bekommen hatte. Ihr strahlendes Haar lag ausgebreitet auf dem Kopfkissen und erinnerte ihn an den Glanz des Mondes. Ihre feinen Züge zeugten für ihr liebreizendes Wesen. Vollkommener hätte die Natur keinen Menschen erschaffen können. Ihre geschlossenen Augen ähnelten Schmetterlingen, die nachts auf blühenden Narzissen schliefen, und ihre Lippen den Blütenblättern der Akelei.

Mary, schrie sein altes Herz.

Dann watschelte er auf seinen Entenbeinen zu ihrem Bett und betrachtete sie ganz aus der Nähe. Sie war die lieblichste Kreatur im ganzen Universum, und was hatte er getan? Er hatte ihr das Radarfallenwarngerät gestohlen. Er konnte seinen Blick nicht von ihr losreißen, als sie sich im Schlaf auf die andere Seite drehte. Offensichtlich träumte sie aber gewiß nicht von einem dickbäuchigen, alten Botaniker aus dem Weltall. Leise legte er ihr ein m & m Dragee aufs Kopfkissen und ging wieder hinaus.

Ganz hinten im Flur saß wartend Harvey der Hund.

Die Zunge hing ihm aus dem Maul, als er das seltsame Wesen auf sich zuwatscheln sah, dessen Gestalt an einen formlosen Pudding erinnerte. Der Außerirdische strich Harvey über den Kopf, was Harvey wie einen Stromschlag empfand. Eine ganze Folge von Piepstönen rieselte seinen Rücken hinab, und sein Schwanz krümmte sich wie ein Kleiderhaken. Er nahm den Außerirdischen in Augenschein.

Ich habe einen Krampf im Schwanz. Sorg doch dafür, daß das aufhört!

Da berührte das Wesen aus dem Weltraum die Nase des Hundes, und der Schwanz entkrampfte sich wieder.

Beide schlichen nun weiter durch das Haus auf ihrem nächtlichen Streifzug. Das taten sie nachts immer, wenn alles schlief. Harvey trottete neben dem Gast des Hauses die Treppe hinunter in die darunterliegenden Räume. Der Außerirdische hielt vor dem Alkoven inne, in dem sich das Telefon befand. Er nahm den Hörer ab, lauschte eine Weile und hielt ihn dann Harvey ans Ohr. Auch der Hund lauschte angestrengt. Er hatte schon oft mitangesehen, wie Elliott mit dem Finger die Wählscheibe drehte, in den Apparat sprach, und nach einer Weile war dann Pizza dagewesen.

Harvey steckte die Nase in die Wählscheibe, drehte sie ein Stückchen und hoffte, daß darauf ein Steaksandwich erscheinen würde. Auch der Außerirdische drehte die Wählscheibe noch einige Male, und dann hörten sie eine schläfrige Stimme antworten.

»... hallo ... hallo!«

Harvey bestellte ein Steaksandwich, und dazu ein paar ordentliche Knochen.

E. T. legte den Hörer wieder auf die Gabel, und sie stromerten weiter. Schließlich landeten sie im Wohnzimmer.

Auf dem Fernseher stand ein Farbfoto von Mary. Der Außerirdische nahm es herunter und verpaßte dem Foto einen Kuß auf den Mund. Dann zeigte er dem Hund Marys Bild, der jedoch gleichgültig auf das gerahmte Bild starrte. Das Glas war jetzt ganz verschmiert, und da er stets für alles zur Verantwortung gezogen wurde, was im Haus verschmiert oder besabbert war, würde man ihm auch das wieder aufhalsen. Er hob die Pfote und drängte E. T., das Foto wieder an seinen Platz zurückzustellen. Aber der Außerirdische klemmte es sich unter den Arm und nahm es mit.

Jetzt werden sie denken, ich hätte es gefressen, dachte Harvey. Er bedauerte jetzt, die Badematte, den Besen, einen von Marys Hüten und ein Paar schmackhafte Lederhandschuhe angefressen zu haben. Denn daraus zogen die Leute natürlich gleich ihre Schlüsse.

E. T. strich weiter durch das Wohnzimmer. Auf dem Tisch stand eine Blumenvase. Er streichelte die Blumen zärtlich und sprach in der Blumensprache mit ihnen.

Harvey kräuselte hoffnungsvoll die Nase. In einem seiner Hundeträume war ihm einmal ein Hamburgerbusch erschienen. Seitdem hatte er überall danach gesucht.

Der Außerirdische hielt ihm eine Rose hin, in der Harvey

eifrig seine Schnauze vergrub, aber es war keine Blüte von dem Hamburgerbusch, sondern nur eine dämliche Blume.

E. T. befestigte die Blume zärtlich am filigranzarten Rahmen von Marys Foto, so daß sie und die Rose vereinigt waren – die beiden schönsten Wesen auf Erden.

Dann streifte er weiter durch das Haus und gelangte in die Küche. Harvey wedelte wie wild mit dem Schwanz und fuhr sich mit der Zunge über die Nase. Dieser Raum war für ihn das Zentrum aller Hundehoffnungen.

E. T. zeigte mit dem Finger. ›Kühlschrank.‹

Harvey nickte begeistert. Ein leises Jaulen entrang sich seiner Kehle. Seit Jahren mühte er sich schon damit ab, seine Pfote um den Griff dieses Kastens zu legen, aber die Natur hatte ihm einen Daumen versagt.

Der Außerirdische öffnete die Kühlschranktür und nahm eine Tüte Milch und einen Schokoladenkuchen heraus. Harvey ließ ein klagendes Geheul ertönen, der Speichel rann ihm in Strömen aus dem Maul, sein Schwanz peitschte durch die Luft. Da legte ihm der Außerirdische ein übriggebliebenes Schweinekottelett hin. Harvey stürzte sich heißhungrig darüber, er knurrte freudig und riß an dem zarten Fleisch. Dann hielt er einen Augenblick inne und sah bewundernd zu dem Außerirdischen auf.

Ich bin *dein* Hund.

Wenn du mal Ärger hast oder Schwierigkeiten auftreten, brauchst du es nur zu sagen.

Bei Einbruch der Dunkelheit erschien draußen außer dem Pizzawagen noch ein anderes Fahrzeug, das jedoch keine eingebauten Kästen enthielt, die nach Käse und Tomaten rochen. In diesem Wagen befand sich eine Audio-Spionieranlage, so hochempfindlich, daß sogar der intergalaktische Weltraumreisende beeindruckt gewesen wäre.

Der Mann, der die beleuchtete Schalttafel bediente, trug einen Ring am Gürtel. Er empfing über das Gerät Stimmen, die uns jetzt schon vertraut sind. Die Stimmen aus der Nachbarschaft:

»Mama, wenn ich Plätzchen backe, ist da eine Tasse Milch das gleiche wie eine Tasse Mehl?«

und:

»Verschwinde aus meinem Leben! Hast du gehört?«

Und:

»Jack, ich werde heute abend babysitten. Wenn du also rüberkommen willst …«

Langsam fuhr der Wagen den ganzen Block entlang und untersuchte genau, welche Unterhaltungen hier nachts in den einzelnen Häusern geführt wurden, unterzog jede einzelne Stimme einer genauen Prüfung.

»Peter sagt: ›Die Rothäute sind besiegt? Wendy und die Jungen gefangengenommen …?‹«

Und:

»Sein Zeichengeber taugt nichts mehr, Michael. Wir können ihn ausbauen und alles wieder richten …«

Der Mann mit den Schlüsseln hob die Hand. Der Wagen hielt.

»Weißt du, Elliott, er sieht gar nicht mehr gut aus.«

»Sag' doch so was nicht, Michael. Uns geht's doch gut!«

»Was soll denn dieses ›wir‹? Du sagst jetzt ständig ›wir‹.«

»Das ist die Gedankenübertragung. Ich fühle mich ihm so nah. Ich habe das Gefühl als wäre ich er …«

Ein gewöhnlicher Schnüffler hätte dieses Gespräch als Fantasie abgetan, wie sie für Kinder typisch sind. Doch dieser Schnüffler, diese Abhöranlage war so potent wie ein Signal vom Mars. Der Stadtplan bzw. die Straßenkarte wurde ausgebreitet, und Marys Haus mit einem großen, roten Kreis versehen. Dann fuhr der Aufnahmewagen weiter, gerade als der Pizzawagen um die Ecke gefahren kam …

Elliott erklärte dem Außerirdischen, was es mit Halloween auf sich hatte, und machte ihm klar, daß es seine einzige Chance war, für alle sichtbar draußen herumzulaufen.

»… weil dann *alle* verrückt kostümiert und nicht wiederzuerkennen sind, verstehst du? Ach, entschuldige, E. T., ich wollte damit nicht sagen, daß du verrückt aussiehst, nur – eben anders.«

»Buchstabiere anders«, sagte E. T., als Elliott dem uralten Weltraumfahrer ein Bettuch über den Kopf legte, ihm riesige Pelzhausschuhe über die Füße zog und ihm noch einen Cowboyhut aufsetzte.

»Sieht toll aus«, meinte Elliott und betrachtete sein Werk. »So können wir dich überallhin mitnehmen.«

Elliott hatte sich als buckliges Monster verkleidet. Er paßte nun recht gut zu dem Außerirdischen, und der Kobold aus dem Weltraum würde nicht so auffallen. Michael war unten bei Mary und hatte Schwierigkeiten mit seinem Kostüm.

»Nein«, sagte Mary entschieden. »Du wirst dich damit abfinden müssen, daß du nicht als Terrorist gehst.«

»Aber die Jungen gehen doch alle als Terroristen.«

»In dieser Verkleidung kommst du hier bei uns nicht weit.«

»Ach, bitte, laß mich doch.«

»Nein! Wo steckt eigentlich Gertie?«

»Sie ist oben bei Elliott und macht sich fertig.«

Aber Gertie war ganz und gar nicht bei Elliott. Sie verdrückte sich gerade durchs Fenster.

Elliott wandte sich an E. T. »Wenn du den Mund hältst und einfach in deinem Laken mit mir dahergeschlurft kommst, wird Mama gar nichts merken. Okay? Denk dran, du bist Gertie!«

»Gertie«, wiederholte das alte Monster und schlurfte hinter Elliott die Treppe hinunter.

Mary erwartete sie schon unten. Das Halloween-Fieber hatte auch von ihr Besitz ergriffen. Sie hatte sich ebenfalls verkleidet und trug ein Kleid mit Leopardenmuster und eine Maske über den Augen. Zu ihrer Aufmachung gehörte eine Art Pritsche, mit der sie unbotmäßige, raffgierige Wildlinge auf den Kopf zu schlagen gedachte.

»Junge, Junge, du siehst ja fantastisch aus, Mama.«

»Danke, Elliott, das ist sehr freundlich von dir.«

Aber Elliott war nicht der einzige, der ihr Bewunderung zollte. Das als Gertie verkleidete und unter einem Laken verborgene alte Monster starrte Mary voll Bewunderung an. Sie sah wie ein Sternengeschöpf aus, einfach himmlisch und schöner denn je.

»Gertie«, sagte sie und trat auf ihn zu, »das ist ja ein fantastisches Kostüm. Womit hast du denn diesen dicken Bauch zustande gebracht?« Sie klopfte auf seinen kürbisartigen

Hängebauch, und der uralte Weltraumreisende seufzte innerlich tief auf.

»Wir haben sie mit Kissen ausgestopft«, antwortete Elliott nervös.

»Also, die Wirkung ist wirklich verblüffend«, meinte Mary. »Aber der Cowboyhut muß ein bißchen schief sitzen, damit sie verwegener aussieht.«

Zärtlich berührte sie den Kopf des Außerirdischen, der dem einer Schildkröte ähnelte. Seine Wangen glühten unter dem Laken, als er ihre Finger spürte. Herrliche Energieströme gingen von ihr aus und liefen seinen Straußenhals hinunter. Sein Herzlicht ging an, und er verdeckte es schleunigst mit der Hand.

»So«, sagte Mary, »jetzt ist es schon besser.« Sie trat zurück und wandte sich Elliott zu. »Paß auf sie auf, und iß nichts, was nicht eingepackt ist. Und sprich nicht mit Fremden ...!«

Michael kam zum Vorschein. Er hatte seine Terroristenaufmachung geringfügig abgeändert. Auch ihn ermahnte Mary: »Iß keine Äpfel. Es könnten Rasierklingen darin versteckt sein. Trink auch keinen Punch, falls er mit LSD angemacht ist!«

Mary beugte sich vor, gab ihren Söhnen einen Kuß und küßte auch den Kobold aus dem Weltraum. Dessen Entenknie wurden schwach, sein Kreislauf geriet in Aufruhr, und in seinem Hirn flammten Lichter auf, die dem Orionnebel in nichts nachstanden.

»Also dann, viel Spaß ...« sagte Mary.

Elliott mußte den alten Kobold an der Hand hinter sich herziehen: denn dieses merkwürdige Wesen war geblendet von Mary und rührte sich nicht von der Stelle! Es war, als würde er gerade Zeuge einer Sternengeburt. In seinen riesigen Hauslatschen stolperte er widerstrebend hinter Elliott her, sah sich jedoch an der Tür noch ein letztesmal um.

»Bis später, Schätzchen«, sagte Mary.

Bis später, Schätzchen, jubelte es in ihm. Kosmische Liebesschwüre hallten durch sein Hirn. Alles erschien ihm in einem ganz neuen Licht.

Sie schleppten ihn zur Einfahrt und dann zur Garage. Dort wartete Gertie. Unter ihrem Laken trug sie das Funkgerät. Den eingerollten Regenschirm und die anderen Bestandteile des Senders hatte sie in einem verschlossenen Pappkarton. Er betrachtete sein Machwerk und fragte sich ernsthaft, ob er es wirklich benutzen sollte. Vielleicht wäre er bedeutend glücklicher, wenn er den Rest seiner Tage im Wandschrank in Marys Nähe verbrächte.

»Los, E. T., spring auf!«

Sie hoben ihn in den Korb, der an der Lenkstange des Fahrrades angebracht war, befestigten seinen Sender auf dem Gepäckträger und schoben das Rad die Auffahrt hinunter zur Straße.

Während der Fahrt beäugte das Monster fasziniert die Parade der Erdenkinder, die unterwegs waren: Prinzessinnen, Katzen, Clowns, Piraten, Teufel, Gorillas, Vampire, Landstreicher und Frankenstein-Monster. Die Erde war wirklich ein erstaunlicher Planet.

»Halt dich gut fest. E. T.!«

Elliott spürte beim Fahren das Gewicht des Wesens. Ein vom Himmel gefallenes kleines, aber sehr bedeutendes Wesen. Sie hatten heute abend eine Mission zu erfüllen, und Elliott bewegten Gefühle, wie er sie nie zuvor empfunden hatte. Während er so, E. T. vor sich im Korb, lenkte und in die Pedale trat, wurde ihm mit einem Mal klar, daß er doch nicht nur ein blöder Kerl und Taugenichts war. Seine Tölpelhaftigkeit verließ ihn und wurde von den abendlichen Schatten verschluckt. Er wußte auf einmal, daß er dazu ausersehen war, dem Außerirdischen zu helfen. Obwohl er kurzsichtig und mehr als schlampig war und zu Depressionen neigte. Er trat kräftig in die Pedale und fühlte sich in der Nähe des Außerirdischen glücklich und frei wie nie zuvor. Er sah Michael an, der neben ihm herstrampelte. Michael erwiderte lächelnd seinen Blick, und seine Zahnspange glitzerte. Dann sah er Gertie an. Sie winkte ihm zu und kicherte beim Anblick des Außerirdischen, der geduckt mit heraushängenden Pelzlatschen im Fahrradkorb kauerte.

Wir werden ihn wieder da hinaufschaffen, wo er hingehört, dachte Elliott und blickte zur Milchstraße hinauf. Trotz der Luftverschmutzung und der vielen Telegrafendrähte war sie in all ihrem Glanz deutlich zu erkennen. Leiser Gesang schien von hoch oben zu ihm herabzudringen. Einzelne Lichtstrahlen und ein ganzes Netz kühlender Flammen senkten sich auf die Erde hinab und berührten ihn. Dann zuckten sie auf und tanzten davon!

»Also, das ist das unglaublichste Kostüm, das ich je gesehen habe«, sagte der Mann in der Eingangshalle. Seine Frau stand neben ihm und riß verwundert die Augen auf. Auch ihre Kinder standen tief beeindruckt hinter ihnen und starrten zwischen den Beinen ihrer Eltern hindurch den Außerirdischen mit leisem Grauen an.

Dieser hatte inzwischen sein Laken abgenommen. Mit seinem Cowboyhut und den riesigen Latschen, den großen kreisrunden Augen und dem Bauch, der bis auf die Erde hing, den breiten mit Schwimmhäuten versehenen Füßen und seinem Watschelgang bot er sogar zu Halloween einen ungewöhnlichen Anblick.

In jedem Haus, in dem sie bisher vorgesprochen hatten, war die Reaktion die gleiche gewesen. Überall hatte man ihn bestaunt und begafft. Dem Außerirdischen gefiel das über alle Maßen. Wochenlang war er im Wandschrank eingesperrt gewesen. Jetzt hielt er den Leuten seinen Korb hin und bekam eine Unmenge Süßigkeiten.

»... also wirklich fantastisch«, murmelte der Mann, als er sie zur Tür zurückbegleitete, und konnte seine Augen kaum von den langen wurzelähnlichen Fingern des Außerirdischen losreißen, die auf dem Flurteppich hinter ihm herschleiften.

Der Außerirdische trat auf den Bürgersteig hinaus. Er konnte den schweren Korb kaum mehr tragen. Er hatte einen wahren Schatz an hochwertigen, nahrhaften Waffeln und Drops ergattert. Davon konnte er im Weltraum tagelang zehren. Ganze Berge von m & m Dragees hatte er eingeheimst und auch einen offenbar besonders nahrhaften Riegel mit der Aufschrift ›Milky Way‹, also Milchstraße, sicher für längere Reisen gedacht.

»Du bist *die* Sensation, E. T.«, sagte Elliott und schob sein Fahrrad auf dem Bürgersteig entlang. Das Geschöpf aus dem Weltraum watschelte neben ihm her. Die überströmende Freude des alten Weltraumfahrers war ansteckend. Elliott wußte, was es hieß, ein Freak zu sein und von den Leuten ausgelacht zu werden. Er hatte auch immer als seltsames Kind gegolten, so als habe er eine Nase wie ein zermatschter Rosenkohl. Aber jetzt lachte niemand mehr über ihn. Er fühlte sich wie neugeboren – älter, klüger und mit der Welt des Außerirdischen eng verbunden. Große Gedanken gingen ihm durch den Kopf, zogen ihre Bahn wie Kometen mit einem wundersamen feurigen Schweif.

Dem Monster war übrigens inzwischen aufgefallen, daß

manche Kinder bei fremden Leuten zum Fenster hineinschauten. Er zog Michael am Ärmel und versuchte, ihm seine Wünsche begreiflich zu machen. Sie schlichen sich über den Rasen eines Vorgartens an und spähten durch das nächstgelegene Fenster. Im Zimmer lief ein Mann im Unterhemd herum. Er hatte eine Bierdose in der Hand und eine Zigarre zwischen den Zähnen. Der Außerirdische stützte das Kinn auf die Fensterbank und lächelte in sich hinein. Er sagte sich, daß das Leben auf Erden gar nicht so übel wäre, wenn er jeden Abend mit seinen Freunden hinauskönnte, um anderen Leuten ins Fenster zu schauen.

»Komm«, flüsterte Gertie. *»Komm mit, E. T.«*

Sie führte ihn leise ums Haus herum. Hand in Hand schritten sie geduckt die Stufen zur Veranda hinauf, klingelten an der Tür und liefen davon.

Die Pelzlatschen waren ihm bei der Flucht sehr hinderlich. Schließlich rutschte einer seiner Füße aus dem Schuh und dann verlor er auch noch seinen Cowboyhut. Er jauchzte vor Freude. Endlich fühlte er sich wieder richtig lebendig, fühlte sich ganz als Erdling.

»Schneller, schneller«, rief Gertie. Keuchend versteckten sie sich im Gebüsch. Nebel entströmte den Zehen des Außerirdischen. Der alte Weltraumreisende war so aufgeregt, daß sich seine Finger wie von selbst bewegten, in der Sprache des Kosmos redeten und die geheimsten Geheimnisse der Evolution im Universum preisgaben. Alle Büsche ringsum waren so überwältigt, daß sie das Bewußtsein verloren, und dann zu blühen begannen. Aber schon war der große alte Botaniker wieder verschwunden und auf dem Weg zum nächsten Haus, um auch dort zum Fenster hineinzusehen.

So zogen sie von Haus zu Haus. Erregt wie sie waren, verschlangen sie eine Menge Süßigkeiten, und der uralte Halloween-Neuling wünschte sich, noch mehr zu erbetteln.

»Okay«, sagte Elliott. »Versuchen wir's mal bei dem Haus da drüben.«

Elliott ging voraus und war jetzt ganz sicher, daß die abenteuerliche Gestalt, die hinter ihm herschlurfte, zwischen all den Kindern in Gummikostümen gar nicht auffallen würde. Auch der Außerirdische selbst hatte gar nicht mehr das Gefühl, daß er anders aussah. Allmählich begann er seine außerirdische Gestalt als Verkleidung zu betrachten, die er sich für diesen einen Abend zugelegt hatte. In diesem Kostüm steckte seiner Meinung nach ein menschliches Wesen, das Süßigkeiten in sich hineinstopfte, an den Haustüren klingelte, sein Sprüchlein hersagte und seine Nase krauste.

Aber als sich diesmal die Tür vor ihnen öffnete, rasteten seine Augen furchtsam ein. Er hatte plötzlich Angst; denn da stand ein rothaariger, kleiner Knilch. Das mußte Lance sein. Dem hatte er von Anfang an nicht über den Weg getraut.

Auch Lance war äußerst mißtrauisch. »Wer ist *das* denn?« fragte er und konnte sich nicht vorstellen, daß diese langen Arme, dieser bis auf die Türschwelle herabhängende Schmerbauch und überhaupt die ganze Gestalt nur Teile eines Kostüms aus Gummi waren.

»Das ist mein Cousin«, stammelte Elliott, der sich vor Zorn am liebsten in den Bauch gebissen hätte, weil er nicht daran gedacht hatte, daß Lance hier wohnte. Jetzt saßen sie in der Falle. Lance kam näher.

»Das ist ja wirklich ein komischer Kauz«, sagte der Rotschopf und trat noch einen Schritt näher, von einer unbegreiflichen Macht dazu gedrängt, aber im Innersten doch ganz im Einklang mit dem außergewöhnlichen Weltraumfahrer.

Dieser Junge ist eine Gefahr für mich, dachte der alte Kosmologe. Er trat den Rückzug an. Elliott folgte seinem Beispiel. Doch Lance näherte sich ihnen in dem Maße, in dem sie sich zurückzogen und schwang sich auf sein Fahrrad, sobald sie ihre Fahrräder bestiegen.

»Buchstabiere *schnell*«, sagte E. T., und Elliott sauste dahin, so schnell er konnte. Er konnte sich nicht verzeihen, daß er so vertrauensselig gewesen war und den Außerirdischen überall herumgezeigt hatte. Aber ein Geheimnis wie den Außerirdischen konnte man doch nicht ewig für sich behalten. Irgendwann will man doch mal mit ihm angeben, und sei es nur, um die blöden Gesichter der Leute zu sehen.

Aber einem neugierigen Burschen wie Lance, der seine Nase in alles steckte, hätte er ihn nicht zeigen dürfen. So einen kann man nicht hinters Licht führen. Es war ja vorauszusehen, daß er den Spaceman sofort als solchen erkennen würde.

E. T. saß mit gesenktem Kopf und heraushängenden Beinen im Fahrradkorb. Er fragte sich, was Lance jetzt wohl tun würde. Die Behörden benachrichtigen? Vielleicht werde ich am Ende doch noch ausgestopft, dachte er betrübt. Elliott drehte sich um und blickte über seine Schulter zurück, um nach Lance Ausschau zu halten. Keine Spur von ihrem Verfolger. Lance war ein schwächliches, kleines Kerlchen und konnte wahrscheinlich nicht so fest in die Pedale treten.

»Die Gefahr ist gebannt«, verkündete er. »Wir haben ihn abgehängt.«

Doch da irrte er sich. Lance nahm Abkürzungen, wie sie nur Nervensägen wie ihm bekannt waren. Wie gejagt fuhr er durch die Nacht und stand dabei die ganze Zeit mit seiner Informationsquelle in Verbindung. Woher wußte er, wann er abbiegen mußte und wo es lang ging? Eine innere Stimme sagte es ihm, er erfuhr es durch Telepathie. Er befand sich auf der gleichen Wellenlänge mit dem Außerirdischen. Er strampelte sich ab wie selten zuvor. Nie hätte er sich träumen lassen, mit dem Fahrrad einmal so schnell voranzukommen. Das rote Haar lag eng an seinem Kopf an, die Henkelohren standen weit ab. So sauste er wie ein Wahnsinniger hinter Elliott her.

Die Fahrradbeleuchtung war nicht eingeschaltet, die Speichenreflektoren zeichneten wirre Muster ins Dunkel, doch niemand sah ihn. Vor Aufregung fror und schwitzte Lance gleichzeitig. Zum erstenmal hatte er das Gefühl dazuzugehören. Alle hatten ihn bisher zurückgewiesen, allen war er als Landplage erschienen. Nichts hatte er in ihren Augen jemals richtig gemacht. Bisher war er einsam durchs Leben getrottet und hatte allein elektronische Spiele gespielt. Aber heute nacht war alles anders. Sein Fahrrad kochte fast über vor Energie, und er nahm die Kurven wie ein Rennfahrer. Seine Raffzähne schlugen vor Erregung aufeinander, der Wind fuhr in seine Haartolle. Die Nacht meinte es gut mit ihm. Er holperte über einen Bordstein, landete mit quietschenden Rädern wieder auf der Straße und erblickte Elliott weit vor sich, dessen Rückstrahler im Schein einer Straßenlaterne kurz aufleuchtete. Er war schon am Stadtrand angelangt.

Er hält also auf die Hügel zu, dachte Lance und lächelte zufrieden in sich hinein, während er die Straßenlaterne in sausender Fahrt passierte. Fast unhörbar zischte er dahin, von einer Macht befehligt, die sich offenbar nie verfuhr. Ihm brummte der Schädel, doch er blieb auf der gleichen Wellenlänge. Tief über die Lenkstange gebeugt, trat er rasend schnell in die Pedale. Ganz erfüllt von Gedanken an den Weltraum hatte er fast das Gefühl, jeden Augenblick vom

Boden abheben und in den Himmel aufsteigen zu können. Alle Kinder lachten über ihn, weil er nur Schweizer Käse aß. Und wenn schon! Das war jetzt bedeutungslos, wo er, von einer fremden Macht gelenkt, so rasch dahinflog. Lance ließ die letzte Straßenlaterne hinter sich und schlug die steil ansteigende Straße zum Hügel hinauf ein.

Als Elliott über die Schulter zurückblickte, sah er seinen Verfolger nicht mehr. Er bog von der Hauptstraße ab und in eine Nebenstraße ein und mußte sich von nun an erst richtig ins Zeug legen.

Der Weltraumreisende hüpfte im Fahrradkorb auf und ab. Sein unförmiger Leib war gegen das Drahtgeflecht gepreßt, und er klammerte sich fest daran, um nicht herauszufallen. Seine Gedanken überschlugen sich, als sie sich dem Landeplatz des Raumschiffes näherten. Er mußte seinen Sender aufbauen und Signale aussenden. Der Weltraum war unendlich und die Zeit bedeutungslos, und doch durfte er keine Zeit mehr verlieren. Aber Elliott fuhr jetzt so langsam, er kam kaum noch vom Fleck.

»Elliott!«

»Ja?«

»Buchstabiere *festhalten*!« Der Wanderer durchs Weltall bewegte die Hände und setzte damit das Gesetz der Schwerkraft außer Kraft. Das Fahrrad hob vom Boden ab. Es streifte die Büsche, dann die Baumwipfel und segelte schon bald über den Wald dahin. Besser, viel besser, dachte der alte Weltraumreisende und lehnte sich wieder in seinen Korb zurück.

Elliott klammerte sich an der Lenkstange fest. Sein Kiefer klappte herunter, und die Haare standen ihm zu Berge. Die Räder drehten sich langsam im Wind, doch seine Gedanken überschlugen sich förmlich, als er auf den Wald unter sich hinabstarrte. Er sah die Nebenstraße und die Wege, die zwischen den Bäumen hindurchführten, und hoch über sich den Mond, der zwischen silbrigen Wolken dahinglitt.

Unter ihnen erwachte eine Eule und breitete verschlafen die Schwingen aus. Sie schmatzte genießerisch bei dem Gedanken an einen fetten Bissen, an Mäuse oder möglicherweise sogar an eine Fledermaus. Dann erhob sie sich in die Luft und flatterte gemächlich davon. Immer höher stieg sie auf. Plötzlich riß sie entsetzt die Augen auf und schoß pfeilschnell wieder nach unten.

Was um alles in der Welt …

Elliott segelte auf seinem Fahrrad mit dem Weltraumkobold im Körbchen an der wieder hinabstoßenden Eule vorbei, die sich kurz darauf beim Sturz die Flügel verletzte und dadurch unsanft auf dem Boden landete, wo sie nun fassungslos kauerte. In diesem Moment kam Lance auf sie zugeschossen. Die Eule wirbelte herum und wäre fast von dem sich rasch nähernden Monster auf zwei Beinen überfahren worden.

Was geht in diesem Walde eigentlich vor, fragte sich der große Vogel verwirrt. Doch selbst wenn Lance diese Frage gehört hätte, so hätte er sich wohl kaum die Zeit genommen, sie zu beantworten. Er schoß dahin und holperte immer wieder über Wurzeln, Steine und Zweige. Sein Kopf war mit elektronischen Piepslauten erfüllt, und er wußte genau, wohin er fahren mußte. Er brauchte nur den geheimen Befehlen zu folgen. Der Wald nahm ihn auf, Wege öffneten sich ihm, und der Nervtöter strampelte ungehindert durch Engpässe, in denen selbst geschulte Waldbewohner und Förster wahrscheinlich steckengeblieben wären. Aber wo war Elliott?

Das Mondlicht strahlte durch das Blätterdach, über dem Elliott dahinsegelte, vor den Blicken von Lance und der übrigen Welt verborgen. Nur zutiefst erschrockene piepsende Fledermäuse begegneten ihnen hin und wieder, die sofort davonschossen, als das Fahrrad in ihre Domäne eindrang. Elliott war ganz nervös und trat jetzt nur noch langsam in die Pedale. Die Fahrradkette klapperte, bewegte sich aber nicht vom Fleck. Tief im Herzen hatte er ja schon immer gewußt, daß dieses Fahrrad fliegen konnte. Oft hatte er schon geglaubt dahinzufliegen, wenn er einen Hügel hinabsauste, aber bis heute abend hatte der Zauber noch nicht so richtig gewirkt. E. T. konnte zaubern. Seine Zauberkünste waren eine Wissenschaft aus dem Weltraum, so hochentwickelt, daß nur die wirklich Alten etwas davon verstanden. Diese Zauberkraft kam ihnen auch bei ihren großen Raumschiffen zugute. Da war es natürlich eine Kleinigkeit, ein Fahrrad eine Meile oder so bis zum Landeplatz durch die Luft zu befördern.

Der uralte Flüchtling blinzelte aus seinem Drahtkorb, als sich das Fahrrad auf die Lichtung niedersenkte. Er hatte das Landemanöver fest im Griff und sorgte dafür, daß das Fahrrad sanft aufsetzte. Es landete auf dem weichen Gras und kippte erst in dem Augenblick um, als sich die lange Zehe des Reisenden in den Speichen verfing.

»Ufff ...!«

Das Fahrrad kippte und fiel auf E. T. Mit schmerzender Zehe stieg er aus seinem Korb, war aber viel zu aufgeregt, um sich weiter darum zu kümmern. Auch Elliott hatte sich schon wieder aufgerappelt und begann jetzt, den Zeichengeber auszupacken.

Der uralte Reisende wandte sich einen Augenblick ab und tastete die Lichtung mit seiner Elektronik ab, um zu sehen, ob einer der Männer, die ihn in der ersten Nacht verfolgt hatten, auch jetzt wieder hier herumlungerte.

Seine hochempfindliche Radarausrüstung tastete alles ab. Sie ließ keine Stelle des Waldes aus, stieß schließlich auf Lance und reagierte genau über ihm mit Echozeichen. Warum wohl? Weil die Emanation, die Ausstrahlung dieser kleinen Nervensäge, jetzt der des Außerirdischen ähnelte. Sie waren beide Ausgestoßene, Vereinsamte, Versager. Daher glitt E. T. auch einfach über Lance hinweg und fühlte sich nicht weiter bedroht. Dann wandte er sich wieder Elliott zu und gab ihm zu verstehen, daß sie mit dem Aufstellen des Senders beginnen mußten.

Das kreisrunde Sägeblatt drehte sich wie ein verhexter Teller, auf dem Messer und Gabel ihren Tanz vollführten und die Zähne des Sägeblatts vorwärtsbewegten. Wodurch drehte sich das Ding? Eine Armatur mit einer daran befestigten Feder war an einem biegsamen Baum angeseilt. Wenn der Wind nun den Baum hinunterbog, wurde das Seil schlaff, und die aus Messer und Gabel bestehende Auslösung hob sich. Die Zähne rückten vor, das Sägeblatt geriet in Bewegung, die Haarnadeln und Haarclips fuhren die Rillen entlang, und so spulte sich ab, was in das Sprech- und Schreiblernspiel einprogrammiert worden war. Wodurch aber funktionierten die Überreste dieses Spiels? Durch Hunderte von Drähten, Stromleitungen, die der alte Botaniker den Bäumen einverleibt hatte. Diese Drähte waren jetzt in Blättern, Wurzeln und Zweigen verankert. So wurde die Elektrizität des Lebens angezapft. Wie das genau funktionierte, wußte allein der Außerirdische. Aber auch Elliott spürte, wie das Leben im Walde durch die Leitungen pulsierte, in dem Sender zusammenlief und ihn in Gang setzte.

Der mit glänzender Folie ausgelegte Schirm, lag umgedreht und weit geöffnet mit der Spitze nach unten auf dem

Boden. Er leuchtete im Mondlicht. Aber nicht nur das Mondlicht wurde reflektiert, auch das von dem UHF-Tuner erzeugte Mikrowellensignal des Gerätes zur Entdeckung von Radarfallen strahlte von dem behelfsmäßigen Parabolspiegel in den Weltraum aus.

... gliepel dupel zwak-zwak snafn olg mnnnnin ...

... so in etwa. Was der Wundersender in Wahrheit von sich gab, war viel komplexer und eleganter, aber unser Alphabet reicht bei weitem nicht aus, um die Klangfeinheiten wiederzugeben, die der Außerirdische dem Sprech- und Schreiblernspiel abzuringen gewußt hatte.

Elliott vernahm die Signale und hoffte, daß sie Erfolg haben würden. Doch sie erschienen ihm so schwach und leise angesichts der unendlichen Weite des Weltalls. Wie sollten sie bis da hinaufgelangen?

Der Außerirdische bemerkte, welche Zweifel seinen irdischen Freund quälten und legte dem Jungen die Hand auf die Schulter. »Wir haben ein Fenster, einen Durchlaß gefunden.«

»Wirklich?«

»Unsere Frequenz ist dieses Fenster. Auf ihr werden wir sie erreichen.«

Lange standen sie schweigend neben ihrem Sender. Auch die Sterne schienen zu lauschen. Und natürlich der im Gebüsch versteckte Nervtöter.

Inzwischen konnte sich Mary kaum der Heerscharen von kleinen Kobolden erwehren, die ihr Haus bevölkerten.

»Ja, ja, kommt nur herein. Meine Güte, was für eine Vision des Schreckens ...!«

Sie sangen ihr Lieder vor und tanzten für sie. Mittendrin fielen ihnen klebrige Geleebonbons aus dem Mund und wurden in den Teppich eingetreten. Sie schwenkten die

Arme im Kreis. Feuchte Dauerlutscher, die sie in Händen hielten, blieben an der Tapete kleben. Nahm man sie wieder ab, hing an dieser Stelle die Tapete in Fetzen herunter. Harvey biß einen der kleinen Kobolde. Während der furchtlose Wachhund seine Zähne in ein unschuldiges Kind grub, wurde oben Marys Schlafzimmerfenster aufgestoßen, und ein Abgesandter der Regierung zwängte sich mit einem elektronischen Gerät in der Hand herein. Licht flackerte auf, und die Nadel schlug aus. Der Mann verfolgte diese Spur durch den Flur.

In Elliotts Zimmer angelangt, bemerkte der Mann, wie die Nadel immer heftiger ausschlug. Als er sich mit dem Gerät dem Wandschrank näherte, schien der Kasten verrückt zu spielen. Der Agent sah sich um, nickte befriedigt, schlich den Gang entlang zurück in Marys Schlafzimmer und stieg wieder durch das Fenster hinaus, ohne von irgend jemandem gesehen worden zu sein.

Mary hatte ihrem Hund inzwischen die Schnauze mit einem Taschentuch zugebunden und versuchte gerade, das schreiende Kind mit Schokolade zu bestechen.

... gliepel dupel zwak-zwak ...

Elliott und der Außerirdische saßen neben dem Sender und lauschten. Sie blickten zum nächtlichen Himmel empor und Lance, die Nervensäge, beobachtete sie dabei. Doch der Himmel hüllte sich in Schweigen und antwortete nicht.

Nachdem sie stundenlang vergeblich auf eine Nachricht gewartet hatten, schlief Elliott ein, und Lance mußte um neun Uhr wieder zu Hause sein. Der alte Reisende blieb also allein mit seinem Gerät.

Er lauschte traurig dem Signal, das immer wieder in den Weltraum hinausgeschickt wurde, und er fühlte sich gar nicht gut. Ob er wohl zu viele Süßigkeiten gegessen hatte? Er strolchte im Wald herum und stattete den Pflanzen einen Besuch ab. Denen kamen seine Schritte heute recht schwerfällig vor. Vielleicht rührte das daher, daß er in so viele Fenster geschaut hatte und dann immer davongelaufen war. So etwas war er nicht gewöhnt.

Er ging weiter, bis er an einen Bach gelangte. Dort ließ er sich am Ufer nieder. Das Rauschen des Wassers wirkte anregend, und er steckte den Kopf hinein. Stundenlang blieb er so liegen und lauschte dem Fließen des Erdenblutes durch diese Arterie im Wald. Dann schlief er mit dem Kopf unter Wasser ein.

»Er ist schätzungsweise 1,30 m groß«, erklärte Mary dem Polizisten. »Ein kleines Kerlchen, als Buckliger verkleidet.«

Sie fing an zu weinen. »Bestimmt hat er eine Rasierklinge verschluckt«, jammerte sie. »Ich weiß es genau.«

»Na, na, wer wird denn gleich weinen«, versuchte der Polizist sie zu trösten. »Halloween gehen immer eine Menge Kinder verloren. Elliott geht's sicher glänzend, und er wird sich bald wieder einfinden.«

Grau brach der neue Tag an. Michael und Gertie waren um zehn Uhr wieder zu Hause gewesen. Aber Elliotts Bett blieb leer. Mary fühlte sich wieder einmal ganz zerrissen. Mit tränenumflorten Augen sah sie zu dem Polizisten auf. »In letzter Zeit habe ich ihn schrecklich behandelt«, schluchzte sie. »Ich habe ihn gezwungen, sein Zimmer aufzuräumen.«

»Wahrscheinlich mit gutem Grund«, erwiderte der Polizist.

Harvey versuchte, Laut zu geben, aber seine Schnauze war immer noch zugebunden. Da sprang er an der Tür hoch und gab erstickte Jaultöne von sich.

»Elliott!« Mary sprang auf. Elliott kam über den Rasen auf das Haus zu. Voller Dankbarkeit befreite sie Harvey von seiner Fessel. Der Hund heulte vor Freude und klappte den Kiefer immer wieder auf und zu.

»Ist das die vermißte Person?« fragte der Polizist lächelnd. Er klappte sein Notizbuch zu, steckte es ein und verließ die wiedervereinigte Familie.

»Du mußt ihn unbedingt suchen, Mike. Er ist im Wald. Irgendwo in der Nähe der Lichtung. Dort findest du ihn ganz bestimmt ...«

Mary hatte Elliott ins Bett gesteckt. Jetzt wurde der Außerirdische vermißt. Michael ging in die Garage und holte sein Fahrrad heraus. Schon im nächsten Augenblick raste er die Straße entlang. Ein Wagen folgte ihm.

Als er über die Schulter zurücksah, erkannte er im Wagen drei Gestalten, die ihn nicht aus den Augen ließen. Rasch bog er in eine enge Durchfahrt zwischen zwei Häusern ein. Er schüttelte auf diese Weise seine Verfolger ab und fuhr auf die Hügel zu. Dort fand er den Außerirdischen mit dem Kopf im Bach. Der alte Reisende sah richtig krank aus, behauptete aber, es ginge ihm gut. Er hätte nur dem Rauschen des Blutes gelauscht. Michael kam er entsetzlich blaß vor. Mit schweren, langsamen Schritten bewegte er sich vorwärts.

Er hat es ja gerade erst gebaut und noch gar nicht lange ausprobiert«, erklärte Michael. »Da braucht man doch nicht gleich den Kopf hängen zu lassen.«

»Das sag *ihm* mal«, meinte Elliott und wies mit einer Kopfbewegung auf den Wandschrank, in dem der Außerirdische saß und vor sich hingrübelte.

Natürlich wußte der alte Weltraumreisende, daß er nicht damit rechnen durfte, gleich Erfolg zu haben. Aber er war trotzdem maßlos enttäuscht. Ständig träumte er von dem großen Raumschiff. Wenn er die Augen schloß, sah er es vor sich; sah wie die herrliche Schmuckkugel sich auf die Erde herabsenkte. Aber jedesmal wenn er erwachte, mußte er feststellen, daß er immer noch allein war, neben sich nur eine halb leergegessene Schachtel Kekse und ein blödes Muppet mit Glotzaugen.

Irgendwo im Haus ging Mary ihrer Arbeit nach und fragte sich ernsthaft, ob das Leben nicht mehr für sie bereithielt als die Tennisschuhe ihrer Kinder im Kühlschrank. Mißgelaunt kehrte sie den Schmutz zusammen, las Gitarrensaiten und auch seltsam aussehende Samenkörner vom Boden auf. Sie hoffte, daß es kein Marihuana war. Elliott und Michael hatten sich in letzter Zeit sehr komisch benommen, und Gertie eigentlich auch. Waren denn alle ihre Kinder ausgeflippt? Mit offenen Augen träumte sie von deren Vater, dem unbezähmbaren Taugenichts, den sie nicht hatte zurückhalten können, und der es sich jetzt in Mexiko gutgehen ließ.

Sie überlegte, ob sie sich zu einem Tanzkurs anmelden sollte. Oder sich wenigstens neue Schuhe kaufen. Hatte sie überhaupt noch etwas vom Leben zu erwarten?

Würde nicht einfach alles im gleichen Trott weiterlaufen wie bisher? Vermutlich. Natürlich würden noch mehr Falten hinzukommen, gegen die sie mit noch teurer Kosmetik angehen mußte. Sie holte den Staubsauger, schaltete ihn ein und gleich wieder ab, weil es an der Haustür klingelte.

Aus unerfindlichen Gründen machte sie sich Hoffnung. Sie wußte natürlich, daß das verrückt war, aber in letzter Zeit erschien ihr alles im Haus verrückt und verdreht. Sie ging zur Tür, erwartete insgeheim, daß ihr unwiderstehlicher Ehemann im Angedenken an die vergangenen Zeiten wieder aufgetaucht wäre. Oder auch ein anderer, mit dem sie ein neues Leben beginnen könnte. Ein großes, dunkelhaariges männliches Wesen mit ungeheurer Wirkung.

Sie öffnete die Tür.

Draußen stand jedoch ein unausstehlicher rothaariger Knirps.

»Ist Elliott da?«

»Moment mal, Lance …« Sie seufzte, wandte sich ab und ging in Elliotts Zimmer, das wie üblich abgeschlossen war. Was *trieben* sie bloß da drin? Was für entsetzliche Dinge gingen hinter dieser verschlossenen Tür vor? Sie würde noch vor der Zeit Placentubex kaufen müssen …

Sie klopfte an. »Elliott, Lance möchte zu dir.«

»Der Kerl ist die reinste Landplage. Sag ihm, er soll verschwinden und mich in Ruhe lassen.«

»Ausgeschlossen, Elliott, das kann ich nicht. Ich werde ihm sagen, daß er raufkommen kann.«

Sie ging wieder hinunter. Diese ewig gleiche Tretmühle! Würde sich denn an ihrer Lage nie etwas ändern?

»Vielen Dank«, sagte der Quälgeist und ging nach oben. Seine Lage hatte sich ganz entschieden geändert. Etwas *Unglaubliches* war in sein Leben getreten. Dem war er jetzt auf der Spur. Dem kam er immer näher. Bald würde er an der Quelle sein. Seine Henkelohren, die seine Mutter ihm über Nacht am Kopf festklebte, damit sie besser anlagen, schienen sich jetzt noch weiter nach vorn zu biegen als gewöhnlich und machten all die Hoffnungen seiner Mutter zunichte. Er klopfte.

»Laß mich rein!«

»Hau ab!«

»Ich will den Außerirdischen sehen.«

Er lächelte tiefbefriedigt; denn in dem Zimmer hinter der verschlossenen Tür herrschte plötzlich Grabesstille. Seine Worte hatten ihre Wirkung nicht verfehlt.

Die Tür öffnete sich, und er zwängte sich unaufgefordert hinein. »So, damit ein für allemal Klarheit herrscht: Ich gebe zu, daß ich mich geirrt habe. Ich glaube an Spacemen. Gestern abend habe ich im Wald einen gesehen – zusammen mit euch.«

»Aber ich habe dir doch gesagt, daß das mein Vetter war«, erklärte Elliott.

»Dann hast du abschreckend häßliche Verwandte. Elliott, ich habe ihn doch mit meinen eigenen Augen gesehen.«

»Nein, hast du nicht.«

»Eigentlich liegen mir solche Methoden ja nicht, aber draußen läuft ein Mann herum, der an allen Türen klingelt und eine Menge neugierige Fragen stellt. Er möchte wissen, ob jemandem hier in der Gegend etwas Sonderbares aufgefallen ist. Ich ...«

»Ja?«

»Ich bräuchte ja bloß zu ihm zu gehen und ihm alles zu sagen, was ich weiß. Und ich weiß eine ganze Menge.« Er starrte Elliott eindringlich an. Sein käsiges Gesicht leuchtete. Er war kein schlechter Mensch, aber ein geborener Widerling. Die kreuzten immer gerade dann auf, wenn sich die Leute sowieso schon schlecht genug fühlten, und sorgten dafür, daß es ihnen noch viel schlechter ging. »Ich kann mich aber auch blind und taub stellen. Das liegt ganz bei dir.«

Elliott seufzte. Da wußte Lance, daß er sich geschlagen geben würde. Er begann aufgeregt draufloszuschwatzen. »Wo hast du ihn denn gefunden, Elliott? Weißt du, wo er herkommt und welcher Rasse er angehört? Stammt er aus unserem Sonnensystem? Kann er sprechen? Verfügt er über übernatürliche Kräfte?«

Michael unterbrach ihn. »Wenn du auch nur ein Sterbenswörtchen verrätst, nimmt er dich auseinander, und zwar so gründlich, daß nichts mehr von dir übrigbleibt.«

»Kann er das wirklich? Hat er das schon mal gemacht?«

Elliott trat an den Wandschrank, öffnete ihn und stieg hinein.

Das uralte Monster starrte ihn verwirrt an; denn die Stimme von Lance war ihm vertraut. Diesmal hatte er ihn richtig eingeschätzt und erkannt, daß der Junge ihm gefährlich werden konnte.

»Er ist eine Nervensäge«, meinte Elliott, »aber ich verspreche dir, daß er dir nichts tun wird.«

Der Außerirdische schlug die Hände vors Gesicht und schüttelte den Kopf. Halloween war vorbei. Jetzt konnte er sich nicht mehr so einfach sehen lassen – so wie er aussah.

Die Türglocke rettete ihn. Das Läuten zerrte an Michaels und Elliotts Nerven, so als finge ein Draht plötzlich an zu glühen. Elliott kroch rückwärts wieder aus dem Wandschrank heraus und sah, wie Michael auf Zehenspitzen in den Flur hinausschlich. Auf leisen Sohlen tappte sein älterer Bruder bis zum ersten Teppenabsatz hinunter. Von da aus konnte er sehen, was unten vorging.

Es hatte ausgerechnet in dem Augenblick geklingelt, als Mary sich hinter dem Sofa befand, wo sie einen Riesenvorrat an Papierkügelchen und ein Magazin entdeckte, in dem es vor allem um die Sexpraktiken wollüstiger Raumnymphen ging, wenn sie sich nicht täuschte.

Meine Kleinen, dachte sie traurig, diese unschuldigen kleinen, verlorenen Seelen.

Es läutete so schrill und anhaltend, daß sie diesmal ganz sicher war, daß es kein großer, dunkelhaariger, verführerischer Mann war.

Wieder öffnete sie die Tür.

Der Mann, der draußen stand, war groß, dunkelhaarig und verführerisch.

Aber er mußte verrückt sein.

»… ich gehe Gerüchten nach, wonach noch nicht identifizierte fliegende Objekte gesichtet worden sind …«

Sie starrte auf den Schlüsselring an seinem Gürtel. Wer dieser Mann auch sein mochte, er mußte sehr viele Türen aufzusperren haben. Der Mann wies sich aus und hielt ihr irgendeine Plakette unter die Nase. Aber konnte er die nicht ebensogut einer Packung Cornflakes entnommen haben?

»Tut mir leid«, stammelte sie, »aber ich begreife nicht …«

»Nicht weit von hier ist ein UFO niedergegangen. Wir haben allen Grund zu der Annahme, daß einer von der Besatzung hier zurückgeblieben ist, nachdem das UFO wieder abgehoben hat …«

»Das kann doch nicht Ihr Ernst sein.«

»Doch, das *ist* mein Ernst.« Er sah sie mit einem durchdringenden Blick an.

Was es nicht alles gab! Da war sie nun geschieden, hatte drei Kinder zu versorgen, war völlig frustriert und vereinsamt und überlegte sich, ob sie nicht einen Tanzkurs mitmachen sollte. Da steht eines schönen Tages ein attraktiver Mann vor ihrer Tür, der möglicherweise sogar alleinstehend ist, und sucht nach fliegenden Untertassen. Sie sank förmlich in sich zusammen, zerknüllte das Staubtuch in der Hand und stieß hervor: »Also, ich habe nichts gesehen.« Er starrte sie streng an, sah dann über sie hinweg ins Haus hinein, als wisse er schon eine ganze Menge darüber und auch über sie, als habe er schon einen detaillierten Plan, den er bloß noch auszuführen brauchte. Wenn er versuchen sollte, sich an ihr vorbei ins Haus zu drängen, würde sie ihm eins mit dem Besenstiel überziehen und dann dafür sorgen, daß er wieder zu sich kam. Aber er entschuldigte sich wegen der Störung und ging die Stufen wieder hinab. Kopfschüttelnd sah sie ihm nach und fragte sich, ob er wohl als Kind zu viele Comichefte gelesen hatte. Vielleicht war er auch schwer gestürzt. Da bemerkte sie, daß ein eleganter, dunkler Wagen, offensichtlich ein Regierungsfahrzeug, neben ihm hielt. Der Fahrer legte die Hand an die Mütze, und der Mann stieg zu den anderen Männern auf dem Rücksitz. Er mußte wohl doch in offizieller Mission hiergewesen sein. Die Männer konnten doch nicht alle schwer gestürzt sein.

Sie trat vom Flurfenster zurück und wischte weiter Staub. Vielleicht hatte sie sich ein ganz falsches Bild von dem Besucher gemacht. Vielleicht war das ein ganz ernsthafter Mensch, mit einer ernsten Mission betraut.

Aber sicher, und im Wandschrank sitzt ein Spaceman.

Sie öffnete die Tür des Wandschranks, stellte die Überschuhe ordentlich nebeneinander, ordnete die Mäntel, Hüte und Handschuhe. Der Regenschirm war noch nicht wieder aufgetaucht. Sie wußte genau, daß Michael und Elliott ihn genommen hatten, und sie hoffte nur, daß sie nichts Illegales damit vorhatten.

Michael kam wieder in Elliotts Zimmer zurückgetrabt. »Das war ein Schnüffler. Er hat Mama seine Dienstmarke gezeigt. Er sagt, daß UFOs gesichtet worden sind …«

Lance hüpfte wie eine Feder auf und ab. »Hast du ein UFO gesehen? Dann mußt du der glücklichste Mensch auf der Welt sein. Nein, so ein Glück!«

Elliott fiel ihm ins Wort: »Hat sie ihm irgend etwas gesagt?«

»Nein.«

»Weiß er von dem Sender?«

Wieder hüpfte Lance aufgeregt auf und ab. »*Das* ist es also! Hat er den aus einer anderen Welt mitgebracht? Ist das eine richtige Zukunftsmaschine?«

»Er hat den Sender aus Haarnadeln gebastelt.«

»Aus Haarnadeln?« Das mußte Lance erst einmal verdauen. Doch er war ein Quälgeist und ließ nicht locker. »Versucht er, seinen Planeten zu erreichen? Lieber Himmel, Elliott, ob sie wohl hier landen werden? Wo? Und wann?« Er schien zu spüren, daß er an Boden verlor und wiederholte seine Drohung. »Zeigt mir sofort den Außerdischen, oder ich laufe dem Mann mit der Dienstmarke nach. Ganz im Ernst!«

»Weißt du, was du bist?«

»Ich kann es nicht ändern.«

Elliott wußte, daß alles nichts half und öffnete die Tür zum Wandschrank.

Inzwischen hatte sich das Monster wieder beruhigt und kam heraus, in Gedanken versunken und an einem Keks knabbernd. Es sah den Quälgeist an.

Mit hängenden Armen stand Lance da. Alles Blut war aus seinem Gesicht gewichen, und er war kreideweiß wie amerikanischer Hüttenkäse. In seinem Kopf summte und piepste es. Die gleichen Geräusche hatte er auf seiner Radtour im Mondschein auch schon vernommen. »Vielleicht sterbe ich heute«, flüsterte er ergriffen, »und komme in den Himmel.«

»Kann schon sein«, sagte Michael. »Du wirst jetzt einen heiligen Eid schwören, der mit Blut besiegelt wird.«

»Alles, was du willst«, sagte Lance mit schwacher Stimme. Michael, Elliott und die ganze Welt waren ihm völlig gleichgültig. Das unglaublichste Wesen auf Erden stand vor ihm. »Ich habe … mein Leben lang … von dir geträumt«, stammelte Lance.

Michael packte Lance ungerührt am Handgelenk. »Sprich mir nach: Ich schwöre, daß ich niemals einer Menschenseele verraten werde, was ich heute gesehen habe.«

Michael schnitt sich mit dem Taschenmesser in den Finger und ritzte dann auch Lances Finger ein, bis das Blut hervorquoll. Lance murmelte gehorsam: »Ich schwöre …«

Aus ihren Fingern floß Blut, und Michael drückte sie aufeinander. Verwirrt beobachtete dies der kosmische Reisende. Er hob seinen Finger, der sofort rosa zu leuchten begann.

»Nein«, sagte Elliott, »nicht!«

Aber es war schon zu spät. Der rosa Glanz breitete sich aus und überflutete auch Michael und Lance. Die Schnittwunden an ihren Fingern hörten augenblicklich auf zu bluten, die Haut wuchs wieder zusammen, und die Wunden verheilten, ohne daß die Schnitte eine Spur hinterließen.

Alle in seinem Stab nannten ihn Keys. Natürlich hieß er ganz anders, aber die Schlüssel waren sozusagen sein Markenzeichen. Sie gehörten zu einem ganz gewöhnlich aussehenden Lagerhaus, in dem sich viele außergewöhnliche Räume befanden, und die Schlüssel zu diesen Räumen trug er stets bei sich.

Im Augenblick stand er in einem dieser Räume vor einer Karte, die militärische Operationen vermuten ließ. Es waren konzentrische Kreise auf ihr eingezeichnet, die sich verengten und alle miteinander einen Punkt einkreisten. Ohne den Blick von der Karte zu wenden, sagte er gleichmütig zu seinem Assistenten: »Neulich habe ich im Radio religiöse Fanatiker gehört. Sie sprachen über das Raumschiff, das wir gesichtet haben. Und sie behaupteten, damit hätte sich der Satan offenbart.«

Der Assistent trank schwarzen Kaffee und prüfte die vor ihm liegende Namensliste. Es war eine Liste anerkannter Wissenschaftler: Ärzte, Biologen, Chemiker. »Wenn wir diese Leute hinzuziehen, wächst Ihre Chance, sich lächerlich zu machen, ins Unermeßliche. Darüber sind Sie sich doch wohl im klaren.«

»Es ist an der Zeit, sie hinzuzuziehen«, sagte Keys und starrte immer noch wie gebannt auf den Punkt auf der Karte, an dem alles zusammenzulaufen schien. Mit diesem Punkt war das Haus gekennzeichnet, in dem Mary mit ihren Kindern wohnte.

Keys Assistent sah von der Liste auf. »Aber nehmen wir mal an, die Kinder bilden sich das alles bloß ein. Vielleicht war es nur ein Kinderspiel, was wir da zufällig aufgenommen haben.«

»Das Raumschiff ist an dieser Stelle gelandet.« Keys wies auf einen der äußeren Kreise. »Und hier haben wir ein Gespräch abgehört, in dem die Rede davon war, daß einer von der Crew hier bei uns zurückgeblieben ist.« Er zeigte auf den Punkt, der das Haus kennzeichnete, in dem Elliott wohnte. »Das kann kein Zufall sein. Das liegt zu nah am Landeplatz.«

Keys griff hinter sich und drückte eine Taste des Tonbandgeräts. Da sprach Elliott vom Band:

»... von irgendwoher aus dem Weltraum, Michael, von einem Planeten oder einem Ort, über den wir nichts, aber auch gar nichts wissen. Wir müssen ihm unbedingt helfen ...«

Keys drückte auf die Stoptaste, und es herrschte wieder Ruhe. In der Nacht, in der das Raumschiff gelandet war, war er tief beeindruckt gewesen und hatte sich gefürchtet. Er hatte auf dem Radarschirm gesehen, wie es sich der Erde näherte und hatte seinen Augen nicht getraut. Was für ein erregender Anblick! Da war dieses erstaunliche Kraftpaket plötzlich am Horizont aufgetaucht und hatte sich auf die Erde niedergesenkt. Das Schiff verhielt sich eigentlich nicht anders als erwartet und war schon zuvor gesichtet worden. Aber diesmal hatten sie einen Überraschungsangriff gestartet.

Der Assistent stand vom Schreibtisch auf und trat neben Keys an die Karte. »So«, sagte er und tippte auf die Namensliste, »das sind alle, die Sie haben wollten. Hört sich an wie die Gästeliste eines Banketts anläßlich der Nobelpreisverleihung.«

»Schaffen Sie sie her!«

»Wollen Sie mich bitte einen Augenblick anhören, bevor wir diese hervorragenden Wissenschaftler hinzuziehen? Nehmen wir mal an, das Raumschiff hat tatsächlich ein Mitglied seiner Crew zurückgelassen, so ist es doch sehr unwahrscheinlich, daß es sich im *Hause* irgendwelcher Leute verborgen hält.«

»Wieso denn?«

»Weil es ein ganz *fremdartiges Geschöpf* ist. Es würde sich wahrscheinlich nach Art der Guerillas in den Hügeln verstecken.« Der Assistent zeigte auf das Gebiet, das dem Wesen eventuell Schutz bieten konnte. »Glauben Sie denn, die haben keine Ahnung von Überlebenstraining? Sie werden doch wohl nicht annehmen, daß die Besatzung des Raumschiffes nicht mit einer solchen Möglichkeit gerechnet hat. Da unterschätzen Sie deren Intelligenz aber ganz gewaltig. Die werden auch ihren Geheimdienst haben und auf alle Eventualitäten vorbereitet sein.«

»Wir haben sie sozusagen mit runtergelassenen Hosen aufgespürt, auf frischer Tat ertappt«, sagte Keys ganz ruhig.

»Mag sein. Aber würden Sie, wenn Sie ein so fremdartiges Geschöpf wären, vielleicht von Tür zu Tür gehen und Einlaß begehren?«

»Er befindet sich in diesem Haus«, beharrte Keys auf seinem Standpunkt.

»Davon sollten wir uns lieber erst einmal selbst überzeugen, bevor wir alle diese Leute herbeizitieren.« Wieder tippte der Assistent auf die Namensliste. »Wenn diese Koryphäen herkommen, wird es hier zugehen wie auf dem Jahrmarkt. Ein schrecklicher Zirkus. Dann wird auch schnell was durchsickern, und wir brauchen uns nicht mehr einzubilden, daß wir die Sache noch länger geheimhalten können. Und wenn Sie sich geirrt haben, wenn in diesem Haus tatsächlich nur ein paar Kinder wohnen, die einen Tick haben und von einer Invasion aus dem Weltraum träumen, dann sind Sie Ihren Job los. Weil Sie dann ungefähr zehn Millionen Dollar für die Jagd nach einem Phantom verpulvert haben werden. Denken Sie doch mal an die Sparmaßnahmen der Regierung. Wir dürfen den Bogen nicht überspannen und müssen uns einschränken.«

Ungerührt zeigte Keys auf die Namensliste. »Schaffen Sie diese Leute herbei!«

Der Assistent seufzte. »Wenn Sie nicht recht behalten, können wir uns beide darauf gefaßt machen, daß wir in Zukunft Beweise für den Scheidungsrichter sammeln müssen. Dann können wir als sogenannte Privatdetektive in irgendwelchen Motels herumschnüffeln, um Ehebrecher auf frischer Tat zu ertappen ...« Er wollte sich abwenden, überlegte es sich dann aber doch anders und zeigte auf den äußeren Kreis auf der Karte, der die Wälder und Hügel umfaßte. »Wenn sich der Gesuchte überhaupt irgendwo in der Gegend aufhält, dann ganz bestimmt da oben in den Hügeln, wo er ein sehr genügsames Leben führt.«

»Sicher eine Art Robinson Crusoe.«

»Genau das. Er sitzt mit Sicherheit nicht bei irgendwelchen Leuten und trinkt einen Milchshake.« Der Außerirdische saß in der Küche und schlürfte einen Milchshake durch einen Strohhalm. Er hielt den Strohhalm für eine der großartigsten Erfindungen auf Erden; denn er erleichterte das Trinken kolossal.

»Na, macht's Spaß, E. T.?« fragte Elliott, der ihm am Tisch gegenübersaß.

Da nickte das fremdartige Geschöpf von einem anderen Stern und blies so stark in den Strohhalm, daß Blasen im Glas aufstiegen.

Die Leute auf der Liste wurden zusammengerufen. Sie kamen von überall her: Spezialisten, Fachleute, die genauestens überprüft worden waren, bis feststand, daß sie absolut zuverlässig waren. Dann hatte man sie aufgefordert, sich vertraglich für eine höchst sonderbare Aufgabe zu verpflichten. Sie folgten dieser Aufforderung. Manche amüsiert, andere zähneknirschend. Doch noch waren sie nicht zu besagter Sonderaufgabe abkommandiert worden, sondern sie waren bisher zur Untätigkeit verdammt gewesen. Sie rechneten fast schon nicht mehr damit, ihre Fachkenntnisse je an den Mann bringen zu können. Daher hörte jeder einzelne von ihnen erstaunt auf die Stimme am anderen Ende der Leitung als sie reihum angerufen wurden. Und jeder der Wissenschaftler legte schweigend und nachdenklich den Hörer wieder auf die Gabel. Jeder einzelne begann sich nach einer Weile zu fragen, ob er verrückt geworden war oder ob die Regierung den Verstand verloren hatte.

Der in der Nähe des Landeplatzes versteckte Sender schickte unentwegt Signale in den Weltraum hinauf. Niemand hatte ihn patentieren lassen, er war nicht zugelassen und sah aus, als stammte er von einer Müllhalde. Aber als Elliott sich dem Sender näherte, spürte er, welche Kraft und Energie von ihm ausging. Er mußte sich eingestehen, daß dieses aus den unterschiedlichsten Einzelteilen zusammengesetzte Gerät Sonderklasse war.

Die Nacht war hereingebrochen, und er war ganz allein mit dem Ding. Im Gras klickte leise das ›Sperrad‹ – wie eine Grille, die nach ihren Artgenossen rief.

Elliott legte sich ins Gras und blickte in den sternenübersäten Himmel. Lange Zeit lag er so da, dieser rauhbeinige kleine Nichtsnutz, der nur Dummheiten im Kopf hatte. Nun begeisterte ihn der Glanz der Sterne. Manchmal schien sich der Mond zu öffnen und goldfarbenes Licht über den Himmel zu breiten. Dann verband ein schimmernder Schleier die Sterne miteinander. Eine sanfte Stimme sagte ein unverständliches Wort – oder war das nur der Wind?

Er lauschte dem Signal, das der Sender ausstrahlte, dem Code, der sein Fassungsvermögen überstieg, der ihn aber trotzdem ganz und gar durchdrang. In dem umgedrehten, weit geöffneten Regenschirm spiegelte sich das Mondlicht und nahm ihn gefangen.

Er spürte, daß Mary sich zu fragen begann, wo er wohl steckte und was er so spät noch draußen tat. Eine innere

Stimme sagte es ihm. Aber er ignorierte diese Mahnung, schaltete einfach ab und breitete die Arme aus. Die Lichtschleier der Sterne mit ihren subtilen Strömungen verfehlten ihre Wirkung auf ihn nicht. Ihr lieblicher Glanz bewegte ihn zutiefst. Er war wie hypnotisiert. Stundenlang lag er so da, gefangengenommen von Kräften, denen er sich nicht widersetzen konnte. Kräften, von denen er eigentlich nichts hätte ahnen dürfen.

Elliott erschauerte, aber nicht weil er fror. Das bewirkten allein die Gefühle und Empfindungen, die ihn durchdrangen. Die unendliche kosmische Einsamkeit durchströmte ihn bis ins Mark seiner Erdenknochen. Stöhnend lag er im Gras, erdrückt von der schweren Last; denn Erdlinge waren dem Hunger der Sterne noch nicht gewachsen. Das flüsterte ihm die Stimme zu, und sein jugendlicher Geist war aufnahmefähig wie nie zuvor.

In Keys Büro waren Fotos an die Wand geheftet, deren Bildunterschriften besagten, daß die Abzüge Eigentum der Air Force waren. Auf einigen sah man nur Lichtflecken, die sich horizontal oder vertikal über den Himmel bewegten. Andere wiederum waren so klar und deutlich, daß man dem Phänomen Glauben schenken konnte. Die Fotos waren bei Aufklärungsflügen von Piloten der Air Force gemacht worden, die kaum zu Halluzinationen neigten oder für irgendwelchen Hokuspokus in der Dunkelkammer etwas übrig hatten.

Auf Keys' Schreibtisch lag ein Gipsabguß vom Fußabdruck des Außerirdischen, den man vom weichen Waldboden am Landeplatz abgenommen hatte, sowie eine Aktenmappe mit einer ausführlichen Analyse der Brennstoffrückstände des Raumschiffes.

Keys war also kein betrunkener Mondsüchtiger. Auch

kein frustrierter Hanswurst oder berufsmäßiger Possenreißer. Er war ein relativ gutbezahlter Angestellter der Regierung. Er telefonierte im Augenblick mit einem Vorgesetzten, dem er versicherte, daß sich schon sehr bald erweisen würde, daß die Dienststelle, der er vorstand, ihr Geld wert war.

»Wir brauchen ein paar Tage länger … nein, das ist unvermeidlich. Damit befolgen wir ja nur die ursprünglichen Anordnungen, die besagen, daß das Exemplar unbedingt lebend eingefangen werden soll …«

Keys lauschte, nickte, trommelte mit den Fingern auf die Schreibtischplatte und ließ eine weitere Zusicherung vom Stapel. »Das ganze Gebiet ist abgeriegelt und steht unter ständiger Beobachtung. Niemand und nichts kommt jetzt mehr an uns vorbei. Ja, sehr gut …«

Immer noch an ihren Planeten gebunden, verkraften Erdlinge die Schmerzen der allumfassenden Liebe des ganzen Universums nicht. Dies sagte die goldene Flüsterstimme, die aus der unendlichen Weite zu ihm drang.

Elliott starrte in den Nachthimmel hinauf und ihm war, als wollte er aus seinem Körper in den lieblichen, lockenden Glanz hinaustreten. Doch der Glanz ist trügerisch und enthüllt seine Geheimnisse den Menschen noch nicht. Und das ist sehr weise. Der Junge wälzte sich im Gras, als kühler Sternenglanz seinen Körper wie eisiges Feuer durchdrang. Die Botschaft schoß bis in sein Innerstes. Eine Botschaft, die für höher entwickelte Wesen gedacht war. Für Geschöpfe, deren Wesen so beschaffen war, daß sie einen Stern lieben konnten, und dafür von der überwältigenden Kraft der Sonne bedacht und wiedergeliebt wurden.

Die Sphärenmusik drohte ihn zu verschlingen. Sie riß seine armselige kleine Erdenseele an sich und erfüllte sie ganz mit der Ekstase des Kosmos, vor der Erdlinge üblicherweise schon durch ihre Geburt geschützt sind. Ihr Wesen schirmt sie dagegen ab.

Ein Schluchzen stieg in Elliotts Kehle auf. Doch er unterdrückte es krampfhaft. Er sprang auf und stolperte wie benommen auf sein Fahrrad zu. Er ertrug es nicht, verkraftete die Bilder nicht mehr, die ihn überfluteten, jenseits von Zeit und Raum, unerträglich und undenkbar.

Die Speichenreflektoren drehten sich, als er in die Pedale trat, kleine Monde zu seinen Füßen – rund, rund, rundherum. Er jagte die Straße hinunter und zitterte am ganzen Leibe.

Er legte den Hörer auf. Es war Nacht geworden. Er spürte die Ruhe vor dem Sturm, der dicht bevorstand. Er schlürfte seinen Kaffee. Wenn er sich geirrt hatte und sich alles in Luft auflöste, war er seinen Job los, das stand fest. Aber die Zeit bis zu dem Augenblick, da sich alles aufklärte, wollte er um nichts in der Welt missen.

Die Tür ging auf, und sein Assistent trat ein. »Das Quarantänezelt, in dem auch Maßnahmen gegen radioaktive Verseuchung getroffen werden, ist riesig. Es wird den ganzen Gebäudekomplex verdecken.«

»Na und?«

»Haben Sie schon mal ein Plastikzelt von der Größe eines Hauses gesehen, aus dem Rohre und Leitungen rausspießen? Das ist der merkwürdigste Anblick weit und breit, und Sie können sicher sein, daß bald eine Million Leute hier aufkreuzen wird.«

»Die kommen hier nicht durch. Alles ist abgeriegelt.«

Keys' Assistent betrachtete den Gipsabdruck vom Fußabdruck des Außerirdischen. »Warum machen wir das nicht einfach allein? Packen den Spaceman und verschwinden? In einer Operation geringeren Ausmaßes?«

»Wenn ich es auch lieber so machen würde«, meinte Keys ungerührt, »so wollen *sie* es doch anders.« Er wies auf das Telefon.

»Sicher, die Sache liegt natürlich im öffentlichen Interesse, die Publicity kommt ihnen zugute, wenn der Spaceman tatsächlich aufgespürt wird. Aber wenn nicht – wenn wir mit diesem Riesenapparat, der Ihnen jetzt zur Verfügung steht, die Nachbarschaft stürmen«, er wies auf einen neuhinzugekommenen Stapel von Papieren, »so wird das bei vielen Leuten ein Trauma auslösen. Die verklagen dann die Regierung. Vergessen Sie das nicht!« Damit wandte er sich ab und ging.

Keys war sich natürlich auch über diesen Aspekt im klaren. Doch er versuchte, den Gedanken daran zu verdrängen. Er wußte schließlich, daß sich der Spaceman hier irgendwo versteckt hielt. Er zündete sich eine Zigarette an, blies den Rauch zur Decke empor und warf das abgebrannte Streichholz auf den Fußabdruck des Außerirdischen, oder vielmehr auf den Gipsabdruck auf seinem Schreibtisch.

Ganze Kolonnen von Regierungsfahrzeugen kamen angerollt. Ein gewisses Lagerhaus öffnete seine Tore und uniformierte Begleiter schafften Apparaturen, Gerätschaften und Ausrüstungsteile in die tiefen, geräumigen Lagerhallen.

Keys überprüfte alles an Ort und Stelle und wies die Leute ein, die Ausrüstung aufzubauen und zu montieren, das Ganze betriebsfertig zu machen. Bald sah es dort wie in einem Militärkrankenhaus aus.

Der Außerirdische öffnete die Tür des Wandschranks und Elliott kam hereingestolpert. Er sank auf die Kissen nieder.

Die Augen des Jungen waren geschwollen, seine Lippen formten zitternd Sternenworte, doch er konnte sie nicht aussprechen. Er schluchzte vor sich hin, und sein uralter Gast sah ihn voller Mitgefühl an. Das Geschöpf aus dem Weltraum berührte Elliotts Stirn und augenblicklich verließ die gesammelte Kraft der Galaxien, die auf den Jungen eingewirkt hatte, Elliotts Kopf. Sie entschwand wirbelnd, um wieder zu den Bewohnern des Weltraums zurückzukehren, die diese Kraft ertragen konnten. Elliott sank in sich zusammen. Ein tiefer Seufzer entrang sich ihm. Schon nach wenigen Minuten war er eingeschlafen, eingehüllt in einen Kokon, den die Sterne nicht durchdringen konnten. Er war so vor ihnen geschützt.

Der alte Weltraumreisende blickte auf das schlafende Kind hinunter, und ein bittersüßes Gefühl bemächtigte sich seiner. Er war von Schmerzen und einer Freude durchdrungen, die er sich nicht erklären konnte. Doch schließlich wußte er es: Er liebte dieses Kind.

Ich bin sein Ratgeber, sein Beschützer, doch wohin habe ich ihn geführt? In den dunklen Wahnsinn der Nacht. Und was habe ich ihn gelehrt?

Im Eisenwarenladen für mich zu stehlen.

Aber Elliott – wieder legte er seine Hand auf die Stirn des Jungen –, mein Herzlicht leuchtet deinetwegen jetzt heller. Du bist *mein* Lehrer, mein Beschützer und Vorbild. Hat man schon je von so einem Kind gehört?

So selbstlos und diensteifrig!

Möge jeder einzelne Stern dich sanft mit Erkenntnis segnen, die du aufnehmen, brauchen und begreifen kannst.

Er machte dem sanften Licht des Mondes und dem Glanz der Sterne Zeichen und lenkte dann den Himmelsschein auf Elliotts schlafende Gestalt herab.

Ein Schnüffeln am Türspalt verriet ihm, daß Harvey, der Hund, gekommen war, um ihn zu ihrem gemeinsamen allnächtlichen Streifzug abzuholen. Der Außerirdische öffnete die Tür, und Harvey zwängte sich herein. Doch er fühlte sich immer noch nicht sicher. Er beschnupperte den schlafenden Elliott, drehte sich mehrmals auf einem Kissen im Kreis und setzte sich schließlich vor dem Außerirdischen nieder.

E. T. starrte ihn an, und der Hund erwiderte seinen Blick irgendwie hinterhältig. Doch ihre Blicke verschmolzen bald. Schon hing Harvey die Zunge aus dem Maul, sein eines Ohr rollte sich ein und im Geist erschien vor seinem Hundeauge der Große Kosmische Knochen, der in der Suppe des Weltalls schwamm. Da leckte er sich das Maul und ließ ein leises Jaulen ertönen.

Und der Außerirdische lehrte ihn mit Hilfe von Licht-Telestrahlen – nun Geist von seinem Geist –, was ein Hund wissen muß, der den Mond anheult.

Mary stand vor dem Aktenschrank und blätterte in Schnellheftern herum. Obwohl es erst elf Uhr war, konnte sie sich kaum noch auf den Beinen halten, und ihre Füße schmerzten entsetzlich. Auf dem Schreibtisch lag ein ganzer Stapel von Papieren, die sie noch abzulegen hatte. Am liebsten hätte sie sie in den Luftschacht gestopft und mit den beschriebenen Blättern einen Wirbelsturm entfacht.

»Wenn Sie Zeit haben, Mary, bringen Sie diese Vorschläge doch bitte in die Verkaufsabteilung hinunter.«

Wenn ich Zeit habe? Sie sah ihren Arbeitgeber an. Er war ein Hornochse, ein Tyrann, ein Sadist und ein Dummkopf. Trotzdem hätte sie ihn vom Fleck weg geheiratet, wenn er frei gewesen wäre. Sie wollte sich endlich einmal hinsetzen und ausruhen.

»Gut, Mr. Crowder, ich bringe die Sachen runter, sobald ich dazu – komme.«

»Vielleicht könnten Sie dann auch gleich ...«

»Aber gern.«

Verwirrt runzelte Mr. Crowder die Stirn. »Ich habe Ihnen ja noch gar nicht gesagt, was ich meine.«

»Tut mir leid, Mr. Crowder. Ich hatte den Eindruck, der Aktenschrank könnte jeden Augenblick umkippen. Das kommt gelegentlich vor.«

»Tatsächlich?«

»Ja, wenn Sie alle Schubladen gleichzeitig öffnen.«

Crowder starrte den Aktenschrank an und war vorübergehend abgelenkt. Sie fragte sich zum wiederholten Mal, wie er, ohne irgendwelche Qualifikationen zu haben, in diese hohe Stellung hatte aufsteigen können. Noch häufiger aber stellte sie sich die Frage, wie sie sich in ihrer Stellung behaupten konnte, ohne den Verstand zu verlieren. Immer wieder überlegte sie sich, ob sie nicht einfach alles hinschmeißen sollte. Vielleicht würde sie das heute noch tun und dann in einer Tankstelle arbeiten. Automechaniker hatten meistens Sinn für Humor, besonders wenn sie an ihrem Wagen herumbastelten.

»Wenn man alle Schubladen gleichzeitig aufzieht?« fragte Crowder und untersuchte den Aktenschrank.

»Ich würde Ihnen nicht raten, das auszuprobieren.«

»Aber dann sollten wir den Aktenschrank wohl besser irgendwie festdübeln, meinen Sie nicht auch?«

»Vielleicht.« Es wäre viel gescheiter, Mr. Crowder an die Wand zu nageln und als Pinnwand zu benutzen, dachte Mary.

»Ich werde den Wartungsleuten Bescheid sagen.« Crowder ging. Nun würde er bis zur Mittagspause beschäftigt sein und sie nicht mehr behelligen. Mary saß während der Pause auf einer Bank im Park, aß ein Sandwich und massierte ihre schmerzenden Füße. Neben ihr saß eine ältere Frau, die sich mit jemandem in ihrer Einkaufstasche unterhielt. Mary sah sie von der Seite her an. Wahrscheinlich hatte sie zu lange in der Registratur gearbeitet. So werde ich auch einmal enden, dachte sie. Ich werde mich mit meiner Einkaufstasche unterhalten, als gäbe es nichts Wichtigeres auf der Welt. Sie streckte die Beine aus und seufzte. Wenn doch nur der Richtige endlich kommen und sie erlösen wollte. Sie schloß die Augen und versuchte sich das vorzustellen. Aber immer wieder tauchte vor ihrem geistigen Auge ein Wesen auf, das nicht größer war als ein Schirmständer und mit einer Tafel Schokolade auf sie zugewatschelt kam.

»Geschäftlich unterwegs, habe ich recht?« fragte der Mitreisende in zehntausend Metern Höhe.

»Hm, ja«, erwiderte der Mikrobiologe, »ein Kongreß ...«

Elliott schleuderte seine Bücher in sein Schließfach im Kellergeschoß der Schule. Einzelne Seiten fielen heraus, und Notizen flatterten überall herum. Niedergeschlagen betrachtete er dieses Durcheinander. Er wollte sich ja Mühe geben und lernen. Aber die Schule hatte so gar nichts Erhebendes an sich, wie zum Beispiel der strahlende Glanz der Sterne – sie erinnerte ihn vielmehr an zähen Schlamm, in dem es kein Vorwärtskommen gab. Er schlug das Schließfach wieder zu und ging den Gang entlang. Die grauen Wände des Schulhauses waren so aufmunternd wie Gefängnismauern. Zu allem Unglück kam auch noch Lance, die Landplage des Jahres, auf ihn zu.

Er hatte einen ›*Time* Magazine‹-Spiegel mitgebracht. Den hielt er Elliott vors Gesicht, so daß es aussah, als befände er sich auf der Titelseite von ›*Time*‹. »Der Junge des Jahres: Intimus von Königen, Präsidenten – und dem Außerirdischen.« Er hielt den Spiegel so, daß auch er selbst nun darin zu sehen war.

»Natürlich wird da auch noch jemand anderes neben dir stehen. Wir wissen schon wer, nicht wahr? Jemand mit rosiger Gesichtsfarbe und blauen Augen.«

Solche Geschmacklosigkeiten waren ganz typisch für einen Quälgeist wie Lance und hatten auch die gewünschte Wirkung. Elliott bekam eine Gänsehaut und hatte nicht übel Lust, Lance einen gewaltigen Tritt in den Hintern zu versetzen. Dieser lächelte. Endlich galt er einmal etwas. Man mußte mit ihm rechnen. Wäre er erst einmal auf dem Titelbild von Time, so würde er geradewegs aus der fünften Klasse bis in die Raumfahrtbehörde avancieren, um dort eine Beratertätigkeit für den Umgang mit Außerirdischen auszuüben. Warum brummte ihm sonst in letzter Zeit ständig der Schädel? Er war eine Art wandelnder Nachrichtenzentrale.

»Er spricht mit mir, Elliott, die ganze Zeit. Er mag mich.«

»Ich frage mich, weshalb.«

»Er spürt eben, daß ich ihm nützlich sein kann. Elliott ...« Lance packte Elliott am Ärmel. »Ist dir überhaupt klar, daß wir im Augenblick die wichtigsten Leute hier in der Schule sind? Weil wir mit ihm *in Verbindung* stehen.« Lance kniff seine Schlitzaugen zusammen, so daß man fast nichts mehr von seinen Augen sah. Er ähnelte einem Flughörnchen bei Tageslicht. Als Lance sie wieder öffnete, und Elliott in diese wässrigen Kulleraugen blickte, mußte er zugeben, daß er den Glanz des Außerirdischen darin sah. Deshalb konnte er Lance auch nicht in den Hintern treten, so gern er das auch getan hätte.

»Ja, Lance, hast recht. Wahrhaftig, wir stehen mit ihm in Verbindung. So, jetzt muß ich aber weiter ...«

Er eilte davon, und auch Lance ging seiner Wege. In beiden summte und schwirrte es, in Elliott noch viel stärker als in Lance, doch es war kein glückbringendes Summen. Die kosmische Einsamkeit war durch die Außenmauern der Schule gedrungen und wie eine Welle über ihn hereingebrochen. Es war nicht weiter schwierig, ihren Weg bis an den Ausgangspunkt zurückzuverfolgen. Man brauchte nur durch die Mauern des Schulhauses, dann durch die Stadt und nach rechts zu den Hügeln hinauf bis zu einer kleinen Ansammlung von Häusern zu gehen. In einem davon saß oben im

Wandschrank ein älterer Weltraumreisender mit seiner Geranie und war furchtbar verzweifelt.

»Außerirdisch ...«, murmelte der Mikrobiologe, während er durch den Flur zum Besprechungsraum geleitet wurde. Er wandte sich an einen Kollegen, der im Gleichschritt neben ihm herging. »Ich bedaure jetzt, mich für diese verdammte Sonderaufgabe verpflichtet zu haben. Stände ich bloß nicht auf der Liste!«

»Na ja«, meinte der andere Wissenschaftler, »ich war einfach urlaubsreif.«

»Der Regierung sind doch wohl noch andere Mittel und Wege bekannt, wie man seine Zeit totschlagen kann«, meinte der Mikrobiologe ironisch.

Sie betraten den Konferenzraum, wo schon andere Wissenschaftler, Militärs und Mediziner, in Rauchschwaden gehüllt, um den großen Tisch herumsaßen. Ein wirres Gemurmel schlug ihnen entgegen. Das leise Klirren von Schlüsseln kündete den Teamleiter an. Er ging zum Kopfende des Tisches, und alle schwiegen augenblicklich.

»Meine Damen und Herren, wir wollen Sie gar nicht lange aufhalten. Ich weiß ja, daß Sie von der Reise müde sind und morgen schon vor Tagesanbruch aufstehen müssen. Die Quarantänevorkehrungen, die hier getroffen werden, sind sorgfältig durchdacht und erfordern eine lange Vorbereitungszeit ...«

Was für ein Mensch war dieser Keys, der so ruhig wirkte, obwohl die Ereignisse sich immer schneller entwickelten.

Schon als Kind hatte er oftmals einen merkwürdigen Traum gehabt: Ein Raumschiff würde auf der Erde landen und ihn allein zum Mitwisser von zukunftsweisenden Erkenntnissen machen. Seine Aufgabe würde es dann sein, der Menschheit diese Kenntnisse zu vermitteln.

Aber nur selten werden Kindheitsträume wahr. Doch Keys fühlte sich durch diesen immer wiederkehrenden Traum verpflichtet, nur noch die Überwachung des Firmaments vorzunehmen. Er wurde einer von denen, die einem seltsamen Phantom nachjagen: einem aufblitzenden Licht am Himmel, einem Nebelschleier am Horizont oder einem unerklärlichen Objekt auf dem Radarschirm.

Mit der Zeit fühlte sich Keys in der Wüste ebenso zu Hause wie auf den Gipfeln der Berge, auf denen er monatelang gewesen war. Über sich den Glanz der Sterne, zwischen denen das Mysterium unendlich weit entfernt dahinsegelte.

Aber wie jeder unermüdliche Jäger erkannte auch Keys allmählich, daß den Bewegungen seiner Beute ein gewisses System zugrundelag, und diese Beute war ihm in jeder Hinsicht weit voraus. Er fuhr im Jeep durch die Gegend, während der Lichtpunkt am Himmel über unbegrenzte Kraft verfügte. Er mußte sich mit der auf Erden bekannten Technologie zufriedengeben, während sich das Himmelsfahrzeug mit übermenschlicher Grazie fortbewegte. Aber die Macht der Gewohnheit schien auch dort oben Freunde zu haben. Keys entdeckte nämlich, daß auch der himmlische Captain eine bestimmte Angewohnheit hatte, und die hatte mit dem Blühen und Vergehen der Erdflora zu tun.

Allmählich erkannte Keys die sonderbare Tatsache, daß das große Raumschiff immer dann die Erde ansteuerte, wenn alles grünte und blühte. Keys stellte sich also darauf ein und handelte. Der Beweis dafür war ein Foto des Raumschiffes in Großaufnahme, das in seinem Büro hing. Es zeigte, wie es von den Hügeln hinter Elliotts Haus abhob.

In dem Riesengebäude war schon allerhand los, als weitere Fachleute und Techniker mit ihren Mitarbeitern eintrafen. Es war eine Falle, die sich langsam schloß – in Keys' Augen viel zu langsam. Aber alles mußte arrangiert und an Ort und Stelle sein, damit die Trophäe nicht zu Schaden kam.

In dem weitläufigen Gebäude befanden sich sämtliche verfügbare Apparaturen und Einrichtungen zur Lebensrettung; denn ein toter Raumfahrer war nicht viel wert. Der Preis war eine *lebende* Trophäe. Und Keys hatte alle Vorkehrungen getroffen, damit der Außerirdische am Leben blieb. Sollte der Fremdling durch seinen unfreiwillig verlängerten Aufenthalt auf diesem ihm völlig fremden Planeten einen Schock erlitten haben, Keys hatte für Hilfe gesorgt. In seinem Lagerhaus befand sich alles, was die medizinische Forschung bisher hervorgebracht hatte. Dem gestrandeten Mitglied dieser fremden Crew würde alles zur Verfügung stehen, was die Erde zu bieten hatte.

Keys hatte jedoch nicht bedacht, daß zuviel Fachwissen auch gewisse Gefahren in sich barg und daß ein kleiner Spaceman, der von m & m Dragees lebte, nicht intravenös ernährt zu werden brauchte und bei ihm auch keine Organverpflanzung nötig war. Aber Keys konnte nicht anders. Er mußte die Maschen des Netzes immer enger ziehen. Er hatte es ausgeworfen, und jeder Knoten darin war ein Experte. Mit diesem ungeheuren Apparat hätte er notfalls ein totes erfrorenes Mastodon wieder zum Leben erwecken, natürlich auch jedes Organ und jede Zelle verjüngen können.

»Ich will den Spaceman lebend!« lautete daher der Befehl an seine Kollegen und Mitarbeiter.

Schon war eine furchterregende Anzahl von Apparaturen installiert worden. Wenn alle Testdrähte und Leitungen, die jetzt anschlußbereit herabbaumelten, am Körper des Außerirdischen befestigt würden, so würde dieser wie ein Telefonklappenschrank aussehen. Alle Menschen im Lagerhaus wünschten sich nichts sehnlicher, als mit dem Geschöpf in Berührung zu kommen, von dem sie schon gehört hatten. Wem ginge es nicht ebenso?

Keys' gigantisches Netz war elektrifiziert und leuchtete hell. Mit seiner Hilfe sollte ein Geschöpf eingefangen werden, das nur einen Meter groß war und sich in einem Wandschrank versteckt hielt. Das arme Geschöpf ahnte, was ihm blühte.

Die Geranie welkte kraftlos dahin. Auch der Außerirdische wußte um seine hoffnungslose Lage und ließ den Kopf hängen. Er hielt die Hände wie welke Blätter im Schoß gefaltet. Das Vertrauen in seinen selbstgebauten Sender war dahin. Seit Wochen funkte dieser jetzt schon Signale in den Äther, doch aus dem Weltall war ihm noch keine Antwort gegeben worden. Das gewaltige Raumschiff entfernte sich mit großer Geschwindigkeit immer weiter von der Erde, die Crew war unerreichbar.

»Meister, ich sterbe«, flüsterte die Geranie mit schwacher Stimme. Doch der alte Botaniker konnte ihr nicht helfen. Die Pflanze übernahm seine Gefühle, über die er keine Macht hatte. Kosmische Einsamkeit erfüllte ihn bis ins Mark, durchdrang ihn ganz und gar. Das Monster stützte sich auf die Muppet-Figur, stieß sich ab und blickte aus dem kleinen Fenster. Es blickte zum Himmel auf und tastete sich wie mit einem Teleskop durch das Blau. Keine Spur von dem Raumschiff, kein Strahlenkranz von Energie, nicht einmal ein Dunstschleier. Nur ein Flugzeug flog vorüber und zog ein Transparent hinter sich her, auf dem für ein Einkaufszentrum geworben wurde. Am Nachmittag würden die Kunden als besondere Attraktion zwei Orang Utans vorfinden.

Er wandte sich ab. Bald würde auch er als besondere Attraktion von vielen begafft werden. Ausgestopft, lackiert und hinter Glas. Vielleicht würde man ein paar haltbargemachte Kekse neben ihn legen, um zu zeigen, wovon er gelebt hatte.

Er öffnete die Wandschranktür und trat in Elliotts Zimmer. Erschöpft bahnte er sich seinen Weg durch die überall herumliegenden Berge von Krimskrams. Tieftraurig trat er in den Flur hinaus. Er ging die Treppe hinunter, und seine mit Schwimmhäuten ausgestatteten Entenfüße platschten über den Läufer.

Dann stand er unten in der Diele und war ganz durchdrungen von dem pulsierenden Leben im Hause. Obwohl es hier mehr als chaotisch zuging, hatte er sich doch immer sehr wohl gefühlt. Er hätte viel darum gegeben, alle im Hause reich machen und ihre Träume erfüllen zu können, aber dazu war er nicht imstande. Er hätte höchstens die Möbel durch die Luft schweben lassen können. Doch wozu sollte das gut sein? Dadurch würde es nur erschwert, sich auf einen Stuhl zu setzen.

Er schlurfte durch die Diele, kaum größer als der Schirmständer. Natürlich hatte er deswegen Komplexe, aber bei all seinen anderen Sorgen fiel das kaum noch ins Gewicht.

Er ging in die Küche und öffnete die Kühlschranktür. Was konnte ein Außerirdischer heute zu sich nehmen?

Merkwürdigerweise hatte er Appetit auf Schweizer Käse.

»Muh«, sagte der Käse.

»Muh«, erwiderte er uralte Gast höflich und machte sich ein Käsebrot mit Senf.

Was trinke ich denn nun dazu, fragte er sich, und entschied sich schließlich für eine helle Flasche.

Er setzte sich an den Küchentisch und aß und trank.

Seine Zunge analysierte schnell, woraus das Getränk bestand: Gerste, Malz, Hopfen, Reis- und Maisrückstände. Sicher völlig harmlos.

Er kippte es hinunter, und da es ihm ausgezeichnet mundete, genehmigte er sich noch eine Flasche.

Die Sonne zeichnete fröhliche Muster auf den Küchentisch, ihre Strahlen tanzten auf und ab. Er sah erstaunt aus dem Fenster. Sie schien sich zu drehen – erst nach links und dann nach rechts. Wirklich sonderbar.

Er öffnete noch eine Flasche dieses angenehmen Getränks. Ohne sie abzusetzen, ließ er es sich durch die Kehle rinnen. Das leise, gurgelnde Geräusch, das dabei entstand, amüsierte ihn. Als er sich danach erhob, mußte er feststellen, daß er nicht mehr laufen konnte.

Jetzt ist es soweit, sagte er sich und hielt sich an der Tischkante fest. Die Anziehungskraft der Erde macht sich bemerkbar. Ich kann mich kaum noch von der Stelle rühren. – Die Beine gaben unter ihm nach. Das hatte er schon seit langem befürchtet. Der Druck war für seinen Körperbau zu stark geworden. Seine Füße bewegten sich in entgegengesetzte Richtungen, seine Knöchel fühlten sich an wie Pudding. Er fiel gegen den Herd, fuhr zurück und stieß unsanft an die Tür. Seine Hände fuhren ziellos in der Luft herum, als gehörten sie nicht zu ihm. Die Handgelenke waren offensichtlich auch schon im Stadium der Auflösung. Er schwankte ins Wohnzimmer. Sein Bauch schien noch schwerer als sonst über den Teppich zu schleifen. Er wünschte sich Räder unter seinen Bauch, auf jede Seite eins und natürlich mit Speichenreflektoren.

Er stellte den Fernseher an.

»… strecke die Hand aus«, sang eine Stimme, *»… strecke die Hand aus und berühre jemanden!«*

Verständnislos starrte er auf den Bildschirm, und seine Augenlider flatterten.

Da läutete das Telefon. Er streckte seine Hand danach aus, wie er es bei Elliott gesehen hatte, und nahm den Hörer ab. Aus dem Apparat drang die Stimme einer Frau an sein Ohr, die ihn entfernt an Marys Stimme erinnerte. Doch klang sie bei weitem nicht so angenehm, sondern irgendwie älter, keifend und nicht ganz bei Trost.

»Hallo, Mary? Ich habe eigentlich gar keine Zeit, ich wollte dir nur schnell dieses Rezept durchgeben. Du wirst begeistert sein. Da sind nämlich Sachen drin, von denen du viel mehr zu dir nehmen solltest. Du ernährst dich ja völlig falsch …«

»… strecke die Hand aus«, ertönte es aus dem Fernseher, *»strecke die Hand aus und sag' guten Tag!«*

»Sag' guten Tag«, murmelte der betrunkene Spaceman.

»Elliott? Ist das mein kleines Engelchen? Bist du schon so früh aus der Schule zurück? Du bist doch nicht etwa krank? Hier ist deine Oma, Liebchen.«

»Buchstabiere Mechaniker!«

»Leg' dich schnell wieder hin. Elliott. Bitte geh' wieder ins Bett. Sag' deiner Mutter, sie soll mich anrufen.«

»Soll mich anrufen.«

»Gute Besserung, Schätzchen. Deck' dich schön warm zu.« Die zerfahrene Großmutter schickte schmatzende Küßchen durch die Leitung.

Der alte Botaniker, der sich wie eingetopft vorkam, erwiderte die Schmatzküsse und legte den Hörer auf die Gabel zurück. Dann holte er sich noch eine Flasche Bier, legte die Beine hoch und sah sich das Fernsehprogramm an. Er summte trunken vor sich hin und schlug die Füße gegeneinander. Vergessen war das Gesicht, auf das sein Sender mit Hilfe von

Telepathie eingestellt war, denn sein trunkenes Hirn gab es nur verzerrt und bruchstückweise in gebrochenen Wellen wieder. Dieses Bild sauste ziellos im Raum herum, durchstieß schließlich Wände und Mauern und flog durch die Stadt davon. Kreise ziehend und schwankend erreichte es die Schule. Dort pausierte es kurz und stürmte dann vorwärts.

Elliott stand in diesem Moment im Biologiesaal und beugte sich über den Arbeitstisch, als ihn die trunkene, schwankende Welle traf.

Der Lehrer sagte gerade: »Jetzt habt ihr alle ein Glas vor euch stehen. Ich werde jetzt herumgehen und in jedes Glas ein mit Äther getränktes Läppchen stecken. Dann setzen wir unseren Frosch hinein und warten, bis er sich nicht mehr rührt.«

Elliott schwankte, kippte nach vorn und setzte seine Lippen an die Flasche. Er gab Weltraumlaute von sich, die undefinierbar waren. Es waren genau die gleichen Laute, die auch das seltsame Wesen aus dem Weltall im gleichen Augenblick in seiner Volltrunkenheit von sich gab. Elliott brummelte, gurgelte, babbelte vor sich hin und blökte wie ein Schaf.

»Willst du wohl ruhig sein, du Schmierenkomödiant«, sagte der Lehrer.

Das versuchte Elliott ja, aber das Klassenzimmer schien plötzlich aus dem Leim zu gehen, und auch er selbst fiel offensichtlich auseinander. Er versuchte wieder Haltung anzunehmen und betrachtete das Mädchen neben sich am Tisch, eine gewisse Peggy Jean, der die Laute, die er soeben von sich gegeben hatte, offensichtlich Spaß gemacht hatten. Lächelnd sah sie ihn an, und er erwiderte es, wobei sich seine Lippen wie weiche Knetmasse anfühlten.

»So, nun wollen wir anfangen ...« Der Lehrer tauchte die

Läppchen in den Äther. Elliott blickte den Frosch im Glas an. Der erwiderte seinen Blick, und da bemerkte Elliott, daß auch der Außerirdische einem Frosch ähnelte. Hier hockte ein kleiner, verängstigter Weltraumfahrer in einem Glas und starrte ihn hilflos an.

»Sie wollen dieses arme, hilflose Tier doch wohl nicht umbringen?« fragte Elliott.

»Doch«, sagte der Lehrer.

Noch immer hockte der einem Frosch so ähnliche kleine Weltraumfahrer vor dem Fernseher und sah sich einen Kitschfilm an. Harvey, der Hund, war inzwischen auch hereingeschlichen und hatte sich neben dem Außerirdischen niedergelassen. In seinem dummen Hundehirn machte sich die Hoffnung breit, das Monster würde ihn noch genauer über alles instruieren, was mit dem Weltall zu tun hatte, und vor allem erst einmal sein Butterbrot mit ihm teilen.

Auf dem Bildschirm hatte der Held die Heldin gerade in die Arme gerissen. Nun küßte er sie leidenschaftlich.

E. T. sah Harvey an.

Der Hund ließ ein leises, klägliches Jaulen ertönen.

Da streckte das betrunkene alte Monster die Arme aus, umhalste die ulkige Promenadenmischung und gab dem Tier einen Kuß auf die Schnauze. Im gleichen Augenblick bog Elliott Peggy Jeans Oberkörper zurück, beugte sich über sie und küßte sie leidenschaftlich auf den Mund. Da verlor der Lehrer die Nerven – vielleicht sogar mit Recht. Denn Elliott rannte jetzt von Flasche zu Flasche und ließ die glupschäugigen Gefangenen wieder frei. Die zögerten nicht lange, sondern hopsten mit einem Satz aus den Flaschen auf den Fußboden und eiligst zur Tür hinaus.

»Heil!« schrie Elliott, der schon längst nicht mehr klar bei Verstand war. Daher zitierte er aus der Bibel. Vielleicht war er auch inzwischen auf eine andere Wellenlänge eingestimmt, auf Fernsehkanäle mit ausgefallenen Sendungen zum Beispiel. Jedenfalls rannte er durch die Klasse und rief: »Hinaus mit euch, ihr unheilbringenden Dämonen – hinaus im Namen Gottes!« Diesem Rat folgten die letzten noch zurückgebliebenen Frösche schleunigst, indem sie mit einem Satz auf das Fensterbrett sprangen.

Tyler streckte seine langen Beine unter dem Arbeitstisch aus und schüttelte betrübt den Kopf. Zum erstenmal, seit er Elliott kannte, hatte er Mitleid mit ihm. Elliott war nicht mehr wiederzuerkennen. Was war aus dieser widerlichen kleinen Ratte geworden! Schon fast ein guter Mensch. Nur leider völlig ausgeflippt. »Herr Lehrer«, sagte Tyler, um ihn von Elliott abzulenken, »gerade ist ein Frosch in Ihrem Frühstückspaket verschwunden.« Das lenkte den Lehrer von seinem Vorhaben ab. Er packte das eingeschlagene Frühstücksbrot, das Papier ging auf, und das belegte Brot fiel in eine Formaldehydlösung. Schinken und Käse sanken augenblicklich auf den Grund des Gefäßes und wurden so eingepökelt. Aber kein Frosch weit und breit. Dem letzten half gerade Greg ganz hinten im Raum von der Fensterbank herunter. Vor lauter Aufregung hatte er richtig Schaum vor dem Mund. Der Frosch segelte durch die Luft, ihm folgte eine herrliche, schwebende Blase aus Spucke, die im Sonnenlicht facettenreich schimmerte.

Wutentbrannt zog der Lehrer Elliott aus der Klasse. Steve hatte nichts besseres zu tun, als schleunigst seine Baseballmütze mit den Ohrenklappen aufzusetzen und mit den Klappen zu wedeln. »Jetzt wird er bestimmt suspendiert«, sagte er und dachte bei sich: So ergeht es einem, wenn man zuläßt, daß die kleine Schwester das Kommando übernimmt und über das Leben des älteren Bruders bestimmt.

Doch der eigentlich Verantwortliche für Elliotts Anfall von geistiger Umnachtung schaltete gerade wie wild von einem Fernsehkanal zum anderen. E. T. war inzwischen sinnlos betrunken. Er machte es sich in einem Sessel bequem und seine kurzen Beine ragten so eben über das Polster hinaus. Es wurden Nachrichten gesendet. Der Bericht über den Einsturz eines Bergwerkstollens verdarb ihm den Nachmittag.

»... der südliche Stollen ist eingestürzt«, sprach ein staubbedeckter Retter ins Mikrofon. *»Ich glaube, wir haben alle herausholen können, aber der Zustand der Männer ist sehr ernst.«*

Eine Nahaufnahme von den verletzten Bergleuten folgte. Der Außerirdische war erschüttert. Von seinem bequemen Sessel aus hob er den Finger, der rosa zu leuchten begann. Da sprangen die Verletzten von ihren Bahren. Sie stürzten aufeinander zu, fielen sich in die Arme und schrien vor Freude, als sie ihre geheilten Arme und Beine vorzeigten. Zufrieden genehmigte sich der Spaceman noch eine Flasche Bier.

Elliotts Lehrer zog den Jungen den Gang entlang. Er hatte das unmögliche Benehmen seines Schülers endgültig satt. Ein Biologielehrer hat es nicht leicht und ist wahrhaftig nicht auf Rosen gebettet. Die Horden pickliger Jugendlicher, mit denen er sich Tag für Tag abzuplagen hatte, hatten seine Nerven schon ganz schön zerrüttet. Er hatte schon wiederholt daran gedacht, selbst den Kopf in den Äther zu stecken. Am liebsten aber hätte er Elliott in die Lösung getaucht. Er kämpfte gegen seine Mordlust an und ließ es damit bewenden, daß er Elliott dem Direktor übergab, in der vagen Hoffnung, daß dieser Elliott verdreschen würde. Aber solch bewährte Methoden verabscheute man ja heutzutage, sie entsprachen nicht mehr der modernen Schulerziehung. Zitternd verließ der Biologielehrer das Büro des Direktors als ein gebrochener Mann, der sich sagen mußte, daß im Endeffekt die Kinder den Sieg davontragen würden. Und er würde als Opferlamm auf seinem eigenen Labortisch liegen, mit Wattebäuschchen in der Nase und von oben bis unten aufgeschnitten.

Im Büro des Direktors ging es in der Tat gemäßigt zu. Der Direktor, ein fortschrittlich eingestellter Erzieher, nahm seine Bruyèrepfeife aus der Schreibtischschublade, stopfte sie, hielt ein Streichholz daran und gab sich alle Mühe, eine Atmosphäre gegenseitigen Vertrauens zu schaffen. »Nun, mein Sohn, nun erzähl mir mal, woran es eigentlich liegt. Haschisch? Pillen? Engelsstaub?« Er blies das Streichholz aus und paffte vorsichtig. »Deine Generation, mein Junge, ist auf einem Trip in die Hölle. Du allein bist für das verantwortlich, was du aus deinem Leben machst, und du mußt diese Verantwortung übernehmen …« Der Direktor war nicht mehr zu bremsen. Er berauschte sich am Klang seiner Stimme. Außerdem war er wirklich ein Menschenfreund, und die Tatsache, daß sein Zuhörer so aufmerksam lauschte, ja regelrecht davon gefangengenommen war, tröstete und bestärkte ihn in seinen Ausführungen. Elliott wagte nicht, sich zu rühren. Der Direktor schlug dem wehrlosen Jungen Klischees um die Ohren und das gleich haufenweise: Klischees aus dem Fernsehen, aus Zeitungen und langweiligen Fachzeitschriften. Und das alles vermischt mit grandiosen Nichtigkeiten, die ihm sein Geist eingab.

»… du mußt doch einsehen, daß man sich heutzutage und in unserer Zeit an den eigenen Schuhriemen wieder rausreißen muß …« Anheimelnde kleine Rauchwölkchen stiegen aus seiner Pfeife auf. Seine Welt war in Ordnung, alles lag fest umrissen vor ihm. Dieser rebellische Bursche würde bald einsehen, daß es keinen Sinn hatte, sich aufzulehnen, und womöglich noch das Boot, in dem sie saßen, zum Kentern zu bringen. »... hat gar keinen Sinn, gegen das System anzugehen, mein Sohn, das bringt nämlich nichts. *Völlig sinnlos ...*« Er unterstrich seine Worte, indem er wie wild mit der Pfeife herumfuchtelte. Sein Vorgänger in diesem Amt war ein Verführer Minderjähriger gewesen, der aus dem Schuldienst entlassen worden war, nachdem mehrere Vorfälle im Magazin bekanntgeworden waren. Der hatte sich gegen das System zur Wehr gesetzt und war gescheitert. Bei ihm selbst bestand da keinerlei Gefahr. Jetzt konnte man sich hier sicher fühlen. Man wußte schon im voraus, was einem blühte. Die Säulen der Bildung wankten nicht. Die Erde war gezähmt, alles in bester Ordnung.

Doch Elliott war in sich zusammengesunken und glitt vom Stuhl.

Daran war natürlich der Außerirdische schuld. Elliott befand sich immer noch auf der gleichen Wellenlänge mit dem Trunkenbold. Der Geist des Außerirdischen schwebte im Büro des Schuldirektors, und Elliott wurde hin und her geworfen wie ein schwimmender Korken.

Mit aller Kraft klammerte er sich an die Armlehnen seines Stuhls und versuchte, sich wieder hochzuziehen. Dem Direktor war weiter nichts aufgefallen. Er glaubte, der Junge rutsche lediglich vor Verlegenheit auf seinem Stuhl hin und her.

»... du und deine Freunde, ihr glaubt anscheinend, im Leben ginge es zu wie im Märchen. Solange ihr dieser Auffassung seid, *verschwendet ihr nur eure Zeit.* Begreifst du jetzt, worauf ich hinaus will?« Er setzte seine Moralpredigt fort, hatte aber Elliott bald völlig vergessen und nur noch den Klang seiner eigenen Stimme im Ohr. »... die Welt ist keine unbekannte Größe, mein Junge. Hör auf, die Spinnweben zu untersuchen. Träum nicht von Dingen, die es nicht gibt. Ich glaube, das ist bei dir die *Wurzel* allen Übels.«

Die Wurzel allen Übels war im Augenblick für Elliott die Tatsache, daß er ein Entwurzelter war, dem die Anziehungskraft der Erde nichts mehr anzuhaben schien. Wieder verspürte er diese trunkene Welle unter seinen vier Buchstaben, die ihn spielerisch und doch mit einer solchen Vehemenz hochhob, daß er seinen Griff um die Armlehnen lockern mußte. Ohne vorherige Warnung schwebte er plötzlich an die Zimmerdecke.

Der Direktor putzte gerade seine Brillengläser. Dann hielt er die Brille gegen das Licht und sprach monoton weiter. »... voraussagbare Verhaltensmuster, mein Junge. Weißt du überhaupt, was für ungeheure Fortschritte wir gemacht haben, seit die Menschheit zu der Erkenntnis gelangt ist, daß sich voraussagen läßt, wie sich die Materie verhalten wird?«

Er warf einen Blick auf den Stuhl, auf dem Elliott gesessen hatte. Doch Elliott war verschwunden.

Der Junge schwebte an der Zimmerdecke. Dies sah der Direktor schon im nächsten Augenblick, und bei dieser Entdeckung traten ihm die Augen aus den Höhlen. Er drückte sich tief in seinen Drehstuhl. Seine Hände krampften sich um die Brille, bis er ein Glas herausgedrückt hatte. Die Klischees, die er sein Leben lang anderen aufgezwängt hatte, schienen jetzt klirrend und klimpernd auf ihn herabzuregnen – ganz so, als wäre die Deckenlampe auf seinem Kopf zerschellt. Seine Nase schwoll an, wahrscheinlich würde sie gleich anfangen zu bluten. Ihm war, als sei sein Innerstes plötzlich nach außen gekehrt worden. Er gebot allem ringsum Schweigen, doch niemand hatte gesprochen. Es war nur ein an der Decke schwebender Junge, der seine Ohren zum

Klingen brachte, als schlüge jemand darin auf einen Amboß, als würde eine unübersehbare Menschenmenge schreien und als sei er gerade von einem Zug überfahren worden, das Rattern der Räder noch im Ohr.

Der Direktor sank in sich zusammen, und wie Harvey, dem Hund, entrang sich auch ihm ein gequältes Winseln.

Elliott glitt langsam von der Decke herab auf seinen Stuhl.

»Kann ich jetzt gehen, Herr Direktor?«

»Ja, ja, geh nur …« Mit einer müden Handbewegung entließ er ihn. Dann rollte er auf seinem Stuhl ans Fenster und stierte hinaus. Er rollte zurück an seinen Schreibtisch und zog die Schublade auf, in der er die *beschlagnahmten Drogen* aufbewahrte. Er warf sich eine Handvoll Pillen in den Mund.

Als das beschwipste alte Wesen aus dem Weltall im Haus herumwatschelte, war die trunkene Welle am stärksten. Der Außerirdische hatte die ganze Sechserpackung Bier geleert. Einem Erdbewohner machte es nicht unbedingt was aus, wenn eine solche Menge Alkohol durch seine Adern rann. Aber dieses zu kurz geratene feinsinnige, uralte, unschuldige Himmelswesen trug an dieser Menge wie eine tonnenschwere Ladung Ziegelsteine. Ständig rempelte der Außerirdische irgendwo an, stieß Sachen um und fiel hin, während er von einem Zimmer ins andere watschelte. Harvey, der Hund, folgte ihm getreulich.

Dank der Telepathie fühlte sich Harvey ebenfalls hundeelend. Normalerweise sprang er elastisch durch die Gegend. Jetzt dagegen torkelte auch er angetrunken dahin, rutschte unter einen Stuhl, kroch mühselig wieder darunter hervor und fiel gleich darauf platt unter das Sofa.

»Was ist denn mit dir los?« fragte das alte Monster.

»Kannst du nicht mehr gerade und aufrecht gehen? Nimm dir an mir ein Beispiel ...« E. T. zeigte ihm, wie er das meinte, und stolperte über das Sitzkissen.

Im allgemeinen macht es Hunden Spaß, wenn sich jemand albern benimmt, aber Harvey sah ringsum kleine Suppenknochen durch die Luft schweben, die verlockend blinkten. Gierig schnappte er danach und war völlig frustriert, als er feststellen mußte, daß da gar nichts war und er ins Leere biß.

E. T. schlug eine Weile Purzelbäume auf dem Sitzkissen, dann rollte er damit in der Stube herum. Schließlich versuchte er ein paar Discoschritte, die Gertie ihm beigebracht hatte. Dazu sang er: »Unglaubliche Dinge passierennn ...« Er sang nicht einmal falsch, veränderte aber die Notenwerte, und strahlend helle Obertöne erfüllten die Luft. Harvey jaulte. Er sah sich in eine riesenhafte, langgestreckte, steinerne Höhle versetzt, weltenweit entfernt. Kleine Monster kamen und gingen ständig.

»... doch es ist nur Rock 'n' Roll ...«

Schwankend versuchte das Monster, seinen kugelrunden Bauch vor sich herzuschieben. Dieses einmalige Schauspiel des herumwalzenden Weltraumreisenden hätte sicher nicht so jäh geendet, wäre Mary nicht heimgekehrt. Sie kam zur Haustür herein, blätterte zerstreut in einer Zeitschrift herum, die mit der Post gekommen war, und ging dann in Richtung Küche.

Der uralte Held aus dem Weltraum fand, es sei jetzt langsam an der Zeit, ihr seine Liebe zu gestehen. Er konnte sie hören, konnte all ihre Gedankengänge nachempfinden und war sich daher ganz sicher, daß sie für so ein reifes Geschöpf wie ihn wie geschaffen war.

Er trat in den Flur hinaus.

Harvey wurde noch immer von seltsamen Träumen heimgesucht, wußte jedoch inzwischen, daß diese Träume trogen.

Er sprang hinter E. T. her. Da sah er Mary auf sie zukommen. Der Hund setzte sich vor dem Monster auf die Hinterbeine, machte Männchen und bettelte mit weit heraushängender Zunge. Er spannte seine Muskeln an und machte sich so groß und breit wie nur möglich, damit Mary das Monster aus dem Weltraum hinter seinem Rücken nicht sah.

Wie schon gesagt, der Außerirdische war nicht übermäßig groß geraten, war nicht größer als ein Schirmständer. Daher gelang es Harvey wahrhaftig, ihn zu verdecken.

»Ja Harvey«, sagte Mary, »ich wußte gar nicht, daß du so schön betteln kannst. Hat Elliott dir das beigebracht?«

Da nickte der Hund.

»Aber du bekommst dein Fressen erst später, das weißt du doch, Harvey.« Damit wandte sich Mary ab und ging in den Garten hinaus.

Erschöpft ließ Harvey sich auf alle vier Pfoten nieder. Männchenmachen war schrecklich anstrengend. Körperliche und geistige Anstrengungen widerstrebten ihm sehr. Daher hatte ihm die Vorstellung, die er soeben gegeben hatte, auch keinen Spaß gemacht. Er sah den Besucher aus dem Weltall an.

Das alte Monster erwiderte seinen Blick und sah dann über ihn hinweg zur Tür, die in den Garten führte. E. T. fand, er sollte seine unendliche Weisheit nicht länger vor Mary geheimhalten. Die Stunde war gekommen, ihr Herz zu gewinnen mit Liedern, Geschichten und kosmischen Fingersignalen der intimeren Art.

Er stieß Harvey beiseite.

Der Hund verlor das Gleichgewicht und kam gerade in

dem Augenblick wieder auf die Beine, als Mary mit Blumen im Arm hereinkam. Mit einem Satz war Harvey wieder vor E. T. und wedelte wie wild mit dem Schwanz. E. T. hatte gerade einen Fuß gehoben, um weiterzugehen. Daher war er in diesem Augenblick nicht sonderlich standfest. Was natürlich auch an seinem Alkoholkonsum liegen mochte. Jedenfalls wurde er von dem kräftig wedelnden Schwanz durch den Flur in ein Zimmer gefegt, dessen Tür offenstand.

Wieder richtete sich Harvey auf und machte Männchen. Sämtliche Knochen taten ihm dabei weh, aber er hielt tapfer aus. Mary blieb stehen, das Gesicht ganz von Blumen umrahmt. Sie hatte nichts bemerkt.

»Du bist ja heute überaus aktiv, Harvey«, meinte Mary. »Hat Michael dir vielleicht Speed ins Futter getan?«

Der Hund nickte.

Mary ging weiter und legte die Blumen auf dem Küchentisch ab. Sie nahm ein Paket mit Kleidern aus der Reinigung auf, schwang es sich über die Schulter und ging auf die Treppe zu. Hat der Hund wirklich genickt oder bilde ich mir das nur ein? fragte sie sich.

An einen Stuhl gelehnt rappelte sich E. T. mühselig wieder auf. Dann hüpfte er herum, ohne recht vorwärtszukommen. Das war ja schlimmer als das Raumschiff einen Asteroidenring entlangzumanövrieren. Er schwankte, holte tief Luft und machte sich wieder auf den Weg.

Wer weiß, vielleicht war heute sein letzter Tag auf Erden. Wenn ihn die Erdanziehungskraft weiter in die Knie zwang, dann könnte es bei Einbruch der Nacht schon mit ihm aus sein. Er durfte nicht sterben, ohne Mary zuvor noch zu gestehen, was er für sie empfand. Mühsam watschelte er in den Flur hinaus und ging auf die Treppe zu. Harvey sprang mit heraushängender Zunge neben ihm her. Er knurrte leise vor sich hin, und sein Schwanz sauste über die Geländersprossen: *platta-ta, platta-ta-plat.*

Mary hatte sich in ihr Schlafzimmer zurückgezogen und bereitete sich auf ihr heißgeliebtes nachmittägliches Duschbad vor. Unter der Dusche sammelte sie genügend Kräfte für die nächsten Stunden und konnte mit Hilfe dieser Atempause dafür sorgen, daß ihre Welt nicht aus den Angeln kippte.

Ob sie wohl einverstanden wäre, wenn ein Außerirdischer bei dieser heiligen Handlung zu ihr unter die Dusche träte? Der bis an die Knöchel auf seinen Entenfüßen im Wasser stünde und sie mit seinen hervortretenden Glupschaugen flehentlich ansähe? Oder vielmehr zu ihr aufsähe?

Nicht sehr wahrscheinlich. Doch während E. T. die Treppe hinaufstieg und wieder einmal »... doch es ist nur Rock 'n' Roll ...« vor sich hinsummte, erschien ihm der Gedanke gar nicht mehr so abwegig.

Mary blieben seine musikalischen Darbietungen erspart, da sie beide Wasserhähne in der Duschkabine aufgedreht hatte. Es dauerte immer ein paar Minuten, bis sich genügend heißes Wasser im Boiler gesammelt hatte. Währenddessen zog sie sich aus.

In diesem Augenblick ging E. T. durch Marys Schlafzimmer. Ihm fiel sogleich auf, wie die Pflanzen dahinwelkten. Vielleicht waren auch sie beschwipst, auf jeden Fall aber völlig verwirrt.

Was tat ihr Herr und Meister nur? Die Blumen und Blattpflanzen fühlten ein Vibrieren, das sie an die legendären Bienenschwärme der Venus erinnerte. Dieses Vibrieren ging vom Gehirn ihres alten Herrn und Meisters aus.

Der Außerirdische schloß leise die Schlafzimmertür hinter sich und ging den Gang entlang weiter in Richtung Badezimmer. Bienengesumm eilte ihm voraus.

Harvey kauerte sich ängstlich in eine Ecke, die Pfoten über die Schnauze gelegt. Seit er die Badematte angefressen hatte, war ihm der Zutritt zum Badezimmer verwehrt. Da wurde die Tür zugeschlagen und verriegelt. Der Hund atmete hörbar auf.

E. T. blieb vor der Badezimmertür stehen. Der Bienenschwarm der Venus kreiste einmal kurz, signalisierte etwas mit strahlend hellem Licht und zerstreute sich in alle Winde. Daraufhin schlurfte der uralte Reisende zu seinem Wandschrank zurück und sank bewußtlos auf die Kissen.

Keys ahnte nicht, daß er seiner Trophäe praktisch schon die Schlinge um den Hals gelegt hatte, daß E. T. mit Hilfe der Telepathie-Strahlen von der Vielfalt der Apparaturen in den Lagerhallen – sie entsprachen dem neuesten Stand der medizinischen Forschung – schon längst wußte und daß die Signale das kleine Wesen entsetzten. Der Außerirdische hätte gar nicht genau sagen können, was ihm da signalisiert wurde. Er war sich über die Bedeutung der vielfältigen Lichtmuster, dieses Netzwerkes von Sonden, die sein peripheres Bewußtsein ständig überfielen, gar nicht im klaren. Aber seine Trauer wuchs, er war zutiefst deprimiert und angefüllt mit vagen Ängsten, die trotz seines trunkenen Zustandes nicht von ihm weichen wollten. Auch als er jetzt so ausgestreckt im Wandschrank lag und nicht mehr imstande war, auch nur den Kopf zu heben, fühlte er, wie mechanische Arme sich nach ihm ausstreckten, ihn umschlossen und festhielten. Er schlief sehr unruhig und wurde in seinen Träumen von schrecklichen Visionen heimgesucht.

Die Quelle dieser finsteren Visionen, ein gewisses nahegelegenes Lagerhaus, pulsierte nur so vor Geschäftigkeit. Die Mission erschien immer dringlicher. Keys war außer sich vor

Freude. Auch er wurde ständig von Visionen heimgesucht, die ihm jedoch eine herrliche Zukunft vorgaukelten. Er sonnte sich jetzt schon in seinem Triumph. Seine Crew schwirrte jubelnd und frohlockend um ihn herum. Ein weltbewegendes Ereignis stand unmittelbar bevor. Keys wußte, wie wichtig das war; denn irgendwie war er mittels Telepathie mit der Zivilisation in Berührung gekommen, die das Raumschiff geschaffen und bemannt hatte. Er hatte sich herrlichen Träumen hingegeben, die die Träume seiner Kindheit bei weitem übertrafen – und eine seltsame Liebe war in ihm gewachsen. Er war ganz durchdrungen von seiner Liebe zu diesem Geist, den fremdartigen Wesen, die mit der Erde geflirtet hatten.

Sein Team war bereit, der Countdown hatte begonnen. Aber all diese Aktivität wurde irgendwie verschleiert und verdeckt von dem merkwürdigen Gefühl, daß er sich bei dem Raumschiff und dessen Crew befände. Er sah sich wie auf einem Monitor. Sie hatten Macht über ihn. Ihre Gedanken übertrugen sich ständig über Wellen auf ihn. Diese flackerten, flimmerten und zuckten um ihn herum, wo er auch ging und stand. Keys hatte ganz deutlich das Gefühl, daß sie wußten, was er inzwischen für sie empfand. Sie würden ihn bereitfinden. Er hatte getan, was in seiner Macht stand, um ihren gestrandeten, verlorenen Sohn zu schützen.

Seine Fahrzeugkolonne glitzerte, und dort, wo die Türen offenstanden, konnte man auch das Wageninnere glitzern sehen. Nadeln tanzten über Skalen, Anzeiger blinkten, und alle möglichen komplizierten Stromkreise und Schaltungen leuchteten.

Dies alles brachte er dem gestrandeten Wesen aus dem Weltraum dar.

Elliott kam mit Lance, der Landplage, im Schlepptau nach Hause. »Was war denn heute bloß im Biologieunterricht mit dir los, Elliott? Du mußt den Verstand verloren haben.«

»Ja, ja.«

»Wirklich, ein merkwürdiges Benehmen. Hältst du es für besonders cool, *ausgerechnet jetzt* die Aufmerksamkeit auf dich zu lenken?« Der Quälgeist sah Elliott bedeutsam an – wie eine Maus, die vorsichtig nach rechts und links äugt, nachdem sie sich durch ein Stück Käse gefressen hat. Seufzend erwiderte Elliott den Blick des lästigen Burschen und konnte auch jetzt wieder kaum dem Impuls widerstehen, ihm einen Fußtritt in den Hintern zu versetzen. Aber wie schon zuvor, so spiegelten sich auch jetzt wieder E. T.'s Augen in den Schielaugen von Lance, der Nervensäge. Kleine Lichtpunkte glommen tief im Innern seiner Augen auf.

Elliott seufzte und ging auf die Treppe zu. Lance blieb ihm dicht auf den Fersen wie ein Kaugummi, der an der Schuhsohle klebt. »Aber ich muß zugeben, daß du es diesem Bio-Fritzen ordentlich gegeben hast, Elliott. Die Jungs aus der Klasse, die nach uns Bio-Unterricht hatten, haben erzählt, daß er von seinem blöden Äther ganz besoffen war, als sie reinkamen. Du weißt ja, welche Wirkung Äther hat. Nichts arbeitet mehr richtig synchron, man stolpert nur noch so in der Gegend rum. So ging es ihm auch ...«

Sie gingen in Elliotts Zimmer, stiegen mit Riesenschritten über all den herumliegenden Plunder hinweg und öffneten die Tür zum Wandschrank. E. T. lag auf den Kissen.

Lance war entsetzt. »Du läßt ihn hier einfach allein? Bist du denn von allen guten Geistern verlassen? Er ist mehr wert, als irgend etwas sonst auf der Welt. Hier könnte doch jeder X-Beliebige einbrechen und ihn kidnappen oder ihm weh tun oder was weiß ich!«

Elliott zog den alten Reisenden aus den Kissen hoch. »Er ist blau wie ein Veilchen.«

E. T. öffnete die Augen. »Buchstabiere Sechserpackung!«

»Du hast genug, E. T. Mehr gibt's nicht.«

Da zeichnete der alte Pilger, der von den Sternen herabgestiegen war, mit den Fingern kosmische Figuren in die Luft, ließ seine Augen kreisen und rülpste ausgiebig. Lance war entsetzt. Er war nicht mehr zu bremsen. »Warum hältst du ihn überhaupt hier versteckt? Lieber Himmel, viele Leute zahlen eine ganz schöne Stange Geld dafür, KISS zu sehen. Er ist besser als KISS, er ist eine größere Attraktion als die New York Yankees! Elliott, du bist auf eine Goldader gestoßen. Führe ihn vor!«

Diese Worte wurden von wilden Gesten begleitet, womit er wohl zu beweisen gedachte, daß er alle guten Eigenschaften besaß, die zu einem guten Manager gehörten. Seine Haartolle glühte rot und verlieh ihm das Aussehen von jemandem, dessen Skalp in die Länge gezogen worden war, als er mit knapper Not einer mit Käse gespickten Falle entkam. Ein erfolgreicher Promoter hätte ihn zusammen mit dem Abfall die Hintertreppe runtergeworfen. Er verkündete seinen unumstößlichen Entschluß: »Du, ich und E. T., wir werden die Sache schon bald im Griff haben.«

Elliott stützte den Außerirdischen, der sich aus eigener Kraft nicht auf den Beinen halten konnte. Der ewige Reisende schwankte hin und her. »Buchstabiere Kopfschmerzen!«

Lance stöhnte gequält auf. »Er ist ja völlig verkatert. Elliott, du brauchst einen *Macher,* der die Sache in die Hand nimmt. Du hast ja keinen blassen Schimmer, wie man mit einem Außerirdischen umgeht.«

Elliott fuhr fort, E. T. zu stützen, und fühlte das ganze Gewicht des uralten Geschöpfes – eine seltsame Schwere, eine unglaubliche Schwere. Noch nie hatte ein solches Gewicht auf ihm gelastet.

»E. T.!« Er schüttelte den Außerirdischen. E. T. richtete seinen Blick auf ihn, doch in seinen Augen sah Elliott Visionen des Kosmos, wie er sie in all den Wochen, seit er den Außerirdischen beherbergte, noch nie gesehen hatte. Es waren die mysteriösesten Signale, die man sich nur vorstellen konnte. Sie bemächtigten sich seines ganzen Körpers, und diese unendliche Schwere ging auf Elliott über.

»E. T., was ... ist ... denn ... das ...?«

Das uralte Wesen sackte nach vorn. Seine Dichte veränderte sich. Er war wie das Innere eines zerfallenden Sterns. Die ganze Anziehungskraft der Erde lastete auf ihm. Er wurde zu einem schwarzen Loch im Weltall. Auch Lance bekam das zu spüren. Sein Körper zog ihn nach unten. Von Natur aus schon sehr klein geraten, schien er jetzt noch mehr zu schrumpfen. Schließlich hockte er, zusammengekrümmt wie eine Ratte, unter dem einen Arm des Außerirdischen. »Sieh' mal, er teilt sich durch dich mit. Er gehört dir. Aber das muß alles ganz legal sein. Mein Vater ist Anwalt. Er wird das richtig aufsetzen. Wir werden bald Millionäre sein und überall herumreisen. Alle werden uns kennenlernen wollen; denn wir werden die berühmtesten Jungen auf der ganzen Welt sein. Und alle werden E. T. sehen wollen. Und der wird *uns* gehören!«

Aber E. T. gehörte niemandem. Er gehorchte nur dem Gesetz der Schwerkraft. Er war inzwischen wieder zu sich gekommen, hatte die Trunkenheit aus seinem Körper vertrieben, denn er hatte sich ganz darauf konzentriert, sie unwirksam zu machen. Aber das andere Phänomen, das Implodieren seines Wesens, das saß zu tief. Daran konnte er nichts ändern.

»Oh, Himmel ...«

Das Monster schwankte vor und zurück, die Schrumpfung nahm ihren Lauf. Er konnte nicht dagegen angehen. Das bedeutete das Ende seines Sternenlebens.

Innerlich schrumpfte er auf die Größe eines Stecknadelkopfes zusammen. Seine Zeit war abgelaufen ... Doch den Jungen durfte er nicht mit ins Verderben reißen. Trotzdem geschah genau das. Das schwarze Loch war weit offen, es gab kein Entrinnen. Piloten, die zu dicht heranfliegen, werden verschlungen – das ist das Gesetz des Weltraums.

»Buchstabiere ... geh weg ...«

Er versuchte, die Jungen wegzuschieben, von sich fernzuhalten. Doch sie klammerten sich an ihn, und er spürte das volle Ausmaß ihrer Liebe, als er sie so im Arm hielt. Dumme Kinder, ihr solltet euch nicht wünschen, mir folgen zu dürfen. Denn ich bin ein Außerirdischer. Nicht einmal in Gedanken könnt ihr mir dahin folgen, wohin ich gehen muß. Seit undenklichen Zeiten bin ich daran gewöhnt, im Leeren herumzuschiffen, ihr aber seid wie junge Hündchen ...

Da kam Harvey mit gesenktem Kopf und schiefem Blick hereingeschlichen. Mary würde gleich da sein. Der Hund spürte das und wollte Elliott warnen. Vor dem Wandschrank blieb er stehen und knurrte leise. Gleich darauf öffnete sich die Tür. Er warf einen Blick auf das Wesen aus dem Weltraum und seine Hündchenfantasie spiegelte ihm eine dunkle Höhle vor, von der er sich unwiderstehlich angezogen fühlte; denn ständig fielen Leuchtknochen in diese Höhle. Doch dann sprang er zurück, als ob er getroffen worden wäre.

»Laßt mich ...!« sagte E. T. und versuchte, die Arme zu heben. Doch die Große Theorie kam bei ihm nun zur Anwendung, und seine konzentrierte Energie, die sich im Weltraum so lange bewährt hatte, zerrann zu nichts.

Er mußte Mittel und Wege finden, allein zu sterben. Doch selbst dann konnte die Kraft so übermächtig sein, daß sie alles ringsum miteinsaugen würde. Konnte er, ein einziger Außerirdischer, es zuwege bringen, daß die ganze Erde implodierte? Würde sie sich bei seinem Tode umstülpen und ihr Innerstes nach außen kehren?

»Buchstabiere ... Gefahr ...!«

Er bewegte sich durch sämtliche kosmischen Ebenen, fand aber nicht die richtige Formel zur Neutralisierung. Er saß fest, konnte sich nicht rühren, und sein Raumschiff war Lichtjahre entfernt.

»Er ist ... so schrecklich schwer«, keuchte Lance, als sie mit ihm durch das Zimmer stolperten. Nur unter Aufbietung all ihrer Kräfte gelang es ihnen, E. T. hochzuheben und in Elliotts Bett zu bugsieren. Gerade noch rechtzeitig; denn schon hörten sie Marys Schritte auf der Treppe.

Gleich darauf öffnete sie die Tür zu Elliotts Zimmer.

»Tag, Jungs ...!«

Harvey baute sich sofort vor ihr auf und machte Männchen. Mit gesträubtem Fell saß er wie erstarrt da. Ein unglaublicher Magnetismus hatte sich seiner bemächtigt. Er war sozusagen der Schutzwall, hinter dem sich Elliott und Lance einen Augenblick verbergen konnten, während sie rasch eine Decke über E. T. warfen.

»Was hast du denn mit Harvey angestellt«? fragte Mary, als sie den Hund so keuchend und mit den Pfoten wedelnd vor sich sitzen sah. »Hast du dem Hund was eingegeben? Sag mir die Wahrheit!«

»Harvey«, sagte Elliott, »laß den Blödsinn.«

E. T. fiel und fiel, er sank ins Bodenlose. Er spürte die Gegenwart des schlanken Geschöpfes mit dem seidigen Haar, das ihn immer an eine Weide erinnerte. Er wußte, daß die Herrin des Hauses und Mutter der Kinder unwiderstehlich von seiner Kraft angezogen werden würde. Er sehnte sich nun nicht mehr nach Vertrautheit. Die ihnen vorgezeichneten Wege führten in ganz verschiedene Richtungen. Zwar hatten sich ihre Wege gekreuzt, doch wenn er sie mit sich in die Tiefe riß, wäre sie verloren und würde nicht wissen, wie ihr geschah und wo sie sich befand. Ihr Bewußtsein würde zerfallen, sich auflösen. Den Jungen würde es ebenso ergehen.

Wenn ich nicht aufstehe, aufsteige, mich nicht erhebe.

Buchstabiere ... aufstehen ...

Aber er konnte sich nicht rühren, nur zuhören, der Sprache lauschen, die man auf Erden sprach und die auch er inzwischen gelernt hatte.

»Wie war's in der Schule?«

»Wie immer.«

»Willst du was essen?«

»Wir kommen gleich runter«, erwiderte Elliott.

»Haben Sie vielleicht ... Schweizer Käse?« Lance war wie ein Süchtiger, der unbedingt wieder einen Schuß brauchte. Diese entsetzliche Leere im Kopf! Er schien unaufhaltsam zu fallen, in eine bodenlose Tiefe zu versinken. Noch nie hatte er so etwas erlebt oder auch nur geträumt. Was jetzt mit ihm passierte, erinnerte ihn an den Abend auf dem Fahrrad. Da hatte er fast geglaubt, fliegen zu können, aber gen Himmel, also mit umgekehrten Vorzeichen. Jetzt fühlte er sich im Dunkeln gefangen, festgehalten von klebrigen Substanzen. Nur Schweizer Käse konnte ihn noch retten.

»Irgend jemand hat den ganzen Schweizer Käse schon aufgegessen«, sagte Mary und sah den kleinen Widerling mißtrauisch an. Sie wußte genau, daß diese Burschen wieder was im Schilde führten. Ihre mütterliche Intuition täuschte sie selten, doch sie wollte nicht in sie dringen. Das würde möglicherweise alles nur noch schlimmer machen. Außerdem hatte sie urplötzlich mörderische Kopfschmerzen. Grundgütiger Himmel, das war doch nicht etwa schon der Beginn der Wechseljahre? Das fehlte ihr gerade noch.

Mit gequältem Gesichtsausdruck verließ sie das Zimmer. Elliott wandte sich rasch wieder dem Außerirdischen zu. Der Arm des alten Wanderers war unter der Decke hervorgeglitten. Mit Entsetzen starrte Elliott auf die Hautfarbe: aschgrau. Wie hypnotisiert stierte er auf den Arm und geriet ins Träumen, geriet in Bereiche, in die er besser nicht eingedrungen wäre.

Der Junge sank neben dem Bett nieder und umklammerte die Hand des alten Geschöpfes. »E. T., du kannst doch alle Wunden heilen. Mach dich wieder gesund …!«

Bis zum Einbruch der Nacht hatte Elliott bereits das Medizinschränkchen geplündert und sämtliche Medikamente angeschleppt. Doch sie konnten dem Geschöpf, das da so entkräftet im Bett lag, keine Heilung bringen.

E. T. befand sich noch immer inmitten des wirbelnden Strudels der Schwerkraft. Sein Traum vom Erdenleben und Sternenglanz war ausgeträumt. Für ihn war jetzt das schwarze Loch die Sonne. Und all das nur, weil er der Versuchung nicht hatte widerstehen können, einen Blick in fremde Fenster zu riskieren ...

Er mußte unbedingt verhindern, daß durch sein persönliches trauriges Schicksal auch diese Erdlinge oder die ganze Erde in Mitleidenschaft gezogen wurden. Er wußte es zwar nicht genau, es gab keine Formel und keine Gleichung für diesen Planeten; aber die Erde konnte ihm nachfolgen, wenn er sie verließ; denn sein Körper barg ein großes atomares Geheimnis.

Alle Pflanzen im Hause waren verwelkt. Mit jedem Atemzug schienen sich die Zimmerwände und Außenmauern des Hauses tiefer über ihn zu neigen.

»Heile dich, mach dich wieder gesund«, bat Elliott noch einmal; denn er war davon überzeugt, daß dem alten Genie nichts unmöglich war. Doch es gibt Dinge, die selbst uralte Gottheiten nicht fertigbringen.

Langsam schüttelte E. T. den Kopf.

»Dann übertrage deine Macht auf mich«, bat Elliott, der

nicht wußte, daß er schon viel zuviel davon in sich aufgenommen hatte. Er besaß bereits die Macht, in eine fremde Welt einzugehen. Aber diese Macht war so bedeutsam, ja übermächtig, daß er ihrer nicht Herr werden würde. Durch das Eingehen in eine andere Dimension würde sein Bewußtsein in Stücke gerissen, oder es käme zumindest zu einer Bewußtseinsspaltung.

»Trag mich ... weit fort ...«, flüsterte der Außerirdische, »... und laß mich allein ...!«

»E. T.«, sagte Elliott, »ich werde dich nie verlassen.«

Der verlorene Wanderer durch die Welten zwang sich, wieder aus der Tiefe aufzutauchen, und bat mit flehender Stimme: »Du mußt mich gehen lassen ... ich bin ... eine ernsthafte Gefahr für dich ...« Er hob seinen langen Finger »... und für deinen Planeten ...« Er hob den Kopf, und seine Sternenaugen glänzten im Mondschein.

»Aber unser Sender«, wandte Elliott ein, »der schickt doch immer noch Signale ins Weltall.«

»Nichts als Schrott und Gerümpel«, sagte E. T.

Seine Augen glitzerten im Dunkeln. Elliott sah in den Augen des Außerirdischen eine unglaubliche Vielfalt von Linien, die Zwischenräume aus Licht zu weben schienen. In ihnen stand geschrieben, daß die Tiefenkraft nachließ. Die Decke des Zimmers ächzte und wankte. Harvey hatte sich jaulend in eine Ecke verkrochen, und die unirdischen Augen starrten weiterhin auf die sich überstürzenden Geheimnisse der Materie, an denen auch ein Botaniker von einem anderen Stern nichts ändern konnte.

»Du versuchst es ja nicht einmal«, sagte Elliott, der sich vor diesem Blick fürchtete, aber sich auch magisch von ihm angezogen fühlte. »Bitte, E. T.!«

Die Zeit verstrich. Der Körper des Monsters wurde immer starrer und ganz grau. Seine Lippen bewegten sich, und doch hörte man kein einziges Wort. Nur ein Rauschen kam aus seinem Inneren, das von dem maximalen Druck, der Verdichtung der Sternenmaterie herrührte. Wenn E. T. auch nicht größer als ein Schirmständer war, so hatte sich die Masse seines Körpers doch unglaublich verdichtet. Seine ungeheure Energie wurde von seinem Nucleus aufgesogen. Alles drängte nach innen und drückte auf seinen Sternenkern.

Elliotts Körper fühlte sich an, als bestände er aus Ketten, eisernen Ketten, die ihm keine Bewegungsfreiheit mehr ließen. Er fühlte sich immer schwerer werden. Sein Kopf schmerzte zum Zerspringen, und er meinte, daß hunderttausend Tonnen Blei auf ihm lasteten. Als das graue Morgenlicht schließlich durch das Fenster hereinfiel, raffte er sich auf und sah nach E. T. Das Monster wirkte völlig blutleer, wie ausgesogen und sah jetzt nicht mehr grau, sondern kreidebleich aus. Ein weißer Zwerg.

Elliott schleppte sich in den Flur hinaus und ging schwankend zu Marys Schlafzimmer. Er stieß die Tür auf. Eiserne Arme hielten ihn umklammert, eine tiefe Depression hatte ihn im Würgegriff, und die kosmische Einsamkeit drohte ihn zu zerstören. Er fühlte sich selber wie ein Außerirdischer, war sich ganz fremd. Er hatte Angst.

Mary schlug die Augen auf und sah ihn an. »Was ist denn los?«

»Alles – ist sinnlos«, sagte er mit schwacher Stimme und glaubte, wieder zu stürzen, zusammenbrechen und Abschied nehmen zu müssen.

»Ach, mein Kleiner, wie kannst du nur so etwas sagen«, meinte sie, obwohl das ganz genau dem entsprach, was sie selbst empfand. Die ganze Nacht hindurch war sie immer wieder von Träumen heimgesucht worden, in denen sie sich unter Wasser befand und nicht wieder an die Oberfläche kommen konnte.

»Ich habe etwas Wunderbares«, murmelte Elliott. »Und ich habe es traurig gemacht.«

»So fühlt sich jeder mal«, meinte Mary und suchte nach einem wirksamen Trost. Aber da das für sie nicht die richtige Medizin war, würde es wohl auch Elliott nicht helfen. Sie klopfte auf das Bett und wies damit auf den Platz an ihrer Seite. Wärme half besser, als alle Worte es vermocht hätten. Doch ihr Körper fühlte sich im grauen Morgenlicht eiskalt an. Sie fror bis ins Mark, und das wurde noch schlimmer, als Elliott neben sie ins Bett kroch.

Was ging nur in diesem Hause vor? Sie spürte etwas Entsetzliches, Namenloses auf sich zukommen, vor dem es kein Entrinnen gab.

»Kannst du ... mir davon erzählen?« fragte sie.

»Später ...« Elliott kuschelte sich schutzsuchend an sie. Aber auch bei seiner Mutter fand er weder Trost noch Halt. Auch sie schien zu stürzen, immer tiefer und tiefer, ins Bodenlose, wo niemand sie mehr erreichen konnte, weil es niemanden mehr gab.

»Schlaf«, sagte Mary und strich ihm über den Kopf. »Schlaf ...«

Elliott schlief ein und träumte von einer eisernen Kugel, die größer, dann wieder kleiner und immer kleiner wurde. Auf dieser Kugel flog er durch eine unendliche Leere.

Als um halb acht Uhr der Wecker klingelte, stand Mary leise auf und ließ Elliott weiterschlafen. Er schlief tief und fest. Mary wußte, daß er Fieber vortäuschen konnte. Im Augenblick schien er sich aber nicht zu verstellen. Als sie ihren Morgenrock anzog, fühlte sie plötzlich ein schweres Gewicht auf ihren Augenlidern. Wie unter einem inneren

Zwang schloß sie die Augen. Sie riß sich zusammen, schüttelte sich, bis sie wieder hellwach war, und starrte Elliott an. Irgend etwas stimmte nicht mit ihm. Ob er wohl einen Kater hatte und schon so früh in die Fußstapfen seines Vaters trat? Ihr Kleiner würde doch hoffentlich nicht diesem Taugenichts nacheifern. Sie hatte sechs leere Bierflaschen gefunden … Die Tür ging auf, und Michael kam herein. »Wo steckt denn Elliott?«

»Weck' ihn nicht auf«, flüsterte Mary und schob ihren Ältesten auf den Flur hinaus. »Weißt du vielleicht, was ihn bedrückt?« Mary zog ihren Morgenrock enger um ihren Körper. »Er macht einen furchtbar deprimierten Eindruck.«

»Wahrscheinlich hat er bloß Ärger in der Schule«, erklärte Michael. »Die Schule ist ja auch wirklich deprimierend.« Der ältere Bruder warf einen Blick über die Schulter zurück. Mit E. T. stimmte irgend etwas nicht. Das galt auch für Elliott, und auch sein Kopf schmerzte zum Zerspringen.

»Jedenfalls möchte ich, daß er wieder zur Ruhe kommt und sich einmal richtig ausschläft«, sagte Mary.

»Laß mich bei ihm bleiben«, bat Michael. »Ich habe heute nur den halben Tag Schule. Bitte, Mama …«

Mary zog eine Packung Aspirin aus der Tasche ihres Morgenrocks. »Na schön«, sagte sie. »Meinetwegen. Vielleicht gelingt es dir, ihn aus seiner trüben Stimmung zu reißen.« Sie ging zur Treppe und versuchte, ihre eigene Benommenheit abzuschütteln. Hatte sie etwa am Vorabend irrtümlich Valium eingenommen? Ihr Kopf fühlte sich an wie Blei.

Jetzt wach aber auf, ja?« Michael saß neben Elliott auf der Bettkante. Er schob Elliotts Augenlied nach oben, und dieser starrte ihn mit einem fremden Blick an, den er bei seinem Bruder noch nie gesehen hatte. Es war ein völlig versteinerter Blick.

Michael stöhnte und schüttelte den Jungen. »Bitte, Elliott, wach doch auf …«

Langsam kam Elliott wieder zu sich. Michael half ihm in sein Zimmer zurück. Die Brüder suchten schwankend Halt aneinander. Michael glaubte, eine eiserne Kugel hinter sich herzuziehen. Irgend etwas zwang ihn mit aller Kraft zu Boden. Was war nur mit seinem Bruder geschehen? Was war mit diesem Haus los? Ob es wohl einstürzen würde?

Zu seiner eigenen Beruhigung strich Michael über die Wand, aber die Wand schien sich in andere Dimensionen von ihm wegzubewegen. Sie war wie durch Lichtstrahlen aufgeladen, die einen kunstfertigen Tanz vollführten.

»Na, los schon, Elliott, reiß dich zusammen! Komm wieder zu dir!«

Er schleppte den jüngeren Bruder in dessen Zimmer. Elliott fühlte sich ganz starr und leblos an. Kalt wie Eisen, und als läge er in Ketten. E. T. fand er zugedeckt in Elliotts Bett. Auch er war bleich wie der Tod.

Michael ließ Elliott los. Er war voller Angst.

E. T. atmete schwer, gefangen in seiner Atomkraft. Der Gott mußte verschwinden. Er war außer Kontrolle geraten.

Rette mich, rief er seinem Captain zu, der das Raumschiff des weit entfernten Lichts durch die Nacht manövrierte.

Komm, mein Captain, und hole den Botaniker wieder heim, der versagt hat.

Meine Pflanzen sterben. Und ich fürchte, daß auch ich sterben werde.

»Wir dürfen das jetzt nicht mehr für uns behalten, Elliott«, sagte Michael. »Wir brauchen Hilfe.«

Da wandte Elliott sich mit weitaufgerissenen Augen seinem Bruder zu. Er machte den Eindruck eines Mondsüchtigen oder einer gefährlich aussehenden Qualle mit glänzenden Fangarmen. »Nein, Michael, nein! Bitte nicht ...«

Elliott wußte, daß sie sich niemandem anvertrauen duften. Das Militär, wie auch die Regierung würden nichts begreifen. Man würde dieses wundersame Geschöpf einfach packen und ihm grausige Dinge antun. »Ich kann ihn mit dir teilen«, keuchte Elliott. »Das ist aber auch alles, was sein kann ...«

Das Kraftfeld, das vom Bett ausging, ließ Michael hin und her schwanken und schubste ihn wie eine Marionette im Zimmer herum. Er wußte, daß es zuviel für sie war. Damit würden sie allein nicht fertig werden. Es überstieg bei weitem ihre Kräfte. Die Zimmerwände strahlten dunkle Impulse aus, und Michael sah den Außerirdischen, tausendfach und winzigklein, überallhin projeziert. Hinter ihm brannte ein kosmisches Feuer. Hatte das Geschöpf aus dem Weltraum vor, die ganze Erde in Flammen aufgehen zu lassen?

»Elliott ...« Michael stolperte rückwärts davon. Er versuchte, sich vor dem wilden Tanz der überladenen Atome zu schützen. »Wenn wir uns nicht helfen lassen, werden wir ihn verlieren. Und wir werden auch dich verlieren, Elliott ...«

Elliotts Augen waren rotglühend und erinnerten an einen

gefährlichen Raubfisch. Fangarme flackerten in seinem Blick auf. Dahinter stand eine Kraft, die irdisches Begreifen überschritt. Der Junge glühte wie Eisen im Hochofen, so als hätte er eine Feuerprobe zu bestehen. Elliott hatte schon immer verstanden, Fieber vorzutäuschen, aber das …

Michael klemmte sich seinen Bruder unter einen Arm und hob den Außerirdischen mit dem anderen hoch. Er war groß und stark, aber das Gewicht dieser beiden an seinen Armen …

Er rang mit ihnen: mit Elliotts eiserner Kugel und der kosmischen Sonne des Außerirdischen. Michaels Finger zuckten, von E. T. gesteuert. Die Berührung des Außerirdischen war magisch und versetzte ihm einen Stromschlag. Alles konzentrierte sich in einem Punkt und gab ihm mehr, als er sich in zehn Millionen Jahren an Raumwissen hätte aneignen können.

Flüge in vergessene Machtbereiche …

Michael schleppte die beiden ins Badezimmer und schob sie in die Duschkabine. Er mußte das Feuer löschen, Elliott auf irgendeine Weise wieder abkühlen … Das Wasser rauschte auf sie nieder, und im Nu waren Elliott und E. T. klatschnaß. Der alte Reisende schüttelte den Kopf, als er das Wasser spürte. Ach ja, die Dusche, wo das schöne, schlanke Geschöpf, das ihn an eine Weide erinnerte, seine Tänze vollführte.

E. T. spürte Mary jetzt, befand sich auf ihrer lieblichen Wellenlänge, aber gleichzeitig bewegte er sich jetzt in Kometenschauern. Auf Wiedersehen, kleine Weide …

Er trat stolpernd vor, und zwar genau in die Mitte des Wasserstrahls. Doch es war ein Wasserfall in einer versteckten Grotte auf der Venus. Geheime Flüsse rauschten in der Dunkelheit. E. T. schloß die Augen und badete dort. All das, was ewig hatte währen sollen, würde ihm bald verschlossen sein.

Leichtfertig hatte er alles verspielt, seine Neugier würde den Raumfahrern das Leben kosten, wie das bekannte Sprichwort den Fliegern in fremde Welten verhieß.

Sieh dich um, verlasse die dir gemäßen Dimensionen oder auch nicht, aber laß dich nicht vom Tod einholen! Was für ein Wahnsinn, die Unsterblichkeit so leichtfertig fortzuwerfen. Obwohl er so viele Sternenmeilen schon durchmessen hatte, war ihm ein solcher Fehler unterlaufen.

Und jetzt zum letztenmal unter der Dusche.

Manche duschten das letztemal auf der Venus, manche auf dem Mars ...

... aber nur ein kosmischer Irrer konnte dabei auf die Erde geraten.

Er planschte mit seinen Entenflossen und sang leise mit tiefer kosmischer Stimme. Das Echo wurde aus uralten Räumen zurückgeworfen.

»... manchmal geschehen Dinge ...«

Er sank in die Knie, die aus tonnenschwerem Blei zu sein schienen.

Auch Elliott sank neben ihm in sich zusammen. Auch er wurde von einer unwiderstehlichen Kraft niedergedrückt. »E. T., werde wieder gesund ...« Elliott fühlte die Kraftfelder in sich, doch er hatte keine Gewalt über sie. Ihm war, als zuckten wilde Flammen durch seine Glieder, die die heilenden Strahlen am Durchbruch hinderten.

Unten öffnete sich die Tür, und Mary betrat mit Gertie an der Hand das Haus.

»Geh deinen Bruder aufheitern«, sagte die Mutter und schickte das Kind hinauf.

Mary stellte die Einkaufstüten ab. Kaum hatte sie das

Haus betreten, da waren auch die grauenhaften Kopfschmerzen wieder da. Es war, als stieße ihr jemand ein Messer ins Hirn.

Sie bewegte den Kopf vor und zurück, massierte sich die Nackenmuskeln und preßte schließlich die Hände auf die Schläfen. Dann sah sie ganz deutlich ihren Arzt vor sich. Er verschrieb ihr Medikamente, die sie gar nicht wollte …

Michael kam voller Schwung die Treppe heruntergepoltert.

»Sachte, sachte, mein Lieber«, mahnte sie, »sonst brichst du noch durch.«

»Mama, ich muß dir was sagen. Es ist wohl besser, wenn du dich erst mal setzt …«

Mary sank auf einen Stuhl. Bitte, bitte, lieber Gott, quäle mich nicht schon wieder mit so einem Kinderproblem, nur heute verschone mich einmal. Hoffentlich keine von Menschenzähnen verursachten Bißwunden auf der Brust. Ich habe diese ewigen Berichte von Keilereien und Faustkämpfen so satt …

Sie sank schwerfällig auf den Stuhl nieder, der unter ihrem Gewicht schwer ächzte. So knackten Gelenke, denen zuviel zugemutet wird. »Ist es etwas Ernstes?«

»Viel ernster, als du dir vorstellen kannst.«

Sie sprang auf. Alles drehte sich um sie, ihr war ganz schwindlig. Etwas Entsetzliches kam auf sie zu, was sie nicht wieder aus seiner Umklammerung freigeben würde.

»Erinnerst du dich noch an den Kobold«? fragte Michael.

Bloß kein Perverser, kein Sexprotz, flehte sie. Was war nur in ihre Familie gefahren? Michael hatte Quallenaugen.

Sie hörte Gerties Schritte auf der Treppe und fühlte, wie der Boden unter ihren Füßen wankte. Doch nicht vom Gewicht eines fünfjährigen Kindes.

»Mama!« schrie Gertie. »Sie sind weg! Sie sind nicht mehr im Wandschrank!«

»Sie?« Mary sah Michael fragend an.

»Ich zeige es dir wohl besser«, antwortete Michael gefaßt.

Er ging voraus – die Treppe hinauf und ins Badezimmer. »Aber eines mußt du mir hoch und heilig versprechen ...«

»Michael ...« Marys Hirn schien zu zerbröckeln. Die Brocken fielen herunter, wie Haarnadeln aus dem Haar. Michaels Stimme hatte wie bei dem Spiel ›Kerker & Drachen‹ geklungen. Furchterregend, unheilverkündend. »Was ist denn nur?«

Da zog Michael den Duschvorhang beiseite. Mary kniff rasch die Augen zusammen und wagte sie erst nach einer Weile wieder zu öffnen. Sie glaubte, unter der Dusche ein sich windendes Knäuel von Reptilien gesehen zu haben.

Als sie die Augen wieder öffnete, erblickte sie jedoch ihren Sohn Elliott und ...

»Wir sind totkrank ...« Elliott hob die Hand. »Wir sterben ...«

Das Wasser prasselte noch immer auf sie herunter, auf ihren Sohn Elliott und dieses monströse Wesen, das kaum einen Meter groß, aber furchterregender anzusehen war, als sie es sich in ihren schlimmsten Alpträumen auszumalen vermochte. Und dieses gräßliche Geschöpf gab ein Signal. Seine Lippen bewegten sich, und Mary hörte ein gebrochenes Echo, das aus tiefen Höhlen zu kommen und diese zu zerbersten schien.

»Er kommt vom Mond«, erklärte Gertie.

Mary packte Elliott und zog ihn unter der Dusche hervor. All ihre Gedanken galten der Flucht. Sie mußte ihren Sohn den Klauen dieses Reptils entreißen. Dieses Geschöpf war so ungeheuerlich, daß sie seinen Anblick nicht mehr ertrug.

»Runter mit euch, aber schnell«, keuchte sie, hüllte Elliott rasch in ein Badehandtuch und stieß sie alle vor sich her die Treppe hinunter. Sie war so verwirrt, daß sie gar nicht klar denken konnte. Wie betäubt tastete sie sich mühselig vorwärts. Das Ding im Bad konnte dableiben. Sie würde mit den Kindern verschwinden. Nichts sonst interessierte sie im Augenblick auf der Welt.

»Aber wir können ihn doch nicht einfach alleinlassen«, protestierte Elliott.

Mary schob ihre Kinder vor sich her, um sie in Sicherheit zu bringen. Sie hatte nur einen Gedanken in ihrer fast übermenschlichen Furcht: Flucht. Sie stieß ihre drei Kinder wie willenlose Puppen zur Haustür. Sie öffnete die Tür, und dort verließ sie dann das letzte bißchen Verstand, das sie sich noch bewahrt hatte; denn auf der Türschwelle stand ein Astronaut. Seine Augen blickten durch einen Sehschlitz im Helm. Sein Körper steckte in einem Raumanzug. Sie schlug ihm die Tür vor der Nase zu und lief wie gehetzt zum Hinterausgang. Doch diese Tür stand schon auf. Ein anderer Astronaut betrat gerade ihr Haus.

Mary stürzte an das Fenster. Das wurde gerade mit einer Plastikplane zugehängt, die ein Mann im Raumanzug am Rahmen festnagelte. Und dann senkte sich über das ganze Haus eine riesengroße Plastikhülle.

Bis zu Beginn der Dunkelheit war das Haus ein riesiges, luftdichtes Paket, das aus durchsichtigem Vinyl bestand. Dicke Luftschläuche wanden sich um das Gebilde, das von grellen Scheinwerfern beleuchtet wurde, die man auf Gerüste montiert hatte. Die Straße war abgeriegelt worden, und in der Auffahrt zum Hause standen Wohnwagen und Laster. Männer in blauen Monteuranzügen kamen und gingen.

Man konnte nur noch durch einen Lieferwagen ins Haus gelangen.

In diesem Wagen zog Keys sich gerade seinen einteiligen Arbeitsanzug an. Nachdem er den Helm aufgesetzt hatte, verschwand er durch die rückwärtige Tür des Wagens in einem der riesenhaften Schläuche. Durch diesen Schlauch ging es zu einer Druckausgleichskammer, in die er durch Öffnen eines Reißverschlusses gelangte. Er zwängte sich durch diese Kammer hindurch und betrat das Haus. Das stand jetzt unter Quarantäne.

»... erschreckend ... wirklich erschreckend ...« Der skeptische Mikrobiologe führte unter seinem Helm Selbstgespräche, die niemand hören konnte. Er gab seltsame Pfeif- und Quietschtöne von sich und erkannte seine eigene Stimme kaum wieder. Sein Gesichtsausdruck erinnerte an einen Goldfisch, den man in ein viel zu enges Glas gestopft und der daraufhin einen Schock erlitten hatte. Wie vom Donner gerührt und völlig perplex stand er in dem Geviert, das seinem Stab von Fachleuten zugeteilt worden war. Diese Männer und Frauen untersuchten Gewebeproben des Außerirdischen und testeten auch sonst alle körperlichen Funktionen des Außerirdischen. Zuerst hatten sie alle wie betäubt vor ihm gestanden. Und nur ganz allmählich begannen sie sich von ihrem Schock zu erholen.

In einem anderen Teil des Hauses nahm ein Ärzteteam sich der Familie an. Das Wohnzimmer war zur Notaufnahme bzw. Intensivstation umfunktioniert worden. Dort wurde Mary gerade eine Blutprobe entnommen.

»Haben Sie irgendwelche Veränderungen festgestellt, seit das ... es ... das Haus mit Beschlag belegt hat? Ich spreche von einer Veränderung der Umweltbedingungen. Temperatur, Luftfeuchtigkeit, Lichteinfall, Intensität des Lichts etc.«

Sie starrte ihn an und war nicht in der Lage oder auch nicht bereit, darauf zu antworten. Neben ihr wurde zur selben Zeit Michaels Blutdruck gemessen.

»Sind dir irgendwelche Veränderungen an seiner Hautfarbe oder seinen Atemzügen aufgefallen? Litt er an Haarausfall? Hat er übermäßig perspiriert? Neigte er zu Schweißausbrüchen?«

»Haare hat er nie gehabt«, erklärte Michael.

Der Arzt wandte sich einem Kollegen zu: »Offenbar ist es den Kindern gelungen, sich mit diesem Geschöpf irgendwie zu verständigen. Natürlich nur auf ganz primitiver Basis. Mit Hilfe von Sätzen, die aus sieben oder acht einsilbigen Wörtern bestanden.«

»*Ich* hab' ihm das Sprechen beigebracht«, sagte Gertie stolz zu dem Mann, der ihr gerade eine Haarsträhne abschnitt. Vor ihr kniete ein Psychiater.

»Du hast ihn sprechen gelehrt?«

»Ja, mit einem Sprech- und Schreiblernspiel.«

Der Psychiater hatte offensichtlich nie eins benutzt. »Hast du bei deinem Freund jemals irgendwelche Gefühle bemerkt? Hat er manchmal gelacht oder geweint?«

»Geweint hat er«, sagte Gertie mitleidig. »Er wollte wieder nach Hause.«

Der Leiter dieses ganzen umfangreichen Unternehmens ging ins Eßzimmer. Dort war ein Röntgenteam dabei, die Knochenstruktur zu untersuchen. Verwirrt kratzten sich die Leute die Helme. Keys zog den Reißverschluß zu einer Plastiktür auf und betrat einen anderen Raum, wo die Quarantänebestimmungen am strengsten waren. Dieses ganze Zimmer war mit Plastik ausgelegt, und innerhalb dieses Zimmers befand sich wiederum ein abgeschlossener Raum, sozusagen eine ›sterile Kammer‹, 3 × 3 m groß, durchsichtig und ebenfalls aus Plastik. Hier befanden sich Elliott und E. T. Ein Team von Fachärzten schwirrte um sie herum.

»Ich bin jetzt soweit. Das ist nicht das EKG eines Menschen.«

»Sind Q-, R- oder S-Zacken zu sehen?«

»Nein.«

»Werden überhaupt EKG-Kurven aufgezeichnet?«

»Ich – ich weiß es nicht.«

Der Herzspezialist betrachtete das Elektrokardiogramm des Außerirdischen genauer. So etwas war in keinem Fachbuch verzeichnet. Aber Ärzte sind merkwürdige Menschen. Läßt man ihnen nur ein bißchen Zeit, so kommen sie mit Hilfe ihrer Instrumente auch den seltsamsten Auswüchsen des Lebens auf die Spur. Die Ruhe, mit der sie dabei zu Werke gehen, wirkt regelrecht ansteckend.

»Wirklich merkwürdig ...«, war die einzige Äußerung, zu der sich einer der Ärzte hinreißen ließ. Und das war wirklich keine Übertreibung. Alles an dem Geschöpf, das vor ihnen auf dem Tisch lag, war widersprüchlich. Einerseits war es sanft und weich wie Gemüse, das leise vor sich hinträumt, und dann auch wieder hart wie Stein. Es konnte alle Apparaturen lahmlegen.

»Sonar, haben Sie das Herz dieses Wesens lokalisieren können?«

»Schwer zu sagen.«

»*Hat* es überhaupt ein Herz?«

»Der ganze Schirm ist erleuchtet. Es scheint fast, als fülle das Herz den ganzen Brustkorb aus.«

Sie stießen ihn an, stachen mit Fingern auf ihn ein, knickten ihm Arme und Beine nach allen Seiten ab. Nadeln wurden ihm auf der Suche nach Venen ins Fleisch gestochen, mit anderen Nadeln versuchte man, seine Reflexe zu testen. Seine Ohrenklappen wurden entdeckt, seine feingeformten, kleinen Ohrenschößlinge gewaltsam geöffnet. Seine hochgradig lichtempfindlichen Augen, mit denen er die unendliche Weite des Universums abtastete, wurden durchdringenden Lichtstrahlen ausgesetzt, bis seine Augen schmerzten und tränten. Das Team arbeitete in fieberhafter Eile und bemühte sich, dieses Rätsel nach Möglichkeit von allen Aspekten und Blickwinkeln aus gleichzeitig zu lösen. Sein gemarterter Leib mußte alle Untersuchungen über sich ergehen lassen, die die medizinische Forschung bisher ermöglichte. Es sollte herausgefunden werden, wie es um ihn bestellt war, was ihn am Leben hielt, wie es funktionierte.

Der Arzt, der dieses Team leitete, versuchte ununterbrochen, sich den Schweiß von der Stirn zu wischen. Er mußte jedoch feststellen, daß sein Schutzhelm mit einem gläsernen Visier versehen war, das er zu seinem Leidwesen nicht hochklappen konnte.

Er war frustriert und völlig verwirrt. In seinen Augen war E. T. ein Geschöpf, das man sich gut auf dem Meeresgrund vorstellen konnte, ein Monster ohne Bewußtsein. Ein Wesen, das nichts Menschliches an sich hatte, und dessen Daseinszweck wohl immer ein Geheimnis bleiben würde. Ein sehr eindrucksvolles, imponierendes Wesen, das mußte er zugeben, doch so abstoßend häßlich, daß der Arzt jegliche Zartheit vermissen ließ, mit der er sonst seine Patienten behandelte. Er war so erschöpft, daß ihm im Geiste Pterodactyle, urweltliche Riesenechsen und andere groteske Tiere erschienen, die es nie hätte geben sollen und die glücklicherweise inzwischen ausgestorben waren. Dieses mißgestaltete Wesen, das da vor ihm lag, mußte zu diesen Tieren der Urzeit gehören. Es erschien ihm kalt und gefühllos. Es übertraf noch die schlimmsten Alpträume. Ein so mißgestaltetes

Monster konnte man sich in seinen kühnsten Träumen nicht ausmalen. Ein ekelerregendes Schreckgespenst. Es erschien dem Arzt ganz natürlich, daß er nichts als Widerwillen empfand und dieses Monster lieber tot gesehen hätte.

»Es lebt«, sagte der Techniker, der neben ihm arbeitete, »aber ich kann keinen Atem feststellen ...«

»... Puls regelmäßig ...«

Der uralte Weltenbummler lag regungslos da. Er erinnerte an einen blassen, leblosen Mond, der vom Himmel gefallen war. Das grelle, fluoreszierende Licht brannte auf ihn hernieder und stach mit seinen Strahlen auf ihn ein – furchterregendes menschliches Grinsen, das sich tief in seine Nerven einbrannte. Er stand im Banne der Irdischen. Diese Ärzte auf Erden, deren Apparaturen zum Primitivsten zählten, was er sich vorstellen konnte, hatten ihn in ihrer Gewalt. Wenn er dagegen an die unvergleichlich komplizierten Abtastvorrichtungen dachte, die ihnen auf dem großen Raumschiff zur Verfügung standen ...

Ach Medizin, seufzte er und sandte einen Hilferuf hinauf zu seinen eigenen Ärzten.

»Was für ein Unikum ...«

»Notieren Sie *Exolphthalmus,* auffällige Glanzaugen ...«

»Bilaterale Babinsky-Reflexe an den Füßen.«

»... da, jetzt habe ich endlich den Atem. Leider nur einen einzigen Atemzug ...«

E. T. versuchte, sich zum Raumschiff vorzutasten, zu seinem höchsten Daseinszweck. Nur dort oben im Universum wurde er wirklich gebraucht. Sollte er tatsächlich alles einbüßen?

Ach E. T., seufzte er, jetzt haben sie dich.

Er war wie mit eisernen Ketten an die Erde gefesselt, seiner Freiheit beraubt. Unerträglich schwere Gewichte lasteten auf ihm, sie drückten ihn nieder. Seine Kräfte verließen ihn zusehends.

»Haben wir schon Spurenelemente?«

»Wir haben eine radioaktive Schwelle etabliert. Es weist jedoch nichts bei der Familie auf äußerliche Verbrennungen hin. Auch die Knochen scheinen unversehrt zu sein.«

»Doppler, haben Sie das Gewebe auf Wunden hin untersucht? Ist Blut geflossen? Haben Sie Blutgerinnsel festgestellt?«

»Nein. Aber die Systalysen sind außergewöhnlich – scheinen sich bei dem Monster und dem Jungen irgendwie zu überschneiden.«

Wieder fuhr sich der Leiter des Ärzteteams nervös über den Helm. Der Junge und das Monster schienen auf irgendeine geheimnisvolle Weise miteinander in Verbindung zu stehen. So als ernährte sich das Monster vom Lebenssaft des Kindes. Der Junge wurde immer wieder bewußtlos, kam dann wieder zu sich und sank bald darauf wieder in eine tiefe Ohnmacht. Offenbar litt er an Halluzinationen. Er babbelte wirres Zeug und verlor dann wieder das Bewußtsein. Wie gern würde ich die Schnur zerschneiden, die die beiden miteinander verbindet, dachte der Arzt. Doch ich weiß nicht wie. Was ist diesen beiden so ungleichen Wesen gemeinsam? Er untersuchte sie noch gründlicher als vorher und wischte sich wieder mit der Hand über den Glasfiberhelm.

Der Arzt war fest davon überzeugt, daß das fremde Wesen im Sterben lag. Seine ganze Sorge galt daher dem Jungen. Dessen Herz schlug sehr unregelmäßig, der Puls war äußerst schwach. Alles verlief ganz synchron mit den Körperfunktionen des Monsters. Es schien, als wäre der Junge in einem Netz oder Geflecht gefangen und so auf höllische Weise an das Monster gekettet.

Der Arzt sah seine Kollegen an ihren Apparaten arbeiten. Die Köpfe in den Glaskapseln nickten. Doch auch sie würden dieses Problem nicht lösen können. Er starrte in das grausige Gesicht des vor ihm liegenden Monsters. Wenn es im Universum je ein gefühlloses, fremdartiges, eiskaltes und liebloses Geschöpf gegeben hatte, so war es diese verdammte Mißgeburt. Intelligenz schien es zu besitzen; denn es war ja mit einem Raumschiff gekommen. Aber die Geschöpfe, die die Besatzung bildeten, waren Parasiten, Schädlinge. Unfähig, Mitgefühl zu empfinden oder auch nur freundlich zu sein. Alle die hochentwickelten menschlichen Tugenden waren ihnen fremd. Das wußte er so sicher, wie er hier stand, und er wünschte sich sehnlichst, diesen Freak erwürgen zu dürfen. Das Monster war gefährlich. Er hätte nicht sagen können warum; aber er spürte mit jeder Faser seines Wesens, daß es eine Gefahr für sie alle war.

E. T. wurde punktiert, und Elliott wimmerte neben ihm, als würde ihm das geschehen. Er wandte sich dem einzigen ihm vertrauten Menschen zu, und das war Keys. »Sie tun ihm weh. Sie bringen uns ja um …«

Keys starrte auf E. T. hinunter. Angesichts der Häßlichkeit des Außerirdischen hatte er seine Vorstellung von dem edlen Geschöpf aus dem Weltraum schleunigst ändern müssen. Trotzdem waren die höheren geistigen Wellen immer noch tief in Keys eingebrannt. Wenn das Ding da auf dem Tisch vor ihm auch abstoßend häßlich war, so stammte es doch von einem Raumschiff. Und das Raumschiff war allmächtig und bewegte sich in Bereichen, die das menschliche Fassungsvermögen überstiegen. Keys betrachtete es als seine Mission, dem Raumschiff zu dienen.

»Wir versuchen doch nur, ihm zu helfen, Elliott. Er braucht nämlich unbedingt Hilfe.«

»Er möchte bei mir bleiben. Er kennt Sie doch gar nicht.«

»Elliott, dein Freund ist ein seltenes und äußerst wertvolles Geschöpf. Wir möchten es kennenlernen. Wenn wir mehr über deinen Freund erfahren, können wir eine ganze Menge dazulernen, was das Universum und das Leben im allgemeinen betrifft. Du hast dieses fremde Wesen gerettet und bist gut zu ihm gewesen. Jetzt ist es erst einmal unsere Aufgabe, uns um diese Kreatur zu kümmern. Siehst du das denn nicht ein?«

»Er will bei mir bleiben.«

»Das soll ›er‹ ja auch. Wo er hinkommt, da wirst auch du hinkommen, das verspreche ich dir.«

Aber wie es mit dem Geschöpf weitergehen würde, konnte niemand wissen. Die wirbelnden Kräfte, die in seinem Körper steckten, verschoben sich vom Kern aus. Das uralte Wesen fühlte in sich diese ungeheuren Kräfte, die den Kräften urweltlicher Drachen gleichkamen. Sein Geschlecht hatte diese Flamme, dieses Leben nutzbar gemacht. Sollte das nun alles mit einer Katastrophe enden? War er dazu ausersehen, diesen Planeten zu zerstören? Nein, schrie es in ihm, dazu durfte es nicht kommen. Was konnte es Schrecklicheres geben, als etwas so Herrliches zu zerstören wie die Erde? Das ganze Universum würde mich auf ewig verfluchen.

Aber der Drache in seinem Innern vollführte einen wahnwitzigen Tanz. Seine Augen glühten wie brennende Sonnen. In ihnen flammten die Mysterien des Grauens und der Unterwerfung auf. Eine übermächtige Kraft würde freigesetzt werden, die alles hinwegfegte – Ärzte, Apparaturen, Freund und Feind, alles und jedes, so daß nichts mehr blieb.

»Der Junge ist schon wieder bewußtlos.«

»Rufen Sie die Mutter herein.«

E. T. klammerte sich am Rande der ungeheuren Leere fest, an einem letzten dünnen Strahl Energie. Ein entsetzliches Gebrüll dröhnte in seinen Ohren. Unter ihm öffnete sich der Schlund des Drachens. Furchterregend züngelten schwarze Zungen kosmischen Feuers empor, um einen Planeten, ein ganzes Sonnensystem und was sich dem Drachen sonst noch in den Weg stellen mochte zu verschlingen. E. T. spürte, wie der Schutzmantel, der sein Wesen umgab, zerbarst und das Wissen um die Sterne am Firmament ihm immer schneller entströmte.

»Der Blutdruck wird immer niedriger.«

»... und der Puls immer schwächer ...«

»Sauerstoffzufuhr erhöhen!«

»Kaum noch Herzaktionskurven!«

»Ohne Q-, R- und S-Zacken kann man sich ja auch nur schwer ein Bild machen.«

»Keinerlei Herzströme mehr. Null-Linie. Herzstillstand.«

»Schließt ihn schnell an!«

E. T. wurde an ein elektrisches Gerät angeschlossen. Die Ärzte versetzten ihm Stromstöße, injizierten Adrenalin und wandten Herzmassage an.

»Nichts – keinerlei Reaktion – da ist wohl nichts mehr zu machen ...«

Das EKG des alten Weltraumfahrers wies keinerlei Kurven mehr auf, sondern lief in kerzengeraden Linien aus. Der Außerirdische lag tot da. Doch nun bewegte sich Elliott wieder. In dem Augenblick, in dem das Herz des alten Reisenden durch die Welten aufgehört hatte zu schlagen, kam wieder Leben in den Jungen. E. T. hatte im letzten Augenblick doch noch eine der Formeln entdeckt, nach denen er sein Leben lang gesucht hatte. Die Formel, die wie ein Schutzschild wirkte, und ihn im Tode so abschirmte, daß der Junge ihm nicht folgen konnte.

Elliott fuhr vom Bett auf und schrie: »E. T., geh nicht fort!«

»Keinerlei Reaktion«, sagte einer der Ärzte. Er zeigte auf den Außerirdischen. »Er hat aufgehört zu atmen.«

»Er kann die Luft anhalten«, rief Elliott weinend.

Aber die Ärzte schüttelten die Köpfe. Das Geschöpf, das sie zu retten versucht hatten, war verstorben. Ihre überreizten Nerven ließen sie jedoch nicht zur Ruhe kommen. Immer wieder fragten sie sich, was sie da eigentlich vor sich gehabt hatten.

Sie bemerkten kaum, daß das Licht kurz flackerte und zu erlöschen drohte, daß die Apparaturen vorübergehend ausfielen. Sie nahmen auch gar nicht richtig wahr, daß das Haus erbebte und das ganze Tal sich aufzutun und sie alle zu verschlingen drohte. Das war anderen Wesen mit anderen Apparaturen vorbehalten, die Erschütterungen tief im Innern der Erde aufzeichnen konnten ...

Keys beugte sich über den Außerirdischen wie ein Kind, das nicht daran glauben will, daß der Tod tatsächlich existiert, und flüsterte: »Wie können wir uns denn mit deinen Leuten in Verbindung setzen?«

Elliott spürte Marys Hand auf seiner Schulter nicht, fühlte nichts als seinen schrecklichen Verlust. »Er war – der Allerbeste«, schluchzte er. Die Tränen strömten ihm übers Gesicht, als er seinen alten Freund betrachtete. Trotz der Einwände des Oberarztes betraten Gertie und Michael den Raum.

Gertie eilte an den Tisch, stellte sich auf die Zehenspitzen und sah das Monster an. »Ist es tot, Mami?«

»Ja, mein Schatz.«

»Wir können uns doch aber wünschen, daß er zurückkommt.«

Das war nun wirklich das Allerletzte, was Mary gewünscht hätte. Sie starrte das grausige kleine Monster an, das inzwischen geschrumpft zu sein schien. Sie sah seinen gräßlichen Mund, seine langen, schaurigen Finger und Zehen, seinen grotesken Wanst. Sie sah ein abstoßend häßliches Scheusal, das Elliott fast umgebracht hätte.

»Ich wünsche mir«, sagte Gertie, »ich wünsche mir, ich wünsche mir, ich wünsche mir so sehr …«

Ich wünsche mir, dachte Mary und wiederholte im Geiste die Beschwörungsformel des Kindes, ohne sich dessen bewußt zu sein.

Alle wurden aus dem ›Sterbezimmer‹ hinausgeschickt. Auch Elliott, der von draußen mitansah, wie E. T. in einen Plastiksack gesteckt, der Reißverschluß zugezogen und das Ganze mit Trockeneis bedeckt wurde. Aus den anderen Räumen wurden inzwischen die Apparaturen und die Schutzverkleidungen aus Vinyl entfernt. Ein kleiner Blechsarg wurde in das ›Sterbezimmer‹ getragen, und Agenten legten den Außerirdischen in den Sarg. Keys trat hinter Elliott und legte dem Jungen die Hand auf die Schulter.

»Möchtest du ihn noch ein letztesmal sehen?« Keys machte den Leuten ein Zeichen, den Raum zu verlassen, und schickte Elliott allein hinein. Die Eingangsklappe aus Plastik fiel hinter ihm zu.

Elliott stand über den kleinen Sarg gebeugt. Er wischte das Eis vom Gesicht des Außerirdischen. Tränen brannten in den Augen des Jungen und nahmen ihm die Sicht. Sie strömten ihm über die Wangen und tropften auf die Plastikhülle über E. T.s Gesicht. »Ich dachte, ich könnte dich immer behalten. Ich wollte dir noch so vieles zeigen, E. T. Du warst für mich wie ein Wunschtraum, der in Erfüllung gegangen ist. Bevor du zu mir gekommen bist, wußte ich gar nichts von diesem Wunsch. Bist du jetzt endgültig fortgegangen?«

Glaubst du an Märchen?

Giepel giepel snnnnnn org

Ein goldener Lichtstrahl schoß durch den Weltraum. Historiker, die sich mit dem Kosmos befassen, sind geteilter Ansicht darüber, aus welcher Richtung er kam. Er war älter als E. T., älter als das älteste Fossil. Es gibt Leute, die behaupten, es sei die heilende Seele der Erde selbst gewesen, die – vielleicht als diplomatische Gestalt dem Besucher gegenüber – in einem einzigen Strahl ihre Erkenntnisse übermittelte.

Die Botschaft soll gelautet haben: »Guck nicht mehr in fremde Fenster!« Dann soll der Lichtstrahl wieder verblaßt sein.

Andere Wissenschaftler wiederum stellten die These auf, die Erde sei verdammt gewesen und habe sich nicht selbst und aus eigener Kraft retten können. Ein Schwesterplanet habe der Erde die rettende Hand gereicht, indem er die Kernkraft des Drachens wieder abschwächte.

Wieder andere hörten: *driepel zoonnnnnngggggmmmmmmmtwrrrrdssss*

Der Ruf aus dem Weltall.

Was es aber auch gewesen sein mag, es erreichte den Heilfinger des Außerirdischen und ließ ihn erglühen.

So konnte er sich selbst heilen.

Er wußte nicht wie.

Aber er hatte eine Vision von seinem Captain – unvorstellbar schön.

»Guten Abend, Captain«, sagte E. T.

»Guck nicht mehr in fremde Fenster«, sagte die Stimme.

»Nie wieder, Captain.«

Ein strahlender Glanz erfüllte den Leib des Außerirdischen, er fühlte sich über und über vergoldet, vor allem sein Herzlicht, das erst golden und dann rot aufblinkte. Der Dampf, der von dem Trockeneis aufstieg, war rosa gefärbt und nahm dann alle möglichen anderen Färbungen an. Das bemerkte Elliott. Er kratzte das Eis vom Brustkorb des Außerirdischen und sah das Herzlicht des alten Reisenden aufleuchten. Rasch wandte er sich zur Tür, wo Keys noch immer mit Mary sprach. Das Herzlicht des Außerirdischen verdeckte er eiligst mit den Händen.

Da öffnete E. T. die Augen. »E. T. will zu Hause anrufen.«

»Okay«, flüsterte Elliott freudig erregt. *»Okay.«*

Er zog sein Hemd aus und breitete es über das Herzlicht. »Wir müssen dich irgendwie hier rausschaffen. Bleib ganz ruhig liegen ...!«

Elliott legte das Trockeneis wieder auf E. T. und zog den Reißverschluß des Plastikbeutels zu. Dann tat er, als wäre er untröstlich vor Kummer. Er trat durch die Plastikklappe hinaus – die Hände vors Gesicht geschlagen – und zwängte sich an Mary und Keys vorbei. Er eilte zu Michael in die Küche. Auf dem Tisch häuften sich Operationsinstrumente, Gesichtsmasken und Mikroskope. Dazwischen stand die verwelkte Geranie des Außerirdischen. Als Elliott flüsternd auf Michael einsprach, hob die Geranie ebenso wie Michael erstaunt den Kopf, und schon im nächsten Augenblick schossen frische, grüne Triebe aus den erschlafften Stielen. Knospen brachen auf. Die Pflanze erblühte von neuem.

Michael telefonierte unauffällig und schlich sich dann zur Hintertür hinaus.

Elliott stand in dem Hauptluftzufuhrschlauch, der aus dem Haus herausführte, als die Agenten mit dem Blechsarg vorbeikamen. Sie öffneten die mit einem Reißverschluß versperrte Plastiktür, und der Mann mit den vielen Schlüsseln hielt sie ihnen auf. Dann trugen sie den Sarg durch den Schlauch, stellten ihn in den draußen wartenden Wagen und kehrten zurück.

»Ich begleite E. T.«, sagte Elliott.

»Du und deine Familie, ihr fahrt mit mir. Wir fahren genau dahin, wo auch der Außerirdische hingebracht wird.«

»Ich möchte bei ihm bleiben. Sie haben es mir versprochen. Ich werde mit *ihm* fahren.«

Keys seufzte, hielt die Reißverschlußtür auf und ließ Elliott durch. Der Junge kletterte in den Kleinlaster und klopfte an die Fahrerkabine. Michael saß am Steuer und drehte sich um. »Eins muß ich dir allerdings sagen, Elliott. Ich bin noch nie vorwärts gefahren.«

Er legte den Gang ein und trat aufs Gaspedal. Ein nervtötendes Reißen verriet ihnen, daß das gesamte Schlauchsystem vom Haus abgerissen wurde. Dadurch fiel auch die riesige Plastikhülle um das Haus in sich zusammen. Der Kleinlaster schlitterte die Auffahrt hinab und zog wie ein mit dem Schwanz peitschender Drachen mehr als fünf Meter vom Hauptschlauch hinter sich her.

Michael drückte auf die Hupe. Hastig schoben Polizisten die Absperrungen beiseite, und die Menge teilte sich, um den Wagen durchzulassen. Elliott wurde auf der Ladefläche hin und her geworfen, als der Kleinlaster mit quietschenden Reifen lospreschte. Da erst fiel ihm auf, daß sich zwei Agenten in dem Schlauch befanden, den das Auto hinter sich herschleifte. Die klammerten sich an den Rippen des Schlauches fest und versuchten, sich zum Wagen vorzuarbeiten. Und hätte er am anderen Ende des Schlauches wieder hinaussehen können, so hätte er bemerkt; daß Mary mit Gertie in ihren Wagen gesprungen war.

Sie sauste die Auffahrt hinunter, überholte die Regierungsfahrzeuge, verfolgte den Kleinlaster, den sich ihre Söhne soeben widerrechtlich angeeignet hatten, und hoffte inständig, daß das kein kriminelles Delikt war.

»Wo fahren wir denn hin, Mami?«, erkundigte sich Gertie.

»Neue Placenta-Creme kaufen«, erwiderte Mary und jagte durch die Polizei-Barrikaden hindurch.

»Haben Elliott und Michael den Wagen gestohlen?«

»Ja, Liebchen ...«

»Und warum haben sie *mich* nicht mitgenommen?«

»Weil du noch zu klein bist, um Autos zu klauen«, entgegnete Mary und sauste die Straße entlang. »Das kannst du machen, wenn du älter bist.«

Mit quietschenden Reifen jagte sie den Wagen um eine Kurve. Sie mußte dem davoneilenden Kleinlaster auf der Spur bleiben. Sie wußte jetzt, daß das Monster lebte, spürte es in sämtlichen bloßgelegten Nervenenden ihres gemarterten Körpers. Ob damit ihr geheimster Wunsch in Erfüllung gegangen war oder ob der Zufall seine Hand im Spiel gehabt hatte – sie war froh, daß das Monster wieder zum Leben erwacht war. Auch wenn ihrer aller Leben dadurch wieder viel schwieriger wurde, so wußte sie doch, daß es so am besten war.

Die beiden in dem Schlauch gefangenen Männer holperten hinter dem Kleinlaster her und klammerten sich verzweifelt fest. Durch das an dem Wagen hängengebliebene Schlauchende konnten sie Elliott wie wild herumwirtschaften sehen.

He, dachte einer der Männer bei sich, der Bursche versucht doch wohl nicht, diesen Schlauch abzuklinken? Doch schon im nächsten Augenblick rollten die Agenten heraus auf die Straße. Der Schlauch begrub sie beide unter sich, während der Kleinlaster davonschoß.

Michael kämpfte mit dem Lenkrad und den Fußpedalen des ins Schleudern geratenen Fahrzeugs. »Wir werden uns noch den Hals brechen, Elliott«, rief er über die Schulter zurück. »Und meinen Führerschein bekomme ich nie!«

Er konnte es nicht fassen, daß andere Autos kurz vor dem Zusammenstoß den Weg freigaben, so daß der Kleinlaster ungehindert vorbei konnte. Elliott robbte zum Blechsarg des Außerirdischen, öffnete den Sargdeckel und zog den Reißverschluß des Plastiksackes auf.

Da setzte sich E. T. erfreut auf, klopfte sich das Eis ab und sah sich um. »E. T. telefonieren nach Hause.«

»Kommen sie dich holen?« fragte Elliott.

Ziep-ziep zwack-zwack

Die Augen des Außerirdischen leuchteten, aber sein Herzlicht strahlte noch viel heller. Gleißendes Licht erfüllte den Wagen.

Michael bog von der Hauptstraße ab, nachdem er ganz plötzlich das Steuer herumgerissen hatte. Er bog in eine Nebenstraße ein, die den Hügel hinaufführte. Dieser Hügel wurde ›Ausblick‹ genannt. Von diesem ›Ausblick‹ aus hielten die ›Kerker & Drachen‹-Spieler jetzt nach ihnen Ausschau. Er hatte sie vor einer halben Stunde angerufen, und jetzt warteten sie mit ihren Fahrrädern auf sie.

Michael bremste scharf. Die Brüder stiegen aus und halfen dem Außerirdischen aus dem Wagen.

Die Kerkermeister Greg, Tyler und Steve starrten ihnen mit offenem Munde entgegen, als ihnen das kleine Monster zugeführt wurde.

»Er stammt aus dem Weltraum und gehört zur Besatzung eines Raumschiffs«, erklärte Elliott seinen verdutzten Freunden. »Wir bringen ihn jetzt zu seinem Raumschiff zurück.«

Den Kerkermeistern erging es wie zuvor den Ärzten. Alles drehte sich um sie. Ihre Verwirrung kannte keine Grenzen. Doch in ihrem Spiel hatten sie bereits sämtliche Rollen gespielt, wie Mietlinge, Orks, Hexenmeister und Ritter. Und irgendwie waren sie dadurch auch auf das Erstaunlichste vorbereitet. Trotz ihrer geistigen Verwirrung halfen sie daher E. T. sofort in Elliotts Fahrradkorb und sausten eine der vier Straßen entlang, die zum Ausblick hinaufführten.

Tyler führte die Kolonne an. Mit seinen langen Beinen trat er kräftig in die Pedale. Vorsichtig riskierte er einen Blick über die Schulter zurück und betrachtete verschreckt das Wesen in Elliotts Fahrradkorb. Er strampelte schneller, um den Abstand zwischen sich und diesem Untier möglichst rasch zu vergrößern. Was es auch sein mochte, vielleicht fing es an, sich zu vermehren.

»Elliott!« schrie Greg, und Speichelfäden flogen hinter ihm her. »Was … was …« Aber sein Mund war so voller Speichel, daß ihm die Zunge nicht mehr gehorchte. Verwundert ließ er ein Rinnsal aus dem Mundwinkel tropfen und legte sich kräftig ins Zeug, um mit den Freunden Schritt halten zu können. Neben ihm strampelte sich Steve ab. Natürlich trug er auch bei dieser Gelegenheit seine geliebte Baseballmütze. Der Fahrtwind drückte ihm die Ohrenklappen fest an den Kopf. Auch er riskierte hin und wieder einen Blick auf das Monster. Was es mit diesem Geschöpf auch auf sich hatte, es war auf jeden Fall schuld daran, daß Elliotts kleine Schwester ihn dazu gebracht hatte, Matschkuchen zu backen. Über die Details konnte er sich später noch den

Kopf zerbrechen. Doch er schwor sich in diesem Augenblick, sich nie wieder mit der Schwester von irgend jemandem einzulassen, nicht einmal mit seiner eigenen. Denn da konnten merkwürdige Dinge geschehen. Darüber würden sie sicher im Biologieunterricht später noch Genaueres erfahren. Er beugte sich noch tiefer über den Fahrradlenker. Sein Kopf war angefüllt mit brennenden Fragen, auf deren Beantwortung er wohl noch eine ganze Weile würde warten müssen. Um sich abzureagieren, trat er noch schneller in die Pedale.

Kaum war diese seltsame Gruppe von Radfahrern außer Sicht, da tauchten auf der Hügelkuppe lauter Regierungsfahrzeuge auf. Dahinter erschien eine Polizeieskorte und Mary in ihrem Wagen. Als alle den Laster erreicht hatten, in dem der Außerirdische transportiert worden war, umzingelten sie ihn und bremsten scharf. Die Polizisten sprangen mit gezückten Waffen aus ihren Fahrzeugen. Auch Mary verließ ihren Wagen, rannte auf den vordersten Polizisten zu und kreischte: »Nicht, sie sind doch noch Kinder!« In ihrer Stimme lag die ganze Frustration der vergangenen Monate, aber auch nackte Angst. Erschrocken fuhr der Polizist zurück, als sie ihn und seine Kollegen beiseite stieß. Hätte sie auch vor dem Scheidungsrichter so überzeugend gewirkt, wäre sie heute betuchter.

Die momentane Verwirrung ließ den Abstand zwischen den Kindern und ihren Verfolgern größer werden, letztere waren immer noch mit dem Kleinlaster und dem herausrieselnden Trockeneis beschäftigt. Doch als sie die Türen aufbrachen, fanden sie den Wagen leer.

In diesem Augenblick tauchte aus dem Gebüsch eine Gestalt auf, die sich schon gedacht hatte, daß an diesem Abend dieser Ort der wichtigste der Welt sein würde. »Sie sind auf

Fahrrädern abgehauen«, schrie Lance. »Ich weiß, wo sie hinwollen.«

Mary preßte dem kleinen Widerling schleunigst die Hand auf den Mund voller Raffzähne und stieß ihn in ihren Wagen. Doch Lance drehte blitzschnell das Wagenfenster hinunter und rief den Polizisten und Regierungsvertretern zu: »Zum See! Sie sind zum anderen Seeufer unterwegs!«

Die Polizei und die Regierungsvertreter machten sich sofort in Richtung See auf den Weg.

Nun wandte Lance sich an Mary. »In den Wald. Ich zeige Ihnen den Weg.«

»Aber was ist mit dem See?«

»Wenn ich auch alle anwidere, so bin ich doch nicht dumm.«

Währenddessen radelten E. T. und Kompanie die gewundene Straße entlang zum Landeplatz. Immer wieder mußten die Kerkermeister den Außerirdischen ansehen, und ihr Geist verwirrte sich zusehends. Tief im Herzen spürten sie jedoch, daß dieses Wesen ihnen freundlich gesinnt, und dies das eigentliche Spiel in seiner Vollendung war. So traten sie noch fester in die Pedale und jagten dahin, um das fremde Geschöpf abzuliefern – welches Schicksal es auch erwarten mochte.

Die Polizisten fuhren rund um den See herum, an Camps, Cottages und der Hütte des Parkwächters vorbei. »Nee, keiner hier vorbeigekommen ...« schnarrte dieser verwundert und starrte auf die Wagenkolonne, die die staubige Straße hinaufkamen. »Was is'n los?« Er bekam keine Antwort. Die Wagen wendeten und jagten wieder auf die gepflasterte Straße zu, die um den See herumführte.

Welche Richtung soll ich jetzt einschlagen? fragte sich der Polizeisergeant im ersten Auto, sein Augenlid zuckte schon seit dem frühen Morgen, als wollte es ihm etwas signalisieren. Es befahl ihm mit einem Zucken, das Steuer nach links herumzureißen, und er folgte seiner inneren Stimme, als würde er auf einem Radarschirm vor sich sehen, wie er fahren mußte. Alle übrigen Wagen folgten ihm unmittelbar. Sie jagten mit durchgetretenem Gaspedal die Schnellstraße entlang. Darauf bestanden die Regierungsvertreter. Dies war eine *phänomenale* Jagd, da durfte sich ihnen nichts in den Weg stellen. »Biegen Sie hier ein! Hier trennen sich unsere Wege. Wir wollen nach allen Richtungen ausschwärmen.«

Jeder wurde über Funk benachrichtigt, und die Wagen fuhren fächerförmig auseinander. So durchkämmten sie die ganze Gegend.

»... wenden, wenden ...« Das zuckende Augenlid reagierte und die Wagenräder ebenfalls, so daß die Wagen infolge eines unbegreiflichen Signals, das von vorne kam, wieder aufeinander zufuhren. Dieses Signal erreichte alle Fahrer aus dem Herzen ihrer Informationsquelle. Es rührte von einem Außerirdischen her, der den Himmel mit Hilfe von Telepathie sondierte und abtastete, und zwar so intensiv, daß es selbst die Steine spürten.

E. T. hüpfte in Elliotts Fahrradkorb auf und ab und krallte sich mit seinen langen Fingern in das Korbgeflecht. In seinem Kopf schwirrten Signale wie *znackel nerk nerk znackel – verstanden?*

»Ja, mein Captain, aber beeilt euch bitte. *zingggzingel nerk nerk.*« Tylers lange Beine traten so fest in die Pedale, man sah sie kaum noch. Er jagte jetzt mit Höchstgeschwindigkeit auf seinem Fahrrad mit Zehngangschaltung dahin und führte die Kolonne an. Michael sauste neben ihm dahin, tief über den Fahrradlenker gebeugt. Er hörte die Sirene zuerst.

»Sie kommen!« Rasch warf er Elliott einen Blick zu.

»In den kleinen Weg da einbiegen«! rief Elliott und schoß an ihnen vorbei. Greg und Steve folgten ihm mit fliegenden Fahnen, bzw. hinterherfliegendem Speichel und fliegenden Ohrenklappen. Die empfindlichen Fahrradreifen quietschten, als sie in den Holperpfad einbogen, der sie ans Ziel führen würde. Die Hügel schienen noch endlos weit entfernt, noch nie war ihnen der Weg so weit vorgekommen.

Die Räder holperten über den rissigen Weg. Sie ließen die letzten Häuser hinter sich zurück, alle Fenster erinnerten an gerade erst geöffnete Augenlider. An einem dieser Fenster stand ein Mann. Er hielt eine Bierdose in der Hand. Völlig verwirrt schob er den Vorhang beiseite. Hatte in dem Fahrradkorb wirklich ein Monster gesessen? Er rülpste laut und vernehmlich und ging mit schweren Schritten zu der alten Vitrine, in der er seinen Schnaps aufbewahrte. Nach so einem Anblick braucht man was zur Stärkung, sagte er sich. Aber ich darf nicht mehr so viel von dem Zeug trinken …

»Nur weiter …« Der Agent wies in die Richtung. Seine Fingerspitze schien zu glühen. Woher weiß ich eigentlich, wo ich hin muß? fragte er sich. Ich weiß nur, daß ich es weiß. Da hinauf, hinauf …

Die Wagen rasten alle auf die kleine Straße zu und trafen sich dort an sieben verschiedenen Stellen. Dann fuhren sie einer Karawane gleich, über das geborstene Pflaster. Der erste Wagen, noch immer vom Sergeanten mit dem zuckenden Augenlid gelenkt, schoß mit heulender Sirene hindurch. Das andere Auge des Polizeioffiziers mußte doppelte Arbeit leisten. Gnade Gott der alten Dame, die da hinter den Mülltonnen hervortritt, um eine Zigarette zu rauchen, dachte er. Wenn sie nicht macht, daß sie wegkommt, fahren wir sie unweigerlich über den Haufen. Am äußeren Rande des Flügels riegelten die Agenten die Straße ab.

»Da sind sie!«

Elliott sprang hastig vom Fahrrad und schob es neben einer alten Garage eine Steintreppe hinauf. Michael und Tyler folgten seinem Beispiel und holperten mit ihren Rädern hinterher. Sie gelangten in einen Hinterhof, wo sie durch Holzzäune rechts und links gegen ihre Verfolger abgeschirmt waren. Keuchend erreichte Greg die oberste Stufe, neben sich Steve. Sie peilten die Lage und schossen dann mit ihren Rädern durch einen schmalen Gang ins nächste Gäßchen.

Tyler und Michael waren schon dort. Sie nahmen Elliott und E. T. zwischen sich. E. T. sah sich verschreckt um und ließ seine riesigen Augen kreisen. Laßt nicht zu, daß sie mich erwischen *xyerxyer nark vmmmmmmmnnnn* könnt ihr mich hören?

zerk nergel vmmmmnnnn znack, unser großer Captain gebietet, daß du dich beeilst – Gefahr, Gefahr, Gefahr

Das Gäßchen führte in einer sanften Kurve nach oben. Fünf Jungen mit einem Monster an Bord traten auf ihren Fahrrädern wie wahnsinnig in die Pedale und sausten auf Schleichwegen der höchsten Erhebung zu. Radfahrer waren da Autofahrern gegenüber im Vorteil. Die weniger wendigen Fahrzeuge fuhren auf der tiefergelegenen Parallelstraße aufeinander zu. Sie kamen nicht weiter und waren sich gegenseitig im Weg. Also mußten sie im Rückwärtsgang den Weg zurücklegen, mußten wenden und ihr Glück von neuem versuchen.

»Schleimige kleine Ratten«, fluchte der Polizeioffizier, der mit seinem Wagen die Kolonne anführte. Sein Auge zuckte, sein Augenlid flatterte, noch nie hatte man ein Auge in so wilder Bewegung gesehen. Beim Zurücksetzen fuhr er über Aschentonnen und hoffte nur, daß sich die alte Dame inzwischen in Sicherheit gebracht hatte, und er auch kein Kind, keinen Hund und keinen Betrunkenen überfahren hatte, der sich irgendwo hingehauen hatte, um seinen Rausch auszuschlafen. Wie leicht hätte sich irgend jemand in den Mülltonnen verstecken können. Denen wäre dann nicht mehr zu helfen. Er legte den Vorwärtsgang ein und beschleunigte rasch. Den Schirm seiner Mütze hatte er entschlossen bis auf den Nasenrücken hinuntergezogen. Mit Blaulicht und aufheulendem Motor kam er aus dem Sträßchen geschossen und bog auf Verdacht hin nach links ein.

»Dieser verfluche kleine Bastard ...«, murmelte Keys vor sich hin. »Verdammter kleiner Hundesohn.« Er sah Elliotts sanftes, harmloses Gesicht vor sich. Diesem Jungen würde kein Mensch etwas Hinterhältiges zutrauen. So gänzlich ohne Arg schien er. Der Bursche wird es im Leben mit seinem Engelsgesicht noch weit bringen und alle hinters Licht führen, wenn sie sich bereits in Sicherheit wiegen, und der Sieg schon greifbar nahe scheint.

»Wenden! Wenden!« schrie er. Er kannte den Weg, spürte ihn in den Fingerspitzen und den Zehen. Sein Fahrer riß den Wagen herum, hinterließ eine höchst interessante Bremsspur auf dem Pflaster und schoß wieder auf die Straße hinaus – genau in dem Augenblick, als Tyler und Elliott aus dem Durchgang auftauchten.

»Shit ...«, fluchte Tyler »da sind sie wieder ...«

Das letzte Stück der Straße, das sie noch vor sich hatten, die letzten Häuser der Stadt, der letzte Block, bevor der Wald anfing, und sie in Sicherheit gewesen wären – alles wimmelte plötzlich von Verfolgern. Die Straße war an beiden Enden von Agenten abgeriegelt, und in der Mitte hielten sich Bullen bereit, um sie und den Außerirdischen in Empfang zu nehmen. Immer mehr Leute kletterten aus den Fahrzeugen.

Elliott machte sofort kehrt und verschwand wieder in dem engen Durchgang. Doch auch da sah er schon den Kühler eines Polizeiwagens vor sich, und ein anderer kam von hinten auf ihn zugeprescht, mit Blinklicht und heulender Sirene, als hätte er einen Schwerverbrecher vor sich.

Der Ring hatte sich um sie geschlossen. Sie waren umzingelt, die Verfolger rückten ihnen immer näher auf den Leib. Der lange, dünne Tyler hing tief über dem Lenker seines Fahrrades. »Versuchen wir doch einfach, sie über den Haufen zu fahren.« Todesmutig raste er auf sie zu. Michael folgte ihm, und Elliott war unmittelbar hinter den beiden. Sie sausten mit Höchstgeschwindigkeit dahin. Zwischen zwei geparkten Wagen hatten sie eine kleine Lücke entdeckt. Tyler machte alle sicherheitshalber darauf aufmerksam. Elliott nickte. Greg und Steve flankierten den dahinfliegenden Keil. Gregs Mund war nun endlich trocken, wie ausgedörrt, zum erstenmal seit Jahren völlig ohne Speichel. »Das schaffen wir nie«, sagte er, beugte sich über den Fahrradlenker und hätte viel darum gegeben, wenn er ihnen wenigstens eine einzige Speichelblase ins Gesicht hätte blasen können. Die Ohrenklappen von Steves Mütze lagen durch den Fahrtwind eng am Kopf an, während sein Rennrad dahinschoß. Wenn er es darauf anlegte, würde er glatt einen Bullen über den Haufen fahren. Auch wenn er dafür die Nacht im Gefängnis verbringen müßte.

Die Phalanx der Fahrräder sauste in rasender Fahrt auf die Polizeisperre, die Regierungsfahrzeuge und die gefährlich aussehenden, halbmilitärischen Vehikel zu. Die blockierten alles, so daß an ein Durchkommen gar nicht zu denken war.

Ein Zusammenstoß ist unvermeidlich, dachte Elliott.

Da hob E. T. einen Finger, die Fahrräder setzten von der

Erde ab und sausten über die Wagendächer und die Köpfe ihrer Verfolger hinweg.

»Ich werde verrückt«, sagte der Polizeichef. Er hatte seine Mütze in den Nacken geschoben, die Hände in die Hüften gestützt und starrte fassungslos nach oben. Hoch über den Häusern segelten fünf Fahrräder dahin.

Keys hatte ein Gefühl in der Magengrube, als wäre er gerade von einem Hausdach gefallen und stürze ins Leere. Die Fahrräder streiften Telegrafenleitungen, überflogen Telefonmasten und entschwanden im Zwielicht. Nichts blieb zurück, als eine Baseballkappe mit Ohrenklappen.

E. T. starrte auf die Erde tief unter sich. Ja, so war es besser, so fuhr es sich doch viel bequemer. Sein Herzlicht leuchtete wieder auf und schien durch Elliotts Fahrradkorb, ein Lichtpunkt in der Abenddämmerung.

Eine Eule, die gerade erst zu ihrem Lieblingsbaum zurückgekehrt war, öffnete die Augen und hob schläfrig die Schwingen. Höchste Zeit, um Jagd auf Mäuse zu machen ...

Sie schwang sich in die Luft.

Was um alles in der Welt ...

Fünf Fahrräder geisterten durch die Luft und zischten an dem verstörten Vogel vorbei, der sofort nach hinten überkippte und nervös ins Leere schnappte. Mit einem Blick aus ihren riesigen Augen erfaßte die Eule das Herzlicht des Außerirdischen. Befremdet starrte sie den uralten Kobold an, der hellwach mit kreisrunden Augen umherblickte und sich nichts entgehen ließ.

Hier in der Gegend werden die Fledermäuse aber auch immer größer, dachte die Eule. Oder ich habe den Verstand verloren.

Da hatte die rasch hereinbrechende Dunkelheit die Fahrräder schon verschluckt. Elliott lenkte sein Rad auf die altbekannte Weise. Für ihn war dies ja nichts Neues mehr. Die anderen folgten seiner Spur.

»Sagt mir, wenn's vorbei ist«, sabberte Greg mit geschlossenen Augen, dem der Speichel aus dem Mund troff. Neben ihm glitt Steve dahin – nun endlich einmal ohne seine Mütze – und starrte auf die Erde tief unter sich. Schwestern, murmelte er vor sich hin. Tyler und Michael fuhren rechts und links neben Elliott. Der Außerirdische blickte zum Himmel auf und durchdrang die Wolken mit seinem Weltallbewußtsein.

znack zerkel dergggg – ach, mein Captain, bist du es wirklich?

Mit Hilfe von Telepathie sah er im Geiste ein Gesicht vor sich, das Gesicht des vertrauenswürdigsten, vollkommensten und sublimsten aller alten Weltraumreisenden. Auf diesem Gesicht lag das für die höchste Bewußtseinsstufe so typische schildkrötenhafte Lächeln. Doch schon im nächsten Augenblick war es wieder verschwunden, entzog sich ihm und enteilte in höhere Sphären.

»Der Wald!« rief Elliott, als er zwischen Wolkenbänken hindurch nach unten blickte, und auch die anderen erkannten tief unter sich bewaldete Hügel und dazwischen schattige Täler.

Mary war zwar der Erde verhaftet, kam aber trotzdem gut vorwärts, als sie ihren Wagen bergauf lenkte. Der Widerling wies ihr den Weg. »Noch weiter hinauf«, dirigierte er sie mit finsterer Miene. Da war nun die größte Fahrradverfolgungsjagd aller Zeiten im Gange, und er stand wieder einmal abseits. Warum nur?

Weil er … ein Widerling war, den keiner mochte.

Gertie saß mit der Geranie auf dem Schoß zwischen ihnen. Immer mehr Blütenblätter öffneten sich, die ganze Topfpflanze war ein Blütenmeer.

Marys Wagen holperte die Straße hinauf. Lance starrte in die dunklen Baumwipfel. »Ich empfange deutliche Signale«, sagte er. »Stellen Sie den Wagen bitte hier ab ...!«

Mary hielt, sie stiegen aus und verschwanden im Wald. Lance ging voraus. Mary hielt Gertie an der Hand. Sie kamen nur langsam vorwärts. Die Gesellschaft über den Baumwipfeln war viel schneller. Elliott lotste sie zu dem Sendegerät, das im Gebüsch versteckt war.

»Da ...!« E. T. wies nach unten, und die fliegenden Fahrräder senkten sich langsam. Ganz sachte glitten sie nach unten, setzten sanft im Gras auf und rollten langsam aus.

Ulllll-liepel-liepp. Das Sendegerät summte. Als sich Elliott dem Apparat näherte, ergoß sich plötzlich ein Strom von strahlendem, lavendelfarbenem Licht über ihn. Er erstarrte augenblicklich und sah den Außerirdischen hilfesuchend an. Da trat das alte Monster zu ihm unter den Lichtstrahl. Gemeinsam blickten sie ins Weltall hinauf.

In sanftglühendes Licht gehüllt, schwebte über ihnen das große Raumschiff. Elliott kam es vor, als wäre eine riesige, glänzende Christbaumkugel aus der Dunkelheit herabgefallen. Bewundernd betrachtete er das herrliche Raumschiff und sog seine ungeheure Macht in sich ein. Es war ein Vielfaches des Außerirdischen, das größte Herzlicht, das die Welt je gesehen hatte. Seine Mysterien durchdrangen ihn, erfüllten ihn mit Liebe und Verwunderung. Er selbst zerschmolz, bis nichts mehr von ihm übrig war. Wieder wandte er sich E. T. zu. Auch die Augen des uralten Weltraumreisenden waren beim Anblick seines geliebten Raumschiffes größer geworden. Wie hatte er sich nach dem Beherrscher der Milchstraße gesehnt. Das Licht der Kommandobrücke zeichnete elegante Muster um den Schiffsrumpf, und er spürte darin den Geist des Kosmos in seiner höchstentwickelten Form. Er blickte seinen Freund an, der ihm dazu verholfen hatte, daß er über diese unendlich große Entfernung hinweg hatte Signale aussenden können. »Vielen Dank, Elliott …« Seine Stimme klang jetzt viel kräftiger, die Obertöne waren, im Einklang mit dem Raumschiff deutlicher geworden, ein Zeichen für die sich stetig steigernde Energie.

»Ich verspreche«, sagte er zu der hellerleuchteten Einstiegsluke, »nicht mehr in fremde Fenster zu gucken.«

Doch in diesem Augenblick fühlte der Außerirdische, daß noch jemand auf der Lichtung erschienen war. Er erblickte das gertenschlanke Geschöpf mit dem seidigen Haar und starrte es lange schweigend an.

Gertie kam auf ihn zugerannt. »Da hast du deine Blume!« rief sie atemlos und hielt ihm die eingetopfte Geranie hin. Er nahm das Kind auf den Arm. »Du bist ein liebes Mädchen.«

Schattenhafte Gestalten erschienen am Rande der Lichtung, und man hörte Schlüssel klirren. Rasch setzte E. T. das Kind wieder ab. Er wandte sich Elliott zu und streckte ihm die Hand hin.

»Mitkommen?«

»Hierbleiben«, erwiderte Elliott.

Da schloß der alte Weltraumfahrer den Jungen in die Arme und fühlte, daß er bis ins Mark von kosmischer Einsamkeit durchdrungen war. Er berührte Elliotts Stirn und zog mit den Fingerspitzen verwickelte Linien darüber, um ihn aus dem Betäubungszustand zu erwecken, in den ihn die Sterne versetzt hatten. »Ich werde immer hier sein«, sagte er und hielt seine leuchtende Fingerspitze über Elliotts Herz.

Dann ging der alte Botaniker die Laufplanke hinauf. Der Glanz des prächtigen Raumschiffes hüllte ihn ein. Er spürte, wie die millionenfachen Bewußtseinslagen in ihm wetteiferten und genau wie bei Elliott die Einsamkeit aus seinem Herzen vertrieben, um es ganz mit Liebe zu erfüllen.

Mit seiner Geranie im Arm entschwand er in dem verschwommenen Licht.